無意識という物語

近代日本と「心」の行方

一柳廣孝 Hirotaka Ichiyanagi ……［著］

名古屋大学出版会

本書は一般財団法人名古屋大学出版会
学術図書刊行助成により出版された。

無意識という物語——目　次

はじめに

十九世紀から二十世紀にかけて、「心」のイメージは大きく変容した。魂の属性としての「心」から、脳内現象としての「心」への変化である。英米圏では、それは soul、spirit から mind への移行という形で現れた。ドイツではさらに先だって、十八世紀から十九世紀にかけて、ドイツ観念論の影響下に Seele（心）から Geist（精神）への移行が起きていた。古代から続く心身二元論に対して、人間をひとつの有機的な統一体とみなす考え方が優勢になった結果である。[1] こうしたダイナミックな「心」イメージの変容は、遠く日本にあっても大きな影響を与えることとなった。

本書の根底にあるのは、明治期のパラダイム・チェンジがもたらした、霊をめぐる言説布置の再編の問題である。古代から連綿と継続し、現代もなお形を変えながら機能しつづけている日本人の霊魂観は、明治期のこの激変によってどのような変容を強いられたのだろうか。この問いかけからは、例えば日本「精神」、大和「魂」といった、イデオロギッシュな場所に再配置された「霊」の問題なども浮かび上がってくる。しかしここで主に取り上げたいのは、学的パラダイムの変化によって生じた現象である。

西洋の学問の移入、ことに科学的合理主義の導入にともない、従来の民俗的な霊魂観を迷信として排除する道筋が整えられた。そのさいに大きな役割を果たしたのは、心理学である。そもそもの出自である哲学的視点を切り捨て、実験科学的な側面を強めていた当時の心理学は、実体としての「魂」に関する論究を放棄し、「魂」を分析概念としての「意識」「精神」に置換していった。

これらの用語は、心理学が日本に導入され、心理学の専門用語（テクニカル・ターム）が翻訳されて定着していくプロセスのなかで、もともとその語が担っていた日本語としての意味を侵蝕し、やがて学問の権威の下に、心理学的なニュアンスの語彙が優位に立っていく。その結果、「意識」や「精神」という日本語に内在していた霊性は薄められ、「心」の神秘性も損なわれた（こうした変化の諸相は、第1章で扱う）。しかし、この間、西洋の心理学・精神医学は、思わぬ未開の大陸を発見していた。フロイト精神分析の登場にともなう「無意識」への注目である。

一九九〇年代のいわゆる「フロイト戦争」以降、精神分析の時代は終焉を迎えつつあるとされている[2]。この間、フロイトと精神分析に向けられた批判は、およそ容赦のないものだった。例えばH・J・アイゼンクは言う。「フロイトの理論は正統的な意味での科学ではなく、症例に対する事実にかかわりなく作られたプロパガンダであり、科学理論を証明しようとする姿勢がない」「フロイトにおいて正しいことは新しいことではなく、新しいことは正しいことではない[3]」。

理論面だけでなく臨床の現場においても、精神分析は危機的状況にあるらしい。精神病、神経症、倒錯といったカテゴリーが意味をなさなくなり、構造的分類が立ちゆかなくなって、精神分析の枠組みが揺らいでいること、また患者の側も自らの生を物語る能力を失い、言葉で生を歴史化できないため、言葉を治療手段とする分析治療が機能していないことなどが、その大きな原因とされている[4]。

しかしだからといって、精神分析が二十世紀の思想に与えた強烈なインパクトを否定する必要はない。心理学、精神医学は言うに及ばず、歴史学、社会学、文化人類学、文学など、その影響はきわめて広範にわたる。フロイト精神分析は日本にも紹介され、さまざまな領域で取り上げられた。本書の第I部で扱うのは、心理学の移入にともなう近代日本の「心」をめぐる言説布置の変化と、さらにその「心」に関する諸言説がフロイト精神分析と接触することで「聖なるもの／不気味なもの」を呼び込んでいくプロセスに内包された諸問題である。

ここで考慮すべきは、フロイト精神分析の正当性、事実性の如何ではない。フロイト精神分析がもたらした「無意識」という物語が、日本においていかなる文脈の中に取り入れられ、再編され、新たな物語を生成していったのか、という点にある。そもそも心理学や精神分析は、「文明化された社会」で生を営む西洋人の「意識」や「精神」を暗黙の前提として成立している。こうした学的パラダイムを西洋人ならざる日本人が導入し、展開を進めたときに、いかなる物語が紡がれたのか。そこからは、心理学や精神分析が自明化していた認識それ自体を問い直す契機を見いだすことができるだろう。

その意味で、「無意識」の存在を最初に日本社会に知らしめたのが、アカデミズム経由の情報ではなく、明治三十年代後半に訪れた催眠術ブームだったことは強調していい。催眠術ブームを牽引した当事者たち、催眠術書の執筆者や催眠術家たちは、肉体を凌駕する精神の力を強くアピールした[5]。彼らの主張はやがて、我々の内面に存在するという力がどこに秘められているのか、という問いを呼び覚ます。第2章では、明治三十年代から昭和初期に至る催眠術書の記述から、やがて催眠術が精神治療と結びつき、その治療法の根拠として副意識・無意識・潜在意識を見いだすまでのプロセスを確認する。

一方、催眠術によって顕在化するという、潜在意識下に眠る無限の力への憧れと希求が、超感覚の実在をめぐって学界やマスコミを紛糾させた千里眼事件（明治四三～四四年）を引き起こすこととなる。同じ明治四三年に柳田國男が『遠野物語』を公にしているのは、おそらく偶然ではない。東雅夫も指摘するように、『遠野物語』は実話怪異譚としての側面をもつが[6]、その背景には、当時文壇で流行していた「怪談」への眼差しが存在するからだ。ここでの「怪談」とは、近代を経由するなかで再発見された霊魂への関心にもとづく、いわば文学的な現象である。図らずも同時期に生起した、文壇における「怪談」ブームと千里眼事件は、超感覚を媒介にして文学と科学の両面から「心」の再認識を迫ったトピックだったのだ。

しかし千里眼事件が、物理学アカデミズムの否定的見解の表明によって収束していった結果、「心」の神秘性もまた、科学のレベルではほぼ否定された。だが、その「心」観に「無意識」という概念が導入されることで、「心」は再び「科学」によって解明されるべき未開の原野、闇の領域とみなされていくのである（このプロセスについては、第3章で詳述する）。

このような認識は、現代にあっても生き続けている。スピリチュアリティをめぐる動きなどは、その最たるものだろう。一九九〇年代後半から世界的に注目されはじめたスピリチュアリティ・ムーブメントについて、島薗進は「新しい霊性を掲げる運動や文化の興隆」と捉えている。[7] 島薗が「新しい」霊性と述べているのは、この運動・文化が科学的唯物論の洗礼を受けた後に始まっているためである。

現代のスピリチュアリティは、霊の「科学」的な実在証明をめざしたモダン・スピリチュアリズムだけではなく、「心」の新たな「科学」的認識フレームを提供しつつ、結果として「心」のブラックボックス化を促進したとされる精神分析を、起源のひとつとする。現代のスピリチュアリティが、人間の「無意識」領域へ向けられた「自分自身への旅」を志向している点からも、精神分析との親近性は理解しやすい。

さて、二十世紀初頭に「心」に新たな光を当てつつ、そのブラックボックス化を進めたのが精神分析だとすれば、その精神分析によって特権的な意味を付与されたのが夢である。やがて夢は、新時代にふさわしい「不気味なもの」の物語を紡ぎはじめる。フロイトの『夢解釈』（1900）以降、夢は「無意識」への王道たりつづけた。近代日本のアカデミズムにおいて、夢がどのように語られたかについては、第4章で触れる。またフロイト精神分析の日本での波及状況については第5章で、心理学アカデミズムが一般社会に向けての情報発信をも意図した最初の学術誌である「心理研究」を軸に考察を試みたい。

以上の展開を踏まえて第Ⅱ部では、夢と「無意識」をめぐる芥川龍之介の軌跡を追う。では、なぜここで文学、そして芥川なのか。

一九〇〇年前後から二、三〇年代にかけて、日本では活字文化が産業として発展し、文化装置としての価値を高めていった。なかでも文学は、活字文化のなかで活性化した重要なジャンルであり、多くの新聞や雑誌がそのメディアとなった。大正中期には書籍の流通システムが整備され、ベストセラーも登場しはじめる(8)。文学は作者と作品の愛好者を中心とするミニマムな共同体内部の営みから脱却し、時代の文化的規範を生み出す場へと変貌した。やがて文学作品は、時代の道徳や倫理を体現した人生の指南書としても受容されていくこととなる。文学テクストが同時代の多様な社会的、文化的諸コードを内部に束ねた、貴重な歴史的資料としての側面を併せ持つことを考えれば、大正期の文学をめぐる動向は、同時代の「無意識」表象の分析対象にふさわしい。事実、文学は昭和初期のフロイト・ブームを先導するにあたって、重要な役割を果たしていた。

そもそも「無意識」をめぐる問題系は、人間の心の深奥を探っていた明治期の文学者にとって焦眉の課題であった。二葉亭四迷や夏目漱石、森鷗外らが意識と「無意識」をめぐって独自の思索を深め、作品に反映させていたことについては、近年さまざまな研究成果が公になっている。そして、大正期の先端的なフロイト受容とも関わりながら、持続的に「無意識」の文学的表象に取り組んだほぼ唯一の存在が、芥川龍之介である。その意味で芥川の描いた軌跡は、大正期における物語としての「無意識」の、代表的な様態を示している。

早くから夢に多大な関心を寄せていた芥川は、夢の象徴機能や寓意性を利用した作品や、夢のリアルな再現を目指した作品を公にしている。やがて彼の関心は、夢の向こう側に広がる「不気味な」「無意識」領域へ接近していった。夢と「無意識」をめぐって芥川の残した言説には、大正期の文学場におけるフロイト受容の一端が示されていると同時に、日本における「心」や「霊魂」のイメージがフロイトとの接触によって変容するそのありようが、刻み込まれている。この間の文脈については、第6章から第9章で詳述する。

また「無意識」をめぐる芥川独自の軌跡は、時に、心霊学を媒体としたメーテルリンクへの関心として表出し（第10章）、また時に、民俗的な恐怖の表象や心霊学的な世界観を取り込んだ作品の形で示されている（第11章）。こうした多方面にわたるアプローチは、やがて芥川を探偵小説というジャンルとも結びつけていった（第12章）。

文壇のフロイト精神分析に対する関心が大きく高まるのは、大正時代の末期以降である。川端康成は「新進作家の新傾向解説」（大14・1、「文芸時代」）で、ダダイズムの理論的根拠のひとつとして精神分析における自由連想法を挙げ、ダダイストの詩が「時によると単語の無意味な連続に近く、きれぎれな心象の羅列に過ぎない」ものの、それは「詩人の頭の中の自由聯想の表出」だからであり、ゆえに彼らの試みからは「主観的な、直観的な、感覚的な新しい表現が導き出されるべき暗示を見出す」ことができると主張した。新時代にふさわしい文学理論のひとつとして精神分析を取り上げたこの一文は、後の新感覚派、新心理主義文学の先端性を際だたせるものとなった。

同年九月には、「文芸時代」の特集「科学的要素の新文芸に於ける地位」で、伊藤欽二が「精神分析学の芸術瞥見観」を発表している。また同時期には江戸川乱歩、甲賀三郎など、探偵小説のジャンルで精神分析への接近を見いだすこともできる（補論）。昭和になると、明示的に精神分析を導入した探偵小説も登場する。水上呂理「精神分析」（昭3・6、「新青年」）、清澤洌「精神分析をされた女」（昭4・9、「新青年」）などである。

さらに昭和四（一九二九）年十二月から、『フロイド精神分析学全集』（春陽堂）、『フロイド精神分析大系』（アルス）が相次いで配本を開始し、伊藤整がフロイトやジョイスを新たな文学の方法論として紹介するとともに、精神分析小説として「夢のクロニイク」（昭5・3、「詩と詩論」）、「感情細胞の断面」（昭5・5、「文芸レビュー」）を公にすることで、一般社会のフロイト認知は進み、文壇へのフロイト精神分析の影響も決定的となった。(9)

芥川の「無意識」への接近は、このような文学場の動向に先行し、なおかつ連動している。この意味においても、芥川は大正期の「無意識」を体現した作家なのであり、日本における「無意識」という物語を考察するうえで、欠かせない分析対象といえるだろう。

近代化をめざしつつも、西洋とは全く異なる日本の社会、文化のなかで、「無意識」という物語はどのように編まれていったのか。本書では主にこの点について、考えてみたい。

第Ⅰ部　「無意識」の時代

第1章 「霊」から「無意識」へ

はじめに

「心」や「霊」「魂」をめぐる言説は、明治期における西洋との接触によって大きな意味内容の変更を迫られた。例えばプロテスタント・キリスト教の移入である。それは人格的絶対神という、現世を越えた超越的な規範の存在を知らしめた。またそれは家族や地域共同体、職場といった世俗社会から異化された場所、すなわち内面という領域を個人の内部に作り出した。この内面に生み出された超越性は、大部分が天皇制という世俗の権力に回収されてしまったものの、個々の内なる領域としての「内面」という空間それ自体は残された。以後、この場所は諸言説の抗争が展開される場所、差異と同一化のせめぎあう場所となる。

内面は、時に宗教による内からの国民化を図る国家的イデオロギーの草刈り場となり、文学においては、意識と並んで本能の場、身体と強く結びついた情動の場として捉えられた。啓蒙主義的な合理性では把握しきれない、当人にとっても理解不能な部分をもつ、ある意味では個人を超えた内なる暗部としての内面である。(1) こうした不定形な内面を、科学的な言説によって固定化する役割を担ったのが、同じく西洋から移入された心理学や哲学、精神医学だった。そこで行われたのは、内面を実体として表象するさいに使われた「心」や「霊」、「魂」といった概念を、抽象概念・分析概念としてのそれに置換していく作業である。

西洋でこの作業を主に担ったのは、いわゆる近代心理学である。人間は宇宙のなかのひとつの小宇宙であり、それを統括する主要な担い手が魂であるという見方がいまだ支配的だった十九世紀前半まで、魂の科学としての心理学は、科学化の進む近代世界において宗教を維持するための、もっとも重要な拠り所だった。しかし十九世紀の終わりには、心理学は魂を放棄し、心＝意識への置換を進めることとなる。

ドイツではヴントが心理学を意識の科学と定義し、意識の構造を明らかにしようとした。さらにアメリカでは、意識の機能の解明をめざす機能心理学が生まれる。だが、心や意識といった客観的に観察できないものは、自然科学の研究対象にはならない。その結果、客観的に観察可能な行動を研究対象とし、その研究成果から心や意識の構造を論理的に構築すべきだという、ワトソンの方法論的行動主義が心理学の主流となる。心理学の完全なる「科学化」である。このような視点は必然的に、心と脳を同一視する心脳同一論を導くことになる(2)。

こうした西洋の「心」観の変遷と連動しつつ、近代日本においても「心」「霊」「魂」をめぐる言説とそのイメージは大きく変容した。この変化は、明治期の言説空間にどのような変化をもたらしたのか。またそれは、坪内逍遥や二葉亭四迷らによる、「文学」という新たな言説ジャンルの立ち上げにどのような影響を与えたのか。本章ではまず、「意識」「精神」といった言説の、日本における変化の様相について考えてみたい。

1 「心」の変容

明治期における「心」の意味変容について考える場合、心理学が果たした役割は無視できない。ただしここでいう心理学とは、哲学の一分野としてのそれではなく、科学と結びつくことで哲学からの分離を果たした、いわゆる近代心理学である。近代科学の成立と生理学的手法の確立は近代心理学の誕生を促したわけだが、それは近代心理学が近代科学の産物であり、「魂」をめぐる形而上学というイメージから離脱することで、はじめて「科学」としての立脚点を獲得したことを意味している。

その点で象徴的なのは、日本において「心理学」という訳語が定着するまでのプロセスである。「Psychology」の訳語に「心理学」をあてた最初の文献については『哲学字彙』(1881＝明14)とする説が有力だが、この訳語はすぐには定着しなかった。「心理学」は「mental philosophy」「mental science」「phrenics」「meta-physics」などの訳語としても用いられたし、「Psychology」に「心性学」「精神学」などの訳語があてられた例も散見できる。[3] この段階では、いまだ心理学と哲学との分離は強く意識されていない。

しかし、やがて西欧の近代心理学を標榜する「Psychology」＝「心理学」の訳語が浸透する。その結果、仏教や儒教の立場から独自に「心理」に対するアプローチを試みていた先人たちの業績は、学史の網の目から漏れ落ちていった。欧米由来の学問的権威の確立にともなって、「心」に対するアカデミックな研究のフレームが確定したのである。

アメリカ留学から帰国した元良勇次郎が東京帝大で精神物理学を担当したのは、一八八八(明治二一)年。東京帝大文科大学に単位制が導入され、それにともなって哲学科に心理学専修が置かれたのは一九〇四(明治三七)年。

この年が、東京帝国大学における心理学専攻生が誕生した年とされている。翌一九〇五年から一九年までに哲学科心理学専修の課程を終えた卒業生は、九八名。また、京都帝大文科大学に心理学講座が設立されたのは一九〇六（明治三九）年。日本初の、単独の心理学講座の開設である。同講座が第一回卒業生を出した一九一〇年から一三年までの心理学専攻卒業生は、一三名だった[4]。

ちなみに、夏目漱石「琴のそら音」（1905＝明38・6、「七人」）には、学士号をもつ心理学者、津田真方という人物が登場する。彼あたりが、栄えある第一回の心理学専攻卒業生のひとりということになるはずだ。国産心理学者の誕生である。このときの卒業生は、のちに東京帝国大学教授となる桑田芳蔵など、七名だった。

この後、明治後期あたりから、心理学は急速に権威化していく。この点について、例えば速水滉は次のように回想している。「心理学が一個の科学として研究される様になったのは僅かに四五十年前の事であるが、爾来種々な実験的方法が工夫されたために、其進歩は駸々として止まる所を知らない有様であって、現今に於ては独り専門の学者が研究する許りでなく、何人も普通的知識として一通りは斯学の素養を有たねばならぬ事になって来た[5]」。この速水の発言が一九一四（大正三）年であることを考慮すれば、いかに心理学が速やかに発展していったかがうかがえるだろう。

一九一〇年代半ばに至ると、日本の心理学は産業界、軍部との関係を深めていく。また二〇年代には東北帝国大学、九州帝国大学、京城帝国大学、台北帝国大学などで心理学研究室が開設されるとともに、一九一八（大正七）年の大学令によって私立大学が認知され、さらに同年の高等学校令改正にともなって旧制高等学校で心理学の授業が開始されることで、心理学者が活躍する場は一気に拡大していった[6]。

一方、文学場にあっても、心理学に寄せた期待は大きかった。坪内逍遙『小説神髄』（1885＝明18・9〜19・4、松月堂）には、次の一節がある。

和漢に名ある稗官者流はひたすら脚色の皮相にとどまるを拙しとして深く其骨髄に入らむことを力めたりしも主脳となすべき人情をば皮相を移して足れりとせり豈憾むべきことならずやそれ稗官者流は心理学者のごとし宜しく心理学の道理に基づき其人物をば仮作るべきなり苟にもおのれが意匠を以て強て人情に悖戻せる否心理学の理に戻れる人物なんどを仮作りいださば其人物は已に既に人間世界の者にあらで作者が創造の人物なるから其脚色は巧なりとも其譚は奇なりというとも之を小説というべからず(7)

『小説神髄』は言うまでもなく、近代日本文学の指標として機能した「小説」の指南書、理論書である。逍遙は「小説の主脳は人情なり世態風俗これに次ぐ」と述べ、近代小説とそれ以前の小説とを峻別したのだが、その基準のひとつは「人情」の表現にあった。彼の言う「人情」とは「情欲《パッション》」である。この概念を規定するフレームとして注目された学問が、心理学だった。新しい小説家は「心理学の道理」にもとづいた人物の描写が必須とされたのである。文学サイドの言説圏にあって、心理学はかなり早い時期から並々ならぬ影響力を行使していたと言えよう。文学における心理学の浸透は、やがて感覚や知覚といった心理学用語が印象主義などの文学の定義に用いられるところまで進む。さらに明治四十年代には、心理学アカデミズムが主宰する通俗的な学術懇話会に参加して心理学の知識を身につけ、心理学の最新の成果を反映させた作品を読み解く「読者」の存在を仮定できる状況が訪れていた(8)。

二葉亭四迷は人間の「心理(メンタルトーン)」を知るために、心理学から医学、さらに生理心理学を学んだという。そして心理学を研究するうちに「古人は精神的に「仁」を養ったが、我々新時代の人は物理的に養うべきではなかろうかという考になった(9)」。彼が言う「精神」から「物理」への関心の移行は、ある意味で示唆的である。

のちに上野陽一監修・三浦藤作編『輓近心理学大集成』(1919＝大8・6、中興館書店)は心理学を定義するにあたり、哲学と科学の二つの領域に大別したうえで、次のように説明している。「哲学的定義とは、心理学を以て人間精神の学なりとするものにして、心理学が未だ科学の範囲を脱せず、実体としての精神若くは霊魂其のものに就いて論議するを任務としたる時代に於て行われしものなり。此の定義は心理学の語源より直接に由来せるものなれども、心理学の性質を科学的に解釈する今日に於ては全く行われず」「科学的定義は、哲学的定義の如く、精神・霊魂又は能力等の文字を用うることなく、主として経験・意識等の語によりて定義し、仮令精神なる語を用うることあるも、精神作用・精神現象・精神生活など云いて、精神其のものの研究を目的とせざるものにして、近世に入り心理学が経験を重んじ、実験を用い、科学的の性質を帯ぶに至りて用いられし定義なり」。

「実体としての精神若くは霊魂其のもの」に関する研究から、経験を重視し、実験を駆使する科学的な性質を帯びた学問への変化。同書は心理学について、あらためて「精神現象（心的現象）を研究する科学」と定義し直しているが、ここでの精神現象とは「感覚・知覚・表象・思考・感情・意志等の如き、精神の内部に於ける出来事」の総称である。

では「心」はどうか。同書は次のように述べる。「五官の援助によらずして経験し能うもの、これが心である」「余は成るべく経験上吾人が直接に知得する所の範囲に於て、説明を試みようと思う。然れば心と物質との本質上の区別のことは、これを哲学の研究に譲り、余は先づ主我系統と主自然系統との別を立てたいと思う」。

このように『輓近心理学大集成』の記述は、心理学における「心と物質との本質上の区別」という、それこそもっとも本質的な問題に触れようとしない。それは、いかに「心」という概念から「実体としての精神若くは霊魂其のもの」というイメージを払拭するかが近代心理学の焦眉の課題だったことを反映している。かくして「心」は一種のブラックボックスとなる。「心」それ自体の研究を哲学ジャンルの課題であると斥けることで、近代心理学は、心理学の本質に関わる根源的な問題を消し去った。

本来、日本語の「こころ」という言葉は実に多義的である。その多様な語義のなかでも、「こころ」は特に「魂」と強い連動性を有していた。しばしば同義語として扱われてもいるこの二つの語の関係について、例えば相良亨は「心は内面の働きであり、働く心を心たらしめ、生命を生命あるものとするのが魂で、心は魂を鎮めるなど、魂のあり様をコントロールする者」であると説明している[10]。

また西郷信綱は、「ココロ」を身体器官としての内臓に関わっている生物学的なものとし、個々の人間の生命力や情緒、意志の感覚的根源とする一方で、「タマシヒ」を容器としての身体の深部にあって人間の生命を支える根源的ななにかと捉え、さらに「ココロ」は個体的、「タマシヒ」は集団的、社会的な存在であるとした[11]。

西郷によれば、「こころ」は肉体と一体化しており、「魂」は身体内部にありながら、身体から離れることも可能なものである。このように「こころ」という語義は、生命の根源たる実体としての「魂」と不可分に結びついている。しかし、両者の語義レベルでの相関性は、心理学の影響のもと、徐々に概念化された「内面」の領域へ吸収されていった。

ただし、主に学問ジャンルで進行した「こころ」の物質化に対して、逆に「こころ」に内在する「魂」性を強調していく動きも、明治時代には確認できる。催眠術の流行、千里眼事件などは、その象徴的な社会現象と考えられるだろう。そこでは催眠術は、日常的な感覚の延長上に超感覚的知覚を生じさせる技術として捉えられ、なかでも、催眠術によって発見されたもっとも先鋭な能力として「千里眼」が位置づけられた。こうした技術や能力は、科学によって規定された物質的な身体のありようを超越する[12]。それに対して、主に心理学サイドを中心に進行していたのは、「こころ」をより科学的な場へ移行させるために「意識」「精神」といった概念を活用することだった。

十九世紀から二十世紀にかけて、科学の視線にいまださらされていない未開の新大陸として姿を現した「心」というフィールド。しかしこの世界を科学によって意味づけていくためには、旧来の認識フレームをいったん消去し、新たなフレームたる科学的認識にもとづいて整序し直す作業が必要となる。旧大陸に形を与えていた認識フレームが「こころ」の「霊魂」性だったとすれば、それを科学の言語に置換していく有効なツールとして用いられたのが近代心理学だった。しかしその点について検討する前に、まずは新大陸のフィールドにあわせて、心理学によって招来された「意識」「精神」という概念について確認しておこう。

2 「意識」と「精神」

そもそも「意識」は仏教用語である。六識、八識のひとつであり「目、耳、鼻、舌、身の五識が五根を通してそれぞれとらえる色、声、香、味、触の五境を含む一切のもの（一切法）を対象（法境）として、それを認識、推理、追想する心の働き」をいい「狭義には前五識の対象である色境等の五境を除いたもの（法境）を対象とする心の働き」をさす。さらにここから意味が広がり「目ざめているときの心の状態。狭義には、自分や自分の体験していることとやまわりのことなどに気づいている心の状態」をさす言葉となった。(13)

明治期の訳語レベルの問題としては、どうか。ヘボン『和英語林集成』（1867）には「Consciousness, — of guilt, ushirogurai, Return to —, honsho ga tszku」「Unconscious, Oboye nashi ; shiranu ; oboyenu」とある。同第二版（1872）には「Consciousness, n. Chikaku, oboye, satori」「Unconscious, n, oboye nashi, shirann, oboyenu, shone nashi」とある。また『附音挿図英和字彙』（1873＝明6・1、日就社）には「Consciousness」の訳語として「知覚、自覚、醒悟《サトリ》」が、また「Unconsciousness」の訳語として「不知、不覚」がたてられている。ここでは、いまだ「意識」という訳語は登場していない。また、これらの辞書の記述では、仏教のニュアンスを意識して訳語を選定していることがうかがわれる。

一方、早い時期に「Consciousness」の訳語として「意識」をあてた例として、西周「生性発蘊」（1873＝明6・6、脱稿）がある。「非布垤《ヒフテ》ノ観念学ハ、意識ヲ以テ、此我レナル者トシ、感覚ヲ以テ、此我レニ非ザル者トス」の一文があり、さらに「意識」には注をつけて、次のように記している。「英コンシウスニッス、仏コンネサンス、日ベウゥツトサイン、蘭ベウゥツトヘイト、爰ニ意識ト訳ス、我ガ感覚作用心裏ニ起ル時、我之ヲ知ルト知ル者之ヲ独知ト指スハ体也、意識ト指スハ用ナリ」。

西はフィヒテの観念論哲学を踏まえたうえで「意識」という訳語を選択したという。おそらく『哲学字彙』（明14、東京大学三学部印行）が「Consciousness」の訳語に「意識」をあてた背景には、こうした西の認識が反映しているのだろう。この点について鈴木修次は「哲学用語、あるいは心理学用語として日本語で用いる「意識」は、学術用語として日本人がくふうしたものであったと見られるが、そのとき禅でいう「意識」を想起して、その語彙を選んだという可能性が考えられる」と述べている(14)。

鈴木の指摘を踏まえれば、次のような推測が可能となる。すなわち、哲学・心理学が要請した「意識」という語が、これら諸学の強い影響によって、最終的には「意識」という語のイメージから仏教的なニュアンスを後景に退かせたのではないだろうか。西欧哲学・心理学のフレームが「真理」として機能しはじめることで、語の意味がその範囲内で固定化されるという現象である。やがて「意識」は、西欧哲学や心理学の定義をまとった概念として動きはじめる。

では「精神」はどうか。まず、現代の定義を確認しておこう。『日本国語大辞典　第二版』7巻（01・7、小学館）は「精神」について四つの意味をあげ、それぞれ①「心。また心の働き。肉体に対し、形而上的な働きをする実体としての心」、②「物質的なものを超越した霊妙な実在。たましい。霊魂」、③「物事に執着する気持。目的を達成しようとする心の働き。気力。根気」、④「生気のあふれる状態」とする。このように現代にあっても、一般的な語義として「精神」と「心」「霊魂」の類縁性はきわめて高い。

それでは、明治初期の辞書的な記述はどうなっていたのか。ヘボン『改訂増補 和英英和語林集成』(1886＝明19、丸善)の「精神」の項目には「The mind, motive, will, mental power」とある。また「心」は「The heart ; the mind, will, thought, affection, reason, meaning, signification」、「魂」は「The soul, spirit, ghost」と記述されている。「精神」と「心」の連動性は明らかだが、その一方で「精神」「心」と「魂」の間には明らかに一線が画されている。「精神」「心」の解釈には「the mind」「will」という共通項目があり、ともに抽象的な要素が垣間見られるのに対して、「魂」のそれは実存性が高い。

この弁別を促した背景に、精神医学の影響を考えることもできる。明治の知識人に広く蔓延した「脳病」「神経病」との関連が予測できるからである。これらの病は、一般的には神経衰弱に該当し、知覚器官、運動器官、精神機能の変調による疾患の総称として捉えられてきた。かなり早い時期から神経病は「精神病」と同義で用いられ、ともに神経器官の機能障害とみなされている。

いわゆる「煩悶の時代」と呼ばれた明治三十年代後半から、悩める青年像はしばしば神経衰弱と結びつけられた。煩悶の時代には、立身出世よりも信仰や人生の意義をめぐる問題を重要視するという認識が形成された。神経衰弱と煩悶は、立身出世に代表される向日的な明治精神の反転した姿、陰画として登場するのである。[15] やがて神経病は、苦悩する先進的な青年像の代表的属性として認知されることとなる。

このような病のイメージは、一般社会にも広がっていく。劇的な社会構造の変化にともなう精神的な圧力は、さまざまな脳病薬のヒットという形で顕在化した。川村邦光は、知力と脳力によって立身出世を果たすという欲望が「脳化社会」を成立させ、こうした社会像は「親や親族一統、また郷党の期待を一身に担って、東京という大都会の学校で学業を修めて、官途について立身出世をするために、猛烈に勉強に励み、遂には脳病になり、やがて狂死する、という物語もしくは神話」とともに流布していったと言う。[16] こうして脳病・神経病がイメージとしても流行し、それが脳や神経の機能に関する知識の通俗化を促した結果「霊魂への解剖学的視覚による抽象化」が進行したと、川村は指摘している。[17]

そもそも日本の医学は中国伝統医学の影響が強く、近世の医学思想にあっても、心・肺・肝・脾・腎の「五臓」が身体機能だけでなく人の精神も司っているとする「五臓思想」が支配的だった。「五臓思想」は心身一元論に根ざし、五臓が精神機能の「全体」を担っていると考えられた。いわゆる多元的中心を内包した全体観であり、一種のマルチセンター・システムである。この思想にあっては、部分よりも全体が重視され、五臓それぞれの協調性や関係性が問題となる。だが、このような伝統的な医学観は、蘭方の医師たちが紹介した西洋医学のパラダイムによって覆されていった。

身体を機械とみなし、精神と身体を切り離す心身二元論の立場を取る西洋医学は、脳と神経を中枢器官とする新たな医学観を提示した。このような医学観にもとづく最初の文献が、杉田玄白『解体新書』(1774)である。『解体新書』は、「意識」が蔵するのは脳髄であり、脳が「一身の宗」であると主張する。また神経は脳と脊髄から出ており、知覚と運動神経を司るという。心臓が「神」を蔵する「五臓思想」から、脳こそが「精神ノ府」(宇田川玄真『医範提綱』、1805)であるとする、「脳・神経中枢観」への転換の幕開けである。[18]

近代以降、西洋医学への切り替えは急速に進められた。明治十年前後には、すでに「夫レ精神ハ無形ナリト雖モ脳ト相合シテ一体タリ脳ハ人体造構ノ一部ニシテ其長育ノ法則他ノ部ト異ナルコトナシ」(神戸《かんべ》文哉《ぶんさい》『養生訓蒙』、明11・10、京都療病院)といった、精神を脳の一機能として説明する言及がある。またこのような認識は、明治二十年代になると「何故に人類は万物の最霊長として其他の動物の上に位いするや、蓋し人類は其精神を活用する所の霊府即ち脳の霊力を仰ぎて意識、智覚、思慮、智識を具うるに固ればなり」「精神機能に故障ある之れを名づけて精神病若しくは神経病と云う」（健康老人『通俗無病健康法』、明26・9、青木嵩山堂）のように、啓蒙的な言説の中でも語られるようになっていた。

こうした一連の動きを考慮したとき、抽象化された霊魂を「精神」として位置づけていく中心的な役割を果たした明治の学問ジャンルは、精神医学だったと考えられるだろう。金子準二によれば、日本最初の西洋精神病学の単行本が刊行されるのは一八七六（明治九）年十二月。貌徳斯礼《モードスレイ》著、神戸文哉訳『精神病約説』（京都癲狂院）を嚆矢とする。[19] また、日本において精神医学が認知されたのは榊俶《さかきはじめ》が東京大学医学部に精神病学教室を創設した一八八六（明治十九）年十一月のこととされる。榊はドイツでウェストファル、メンデルに師事し、彼らの学説や治療に依拠しつつ研究を進めた。

また、榊以前の時代を顧みれば、エルウィン・ベルツに注目しなければならない。彼は西欧近代医学を日本に紹介し、日本医学界の基盤を作り上げたことで知られるが、同時に、日本で最初に精神病学を講義した人物でもあった。[20] 当初日本ではフランス学派の流れを汲む英国精神医学が導入されたものの、ベルツによってドイツ精神医学が学界の主流になったという。その後、呉秀三によってクラフト＝エビング、エミール・クレペリンの体系が導入され、日本の精神医学の基盤は定まった。クレペリンは精神病を、自然科学モデルに従った疾病＝脳病と位置づけている。こうして、かつて生殖器や内臓と関連する身体的・情緒的疾患とみなされていた脳病は、治癒がきわめて難しい病に変容した。[21]

さて、数多いベルツの業績のなかで、「精神」と「魂」をめぐる認識の問題と深く関わっている仕事のひとつが、近代医学の視点から「狐憑き」を分析したことである。狐憑きは憑物信仰によって生ずる現象であり、狐の霊が人間に憑依することで生じるとされる。この現象をベルツは「軽度の精神障碍の一種類」とみなした。[22] 動物霊が実体として存在するという従来の思考を否定し、個人の精神病理と社会病理との関係性という文脈のなかに、この現象を意味づけたのだ。

「何が健康で何が病んだ身体かというわれわれの感覚は、それぞれの現実の必要性と同時にそれぞれの歴史的枠組みによって、きわめて錯綜したかたちで条件づけられている」とはサンダー・L・ギルマンの指摘である[23]。現代では迷信とみなされている狐憑きなどの動物憑依は、強い共同幻想を有する閉鎖的な共同体の内部でしか発生しない、関係性の病として考えることができる。しかしこうした認識は、共同体の内部にいる限り決して獲得し得ない。西欧精神医学による「精神病」というフレームは、共同体の外部から「病」という概念を提供することで、憑物としての狐という存在を無化していったのだ。こうした言説の登場は、実体としての「霊」を、脳の一機能としての「精神」へ変換していく作業のひとつと考えることもできるだろう。

川村邦光は言う。旧弊な民衆に対して、知識人・文化人が「専門の知」にもとづく「知のテリトリー」を構築し、文化的・社会的な管理・支配を推し進める統治のポリティクスが稼働した結果、迷信あるいは霊魂も、神経や精神といった用語による説明で解釈を転回させ、心・精神の領域へのヘゲモニーを確立していったのだと[24]。「精神」がそもそもは「心」「霊魂」と親和性の高い概念だったことは間違いない。しかし「霊魂」から切り離され、「精神」が精神医学や心理学によって定義されることで、または「日本精神」といった用語に象徴される国家のイメージ戦略に流用されることで、これらの概念は大きな変容を迫られていく。「精神」が精神病学や心理学によって脳髄作用と意味づけられるのも、その一例と捉えることができるだろう[25]。

3　対抗運動のなかの「精神」

ただしこうした動きは、先にも触れたように、別の意味領域を形成する原動力ともなった。「煩悶の時代」に台頭した精神絶対論のコンテクストである。明治三十年代には科学的合理主義・唯物論に対するカウンター・カルチャーとして、「精神」に不可視の力を認め、その無限の力を称揚する場が形成されていた。この時期に、例えば清沢満之は真宗大谷派の宗門改革運動を経由して、近代的な批判に耐えうる浄土教思想の深化を目指し、精神主義を提唱した。また綱島梁川は「見神の実験」を通じて、神と合一化しつつ、なお個としての自覚を失わない個のあり方について考察を深めていた[26]。

明治中期に始まる催眠術ブームは、こうした思想的な流れのなかに存在している。このブームの背景には、唯物論に対する唯心論の反撃という要素が隠されている。すでに当時の欧米では、催眠術は心理学、精神医学の研究対象となっていた。にもかかわらずこの時期に日本で注目されたのは、メスメリズムの時代から存在していた、催眠術の被験者がテレパシー、透視などの超常現象に目覚めるという主張だった。それは「精神」の、隠された力の証明とみなされたのだ[27]。

催眠術が日本でもてはやされた原因はなによりも、そのオカルティックな魅力（あるいは超常的な「光」の魅力とも言えるのだが）ゆえだった。それは同時に、催眠術が「心」や「精神」の実在を証明する有力な方法であるという認識を生んだ。例えば、日本最初期の催眠術書である近藤嘉三『幻術の理法』（1894＝明27・12、穎才新誌社）は、催眠術の施術者が被術者に自らの意思を伝達するシステムについて「心力」という用語によって説明を試みている。近藤によれば、心力とは「感通伝播せるものにして既に一たび心力の感通せるに至れば受感者は全く自己の精神を忘失して心地から其の作用を逞うすることを得ざる」ものである。

こうした「心力」のイメージは、大正時代の霊術運動に受け継がれていく。例えば、大正期を代表する催眠術教授団体のひとつだった帝国神秘会は「心力波及術」を売り物にしていた。この名称は「本会が特に名付けた名称」なのだそうだが、「心力波及術」とは「心的エネルギー」「念動」「精神霊動」と同義であり「物質的勢力をからず、精神のみの力によって、他人の身心を左右する術」らしい[28]。この説明は、近藤が唱えた「心力」の定義に寄り添っている。

また、帝国神秘会が「心力波及術」の別名にあげていた「精神霊動」は、催眠術・霊術のバイブルとされる桑原俊郎（天然）の『精神霊動』全三冊（1903＝明36・8、37・5、8、開発社）を原義とする。桑原は催眠術に精神の絶対的な力を見いだし、唯物論を超える原理の存在を主張した。彼は催眠術を霊魂作用であるとし、精神と肉体の連動性を唱える心身相関論を採用したうえで、肉体に対する精神の優位を訴えている。

同書のなかで桑原は「西洋に、心理学などいう下等な学問が起ったばかりに、我国の人間の如き逆上せる流儀のものは、その心理学にだまされて、長い間、眼に雲を被せられたのである」と述べている（第一篇）。「東洋の三千年の昔に知られた事実、即、心霊の各研究」は「西洋物質的研究の為めに掩われ」「屏息して」いたのだという桑原は、西洋的な知の導入によって生じた「心」のイメージ変容を強く意識している。

ただし、桑原の主張に端を発する唯心論的な催眠術理論は、近代以前の民俗的な「霊魂」（観）を呼び戻す運動とは単純に言い切れない。彼らの言説は、科学の優位を一方で認めながら、なおかつ科学で回収できない場があることを主張するものである。心霊学が日本で紹介されたさい、物質世界に限定された科学的アプローチを精神世界にまで拡大した「新科学」として喧伝されたことは、桑原の主張と対をなす現象と捉えることもできるだろう。科学によって回収できない「精神」と、科学の拡大によって分析対象として吸収されつつある「精神」。このせめぎ合いによって「心」「霊」「魂」をめぐる言説は浮遊しはじめる(29)。

一方、「精神」の特権化という現象には、「日本」をめぐるナショナリズムの感情が貼り付いてもいた。戦死者たちの魂を天皇の名のもとに忠魂として祭祀する靖国神社の誕生や、軍国主義にもとづく「日本精神」の鼓舞は、諸外国に対して自らを特権化するための、日本の強迫観念的なふるまいのひとつだった。もちろん、こうしたふるまいは日本特有のものではなく、近代ナショナリズムに共通して見られる心性である。とはいえ、欧米の脅威を象徴する「科学」に対して、「心」や「精神」をめぐる言説の場が、日本「精神」の優位を主張するための戦場でもあったことは疑えない。

4 二葉亭から漱石へ

二葉亭四迷は「落葉のはきよせ　三籠め」(1903＝明36頃)に「心理を究めんとおもう者の先ず弁ずべきは意識なるべし。されど意識ということは古くより学者のいいならした語ながら、その定義をしかと定めおける人もなくて甚だまぎらわしき語なり」と記した。二葉亭の言う「意識」の定義の必要性は、おそらく西欧哲学、心理学における一連の研究を意識したうえでの記述だったろう。また、彼が「心理を究めんとおもう者」と書き記したとき、そのなかには、小説家としての自己も含まれていたはずだ。この時期にはすでに、「意識」の問題は文学の大きなアポリアとして問題視されていた。

西欧では十九世紀初頭から後半にかけて、シェリー、ワーズワース、スティーブンソン、モーパッサン、ホフマンらの作品を通して心理的問題が検討されていた。近代文学と近代心理学は同時並行的に発展し、相互に影響を受けながら、二十世紀初頭には大きな力を獲得していった。[30] こうした両者の関係は、遠く日本の文学場にも反映されていく。例えば生方智子は、田山花袋「蒲団」（明40・9、「新小説」）発表前夜の文壇で、心理という領域に関心が集まり、心理を観察する観察者の視点など、心理描写をめぐってさまざまな議論が交わされていたことを指摘している。[31]

これらの問題は、近代日本文学の描写における「内面」の問題と接続する。柄谷行人は「精神分析という告白の技術が深層意識を実在させた」と言う。[32] それにならえば、学術用語としての「意識」が認知されたことで、「内面」は新たな文学的課題となり得た。そして、何よりも「意識」の新たな意味づけに寄与したのが、心理学だったと言える。

二葉亭は同じく「落葉のはきよせ　三籠め」で、夢の中で浮かんだ詩の文句を目覚めたときには覚えていないという場合、はたして心はどのように動いているのか、と疑問を発し「Hypnotism――Many instances〈among which〉」とメモしている。このなかで二葉亭が、夢と催眠術の関係に注目していたことは興味深い。この二つがともに、意識の深層に潜む何ものかを浮上させる媒体、方法と考えられていたからである。彼の疑問の先には、霊魂というフィールドの崩壊と、それに代わる意識／無意識という概念によって形成された「心」という場が見えてくるだろう。

一方、二葉亭とは異なる視点から「意識」の問題に取り組んでいたのは、夏目漱石である。アーネスト・ハート「催眠術」の翻訳を試みるなど、早くから無意識領域への関心を抱いていた漱石は、特にウィリアム・ジェームズ『心理学原理』（1890）、『宗教的経験の諸相』（1902）、『多元的宇宙』（1909）から多くの示唆を受け、独自の「意識」への思索を深めていった。

ジェームズは『心理学原理』において、意識は個々人に自立して存在していると述べ、意識が対象の一部を選びつつ、常に変化していると主張した。いわゆる「意識の流れ」である。この選択という行為は、意識の背後に膨大な選択肢（無意識領域）が隠されていることを暗示する。また意識の恒常的な変化とは、意識と「無意識」の境界部分が常に変化していることを示す。この無意識領域に「神」の場を設定したのが『宗教的経験の諸相』である。このなかでジェームズは、人間の意識が届かない無意識領域に、唯一存在者の意識が支配する超自然的・神秘的領域を見いだした。さらに『多元的宇宙』では、絶対者の意識が支配する世界を大宇宙に、人格的意識によって統御された我々個人の存在を小宇宙に見立て、個々の小なる意識が大なる意識に包まれているという世界像を提起している。

漱石はジェームズの思索に深い関心を抱きつつも、彼の言う「唯一存在者」については認めていない。「思い出す事など」十七（1910＝明43・12・24、東京朝日新聞）には、次の言及を見いだすことができる。

　吾々の意識には敷居の様な境界線があって、其線の下は暗く、其線の上は明らかであるとは現代の心理学者が一般に認識する議論の様に見えるし、又わが経験に照しても至極と思われるが、肉体と共に活動する心的現象に斯様の作用があったにした所で、わが暗中の意識即ち是死後の意識とは受取れない。
　大いなるものは小さいものを含んで、其小さいものに気が付いているが、含まれたる小さいものは自分の存在を知るばかりで、己達の寄り集まって拵らえている全部に対しては風馬牛の如く無頓着であるとは、ゼームスが意識の内容を解き放したり、又結び合せたりして得た結論である。それと同じく、個人全体の意識も亦より大いなる意識の中に含まれながら、しかも其存在を自覚せずに、孤立する如くに考えているのだろうとは、彼が此類推より下し来るスピリチズムに都合よき仮定である。
　仮定は人々の随意であり、又時にとって研究上必要の活力である。然しただ仮定だけでは、如何に臆病の結果幽霊を見ようとする、又迷信の極不可思議を夢みんとする余も、信力を以て彼等の説を奉ずる事が出来ない。[33]

ここで漱石が依拠しているのは、ジェームズの『多元的宇宙』である。漱石は「修善寺の大患」での体験を想起して「大きな意識」の存在を否定する。しかし「敷居の様な境界線」の下にある「暗」い意識、いわゆる「無意識」の存在自体は認めている。佐々木英昭は、漱石文庫所蔵『宗教的経験の諸相』でフロイトの名前に下線が引かれていることを指摘し、漱石がフロイトの存在を記憶にとどめていた可能性について言及するとともに、漱石テクストを貫く、フロイトに近接した「暗示」概念の重要性を強調している。[34]

また「無意識領域は、漱石にあって、なお、意識しえないがゆえにはかり知れない怖ろしさと、また限りない神秘を秘める場所でありつづけた」とは、小倉脩三の指摘である。[35] 伝統的な「魂」に代わる特異点として現れた「無意識」という場。漱石が抱いた恐怖は、やがてフロイト精神分析を大正日本の言説空間に招き寄せることとなる。

しかしここではいったん明治中期まで戻り、フロイト以前に「無意識」という場を強く印象づけた、催眠術をめぐる文脈をあらためて整理しておこう。

第2章　意識の底には何があるのか
——催眠術・霊術の言説戦略——

はじめに

漱石が「吾輩は猫である」で苦沙弥先生に催眠術の実験を試みさせた頃（明治三八（一九〇五）年）、日本は明治二十年前後に続く第二の催眠術ブームを迎えていた。催眠術は、日露戦後の殺伐とした世相の中で、自己を、そして他者を自由に操る欲望、マインド・コントロールへの誘惑をもたらした。

ただし、こうした催眠術のマイナス・イメージは、言い換えれば、明治期に新たに見いだされた「内面」を他者のそれに繫ぎうる技術として、催眠術が認識されたことを示してもいる。またそれは、意識という何ものかに物質的なイメージを与えることでもあった。身体の内部に潜む「何か」にアクセスすることで、超常的な能力を得ることができる。そしてその「何か」に至るゲートは、催眠術によって開くことができる。心理学や精神医学といったアカデミズムが催眠術を最先端の研究テーマとしたのも、このような催眠術のイメージと深く関わっている。

明治二十年代以降、科学的な研究対象であると同時に、科学では解明不可能な現象を現前させるという神秘性を売りものにしてきた催眠術は、やがて「精神」を実体化させるシステムとして受容される。催眠術は、近代科学が提示する世界観に異を唱えるための、有力な武器となるのである。こうした認識の一例が、先にも紹介した桑原俊郎による精神哲学の試みだった。

桑原は『精神霊動奥義』(明39・7、開発社)で、催眠術の原理を霊魂との関係から説き起こしたうえで、次のように主張する。「万物は一元唯心のみで有る。物質の如きは、変化極まりなくして、決して常有の者で無い。唯心のみは、無終、無始にして、不滅の者で有る」。彼の主張は、唯物論的な近代科学合理主義に対する異議申し立ての意味をもつ。こうした主張の具体的な証拠として、催眠術は位置づけられる。桑原にとっての催眠術とは、新たな唯心論哲学を構築するための、方法的な場なのである。

そもそもヨーロッパにおいて、メスメリズムに始まる催眠術の歴史は実験心理学、精神分析の誕生を促し、心理療法、精神療法の道を開いたが、その一方では種々のオカルティズムとの接近、融合の様相を示してもいた。しかしシャルコーによって実証的な定式が与えられ、その生理学的理論によって科学的合理性を付与されることで、催眠術は科学の内部に回収されつつあった。エティエンヌ・トリヤは言う。「加速する運動のなかを、人々はメスマーからブレイドへ、動物磁気から催眠術へと歩き回った。世紀の終わりまでに新たな方向転換が科学界を席巻した。それは催眠術への回帰だった[1]」。

催眠から暗示へ、さらに精神療法へとその装いを変えていった催眠術は、新しい学問領域である心理学、精神病理学に対する一般社会の高い関心とあいまって、レーヴェンフェルト、ピエール・ジャネらの研究により、新たなステージを招き寄せた。彼らの研究は、異常心理学的なアプローチと精神医学的なアプローチの対立を招いたものの、さらにそれが研究の活性化を促した。こうした動きのなか、シャルコーの影響を受けたフロイトは、ヒステリー研究から精神分析へと、その歩みを進めていった。しかし「催眠療法は患者の尊厳を損う危険な治療法だ」という非難の波が押し寄せた結果、フランスでは一八九〇年代から、催眠研究は徐々に衰退しはじめる[2]。とはいえ、アカデミズムの領域において、催眠術自体の学術的な意味が損なわれることはなかった。ただ厄介なのは、アカデミズムとは異なる領域で、メスメリズムが神秘主義と結びつき、新たなオカルトの温床となっていたことである。前章でも触れたように、明治期のブームでは、催眠術は霊の実在を証明する手段として受容された一面を持っている。秘められた「心」を現前化する方法としての催眠術は、「心」を実体として把握し研究するための、有効な手段と考えられたのである。[3]

かくして催眠術は、近代心理学がブラックボックスとして囲い込んだ「心」の実在証明という難問をふたたび突きつけてくる、両刃の剣となった。科学的自然主義の導入によって哲学から科学への脱皮を図っていた近代心理学にとって、催眠術によって顕在化するという多様な超常現象の研究は、ブラックボックスに踏み込む危険な行為になりかねない。催眠心理学を専攻していた福来友吉が透視や念写の研究を継続した結果、東京帝大を休職するに至ったという事実は、これらの研究の「危険」性を、図らずも実証したケースとみなされた。

また、催眠術が「精神」や「心」「霊」の実体的把握を推進したことで、霊の科学的研究を標榜した心霊学の移入も活性化した。明治四十年代に本格的に紹介されはじめる心霊学は、物質を研究対象としてきた従来の科学に対して、「心」や「霊魂」に科学的なアプローチを試みる「新科学」として、広く喧伝された。当時心霊学は、科学の再編成を促す契機と考えられたのである。

だが、催眠術が作り上げた精神哲学への回路は、以後、科学と深く切り結ぶことはなかった。福来友吉の催眠心理学から心霊学に至るアプローチ、大正期に流行した霊術理論などは、科学の外側へ排除された。科学とオカルトの狭間にあって、両者の分離、もしくは融合という、相反するメタファーを内包することとなった催眠術。それでは催眠術や霊術をめぐる言説は、いかにして科学的イメージを保ちつつ、霊的な「心」や「精神」の認識を訴え、それを「無意識」に結びつけるに至ったのか。本章では竹内楠三、古屋鉄石、高橋卯三郎などの催眠術書に注目し、彼らの著述内容の変化を追うことで、その屈折の様態を確認したい。

1 竹内楠三の転向

明治中期の催眠術書は、催眠術の常識を超えた魅力について声高に語りつつも、その科学的証明については迂回路を辿らざるを得なかった。例えば近藤嘉三『心理応用魔術ト催眠術』(1892=明25・8、穎才新誌社出版部)が強調しているのは、催眠術の原理に深く関与するという精神作用、特に精神の感通作用の存在である。ところがこの作用は「五識以外に卓立する一種の精神作用の霊機」であり「霊魂特有の妙能」であるために説明しがたいとされ、その内実は明らかにされていない。

同様の説明は、近藤『幻術の理法』(明27・12、穎才新誌社出版部)でも踏襲される。同書で近藤は、人の心性には一種特異な霊光を放つ作用があると述べ、それを「心霊の感通作用」と名づける。この感通は心力の波動作用によって起こり、心力の波動は、脳髄細胞の作用が転じて精神作用に変化することで生じるという。このように生理学的な文脈での説明を試みてはいるものの、根本的なところでは唯心論的な世界観に依拠せざるを得ない。

催眠術がその科学性を標榜してもオカルティックな色合いを払拭できなかった原因は、主にこの点にある。後の霊術家たちに大きな影響を与えた桑原俊郎も唯心論の立場から理論構築していたことは、前章で確認したとおりである。例えば、山崎増造『神秘術　前編』(明37・5、尚絅堂)が「霊魂は宇宙を統括して、一眼界に見透して居る勢力なのである。それで、従来迷信的に天眼通とか神通力と云うて居るのは、之の妙能から起ることである」と主張するのも、熊代彦太郎『施術自在催眠術全書』(明37・10、大学館)が、催眠術治療の有効性を心身相関原則に求め、なかでも「身体より精神に及ぼす影響よりも、精神より身体に及ぼす影響の方が、遥に有力であること」を強調するのも、桑原と同じ文脈にある。

こうしたなか、欧米の催眠術研究を概述した Albert Moll, "Der Hypnotismus" (1902) を下敷きにする[4]竹内楠三の二書、『学理応用催眠術自在』（明36・3、大学館。以下『催眠術自在』と略記する）と『実用催眠学』（明36・6、大学館）の刊行は、大きな反響を呼んだ。じきにこの二書は、催眠術の学術的研究を知るうえでの、日本におけるスタンダードとなる。

両書の刊行から七年後に、竹内が「催眠術上の種々なる現象は世人の既に幾分か知りて甚だ奇となす所なりしが、之を学理的に説明したるものとしては、余が前述の書の出づる以前に於ては未だ一も之なく、従て催眠術の性質に至りては殆ど世間に知られざりしなり。斯る状態なりしを以て、余が前述の二書は、幾分か時の必要を充たすこととなり、図らずも非常の歓迎を受け、忽ちにして其の版を重ぬる一は三十幾版、一は二十幾版というに至れり」と回想しているように[5]、ともに催眠術書として空前の売れ行きを示した。

同じく、近藤嘉三『催眠術独習』（明37・1、大学館）には「催眠術は我国に於ける近時の一大流行物で、従って其術に関する著作物の発行は頻々として、殆んど一雨毎に殖ると云う有様、催眠術自在が十七版実用催眠学が八版を重ねて発行部数数十万部と云うに至ては実にその流行の甚しきに驚かざるを得ぬ」「今日の様に大流行を為した直接の原因は、全く催眠術自在の力であろうと思う、これは著者が斯道の為めに大学館主と竹内先生に向て多大の感謝を払うに躊躇せざる所である」とある。この近藤の言及が『実用催眠学』刊行からわずか半年後のものであることを思えば、竹内の書物がもたらした反響の大きさがうかがい知れる。

さて、この『催眠術自在』の序で、竹内は次のように述べている。

近年、欧米諸国に於ては、催眠術の科学的研究は極めて盛んであって、其の結果、医療上、教育上、悪癖矯正上等に催眠術を応用して効を奏することは実に著しいのである。而して将来催眠術の力で、ドンな驚く可き事が出来るかも知れないという有様である。

我が国に於ても、近頃、催眠術を研究する人や、之れを治療上に応用する人が、ボツボツ出来てきて、催眠術の話が屡〻新聞や雑誌の上に現われるので、世人は大に之れに注意を向け、催眠術の何たるかを知りたいと思て甚だ渇望して居るのである。

然るに我が国では、本統に催眠術の事に就て書いた本はまだ一冊もないので、世人が催眠術の事を知りたいと思うても、欧文の本に依らなければ、其れを知ることが出来ないのである。余は催眠術専門家ではないが、心理学上から常に之れを研究して居るものであるから、一般の人に催眠術の何たるかを知らせたいという目的で本書を書いた次第である。

本書の体裁は、成るべく多数の人に解し易いことを主眼として、出来るだけ平易に通俗にしたのである。併し本書に述ぶる事柄は、凡て最近の科学的研究の成果であって、悉く専門の大家の実験と学説とに基いて居るのである。だから、体裁は極めて通俗であるが、其の事柄は凡て学術的なのである(6)。

竹内の立ち位置は、きわめて明快である。催眠術について世に流布していた万能のイメージ、魔術的要素も含めた曖昧模糊とした様相に対して、等身大の催眠術のありようを一般の人々に知らしむるべく、わかりやすく、しかし、あくまで学術的に説明を試みると竹内は述べている。では、この二書で催眠術はどのように語られているのか。また催眠術と「無意識」とのつながりについては、どのように言及されているのか。まずは『催眠術自在』に目を向けてみよう。

同書で竹内は「二十世紀は電気の世界であると言うが、精神的方面に於ては、二十世紀は催眠術の世界になるかも知れぬ」と、催眠術の価値の重要性を強調したうえで「人間を催眠状態にして置いて、其れに暗示を与えると、身体上及び精神上に種々の奇異な徴候を表わす」点に注意を促す。「暗示は唯だ一種の感覚に働いて単一の現象を起すに止まらず、同時に数種の感覚に働いて一群の精神作用を惹起すのである」。

このように暗示作用について説明した竹内は「催眠学の大家ベルンハイムやリーボールなどの説に拠ると、催眠術というものは暗示に外ならぬのである」とする。さらに催眠術（＝暗示）は、精神医学的に汎用性が高い。竹内は言う。「暗示の治療法というものは、唯だ患者をして其の病気は直ぐ癒おるという事を信じさせ、而して此の信念を患者の心にシッカリ植え込みさえすれば、或種類の病気は全快するという思想の上に立って居るのである。此の治療法が実際効力のあるものだという事は、実験家の確かに認めて居る所である」「一種の僻見を以て催眠術に反対する医者などは、催眠術を非常に危険なものゝ如くに言って居る。併し催眠術は健康上から考えても、又た道徳上から見ても、実際は何にも危険なものではない。此れは多くの公平なる研究家の認めて居る所である」。

では、なぜ暗示が生じるのか。この疑問を説明する仮説として登場するのが「二重意識」という概念である。次の箇所が、二重意識の説明にあたる。「催眠状態や、夢や、或は精神病的の状態になると、尋常覚醒の時に全く忘れて想い出せない事が明かに意識に現われて来て、又た其れと同時に尋常覚醒の時の記憶は全くなくなって居る。又た之れと全く反対に覚醒の時には、尋常覚醒の時に経験した事のみが記憶されて居て、催眠状態や夢や精神病的状態に於て意識に現わるゝような事は全く忘れて居る。そこで尋常覚醒の時の意識の状態と、又た変態の場合の意識の状態と、此の二つの違った流れがあるように思われる。是れ即ち精神病学などで謂う所の二重意識なのである」。人間には、覚醒時の意識と変態時の意識の二つが存在する。この後者の意識状態は「潜在意識」「副意識」「第二自我」などと呼ばれることもあり、のちにフロイトが提唱する「無意識」に接続する概念となった。

さて、暗示について、また「二重意識」について、さらに詳細な言及を試みているのが『実用催眠学』である。竹内は言う。「催眠術は科学的基礎の上に立って居るものである、一定の原則に基いて施さるべき学術的のものであるということが、始めて学者間に知られたのは、今より僅かに十八九年前のことである」「一般心理学或は生理的心理学中の最も確実なる種々の法則に基いて諸種の催眠的現象を説明し、或は此れらの法則を被術者に応用して或種類の疾患を心理学的に治療することを実験的に研究する、是れ即ち催眠学なのである」。

続けて竹内は、世界中で催眠術研究に従事する研究者を列挙する。「オーストリーに於ても、医師で催眠術を熱心に研究して居る人が沢山ある。其の重もなるものを挙ぐれば、ヴイエンの教授で精神病学及び法医学を以て世界に有名なクラフトエビング、ヴイエンの神経学者フロイド、同地の医師フライ、シユニツツエル、其の他ドネット、モジング、ミユーレル等である」といった具合だが、この中からはフロイトの名前を見いだすこともできる。

さらに竹内は、催眠術が多様な学問分野から関心を集めていると言う。「医学以外の著述に於ても、催眠術のことを論じて居るものが沢山ある。そのうちで特に催眠術の問題に重きを置いて居るのは、心理学上の著述である」「今日の心理学上の著述に於ては、催眠術上の現象に就いて論じて居ないものは、殆どないと謂っても宜い」の箇所だが、このように、なかでも彼が重要視しているのは心理学である。

また竹内は、現在催眠術に関して三つの学派が存在すると言う。メスメル派、シャルコー派、ナンシー派である。メスメル派は英国心霊研究協会（ＳＰＲ）を中心として、神秘的な超常現象の存在を是認する立場である。また現在の主流はナンシー派で、彼らは「一切の催眠現象を以て凡て心理的の現象となし、其れを起すのは全く暗示の作用に由る」と主張している。

しかし竹内は、あわせて次のように述べてもいる。「元来、説明と称するものは、是れまでには未だ知れて居ない事を既に知れて居る事に帰するのである。然るに精神作用の本統の性質というものに就いては、吾人は未だ何等の知る所もないのであるから、従って催眠中の精神状態に就いて満足なる知識を得んことを望むも、固より得べからざる所である。だから吾人が科学的知識の今日の程度に於ては、催眠状態の現象を覚醒状態の現象と比較し、其れに依って得たる説明を以て満足するより外に道はないのである」「元来、意識に関する問題は実に深遠微妙にして、容易に之れを解することは出来ない。意識は恰かも難解の謎の如きである」「脳及び神経の生理は、今日猶お甚だ幼稚にして、モールの言うが如く、殆ど信拠するに足りない」「だから催眠状態の説明は、今日のところに於ては、殆ど生理学に望むことは出来ない。不完全ながらも、上に述べた心理学的比較研究を以て満足せざるを得ないのである。其れから先きは、唯だ学者の想像説たるに止まって、決して確実なものと見ることは出来ない」。

要するに、催眠術に対して複数の学術的アプローチが存在していることを強調しつつも、その方法についてはきわめて限定的なものにならざるを得ず、それゆえに心理学による比較研究で満足するしかないというのだ。この限定的な状況のなかで、最有力とみなされている仮説が「第二人格」説である。この仮説は、竹内が『催眠術自在』で紹介していた「二重意識」に重なる。「元来一般に『意識』といって居るのは、主観的に知られた心作用ということを意味して居る。然るに吾人は意識という語にモット広い意味を附せん《ママ》ければならぬ。吾人が今謂って居る意味では、意識は第一第二の二つに区分せられる。而して第一意識が従来の意味でいう意識なのである」「マックスデゾイル氏は催眠状態と称すものは、単に吾人の心的生活の潜伏せる半面を現わすことに過ぎないと考えて居る。其の潜伏せる半面と称するは、即ち第二意識のことなのである」といった言及だが、このような「第二意識」の把握は、そこに胚胎するとされていた超常能力の問題と連動している。

この問題について、竹内は『催眠術自在』『実用催眠学』とほぼ同じ時期に、一書をまとめている。『近世天眼通実験研究』（明36・5、大学館）である。同書の刊行から七年後の一九一〇年、まさにこの天眼通（千里眼）の実在をめぐってマスコミ、学界を騒がせた千里眼事件が起きていることを思えば、『近世天眼通実験研究』の存在は興味深い。

さて、竹内は同書で「古来東西の諸国に行われて居る天眼通の思想は、一概に無知無学の徒の迷信、誤解、妄想に過ぎないとして排棄することの出来ないものがある。全く無根の虚説と断定すべからざるものがある。そこで、近年、欧米の学者中には、如上の精神に基いて、盛んに天眼通の実験的研究を企つるものが起った」「特に英国の心理研究会に於ては、一千八百八十三年に有力なる学者を選んで、其の研究委員となし、盛んに天眼通の実験的研究を行って居るのである」と、海外での研究動向を紹介する。ここでいう「英国の心理研究会」とは、SPRをさす。

そして竹内は、天眼通の原因として「人格」に注目すべきだと主張する。「近年心理学者は、人格問題というものに大に注意を向けて来た」「近年に至って、人格即ち我は必ずしも一つと限るものではなく、二つあることもあり、三つあることもあるという事実が発見された」「而して第二人格、第三人格が現われる時になると、其の人の精神作用が全く一変して、非常に不思議な働きをするのである」。ただし「第二人格、第三人格等に関する事実は、今日決して説明の出来ない所である」。「心理学は、近年独立の科学となって、著しい進歩をした。併し今日の心理学が果して吾人の精神現象を悉く説明し得るかというと、決して出来ないのみならず、殆ど分らないことが沢山ある。だから人間の精神作用に関する現象に就いては、今日の不完全なる心理学上の知識のみを以て、到底断定することは出来ないのである」。

とはいえ、仮説は存在する。「ドクトル　メーソンは第二人格、即ち潜伏自己に一種不可思議な作用のあるものとして、而して天眼通とか、思想交通とかいうような凡ての現象を以て、此の人格の働きに帰して居る」「心理学上で複人格ということは、ツマリ副意識たるに過ぎない。二つ以上の意識の連続が互いに独立して居るというに過ぎない」。こうして超常能力の問題は「第二人格、即ち潜伏自己」「副意識」仮説に接続する。これらの学術用語が、のちに「無意識」概念に吸収されていったことを思えば、「無意識」は当初からその内部に「不気味なもの」を抱え込んでいたのである。

ただし竹内自身は、これらの説をそのまま受容していない。「メーソンの説を見ると、第二人格という真暗な、底の知れない穴を発見して、何もかも其の穴の中へ投げ込んで了うような観がある。第一人格で説明の出来ない現象は、凡て第二人格の所作に帰して了うのだ。自分で其ういう風にして置いて、其れから第二人格は不思議な働きをするものゝように言うのだ。此れは全くメーソンの断定たるに止まって、心理学上では未だ承認することの出来ないところである」。

この「第二人格」説に対する疑念は、そのまま後の「無意識」批判に踏襲されていく。一方、催眠術の受容という観点から言えば、「第二人格」説の曖昧かつ不定形な把握によって、科学的言説によって否定されたかに見えた催眠術のオカルティックなイメージが、そのまま温存されたことになる。アカデミズムによる日本最初の研究書である『催眠術及ズッゲスチオン論集』上下（明37・3、5、南江堂）や、福来友吉『催眠心理学概論』（明38・6、成美堂）が公にされたのは、竹内の書物が話題になった直後である(7)。

これらの研究書は結果的に、竹内が示した催眠術の学術的価値を、アカデミズムの側から補強する役割を担った。その意味でも、竹内の先駆的な役割は無視できない。超常感覚には「第二人格」「副意識」「潜伏自己」が関与しており、催眠術がもたらす不可思議な現象の謎を解く鍵は、まさにこの異質な意識のなかにある――この仮説は以後、催眠術を語る上で重要なポイントになっていく。さらにそれは、「無意識」と神秘的なイメージが結びついていくうえで、大きく寄与することとなった。

ところが竹内は、それから数年後に刊行した『催眠術の危険』（明43・7、二松堂書店）で、従来の主張をあっさりと否定するのである。彼は言う。

好奇心に出づる催眠術の流行は近来漸く勢力を減じたるが如しと雖、治病矯癖等に於ける催眠術の応用は日に益々盛なる勢にして、之を営業となす者の増加は実に驚くべきなり。されば治病或は矯癖の為めに施術を求むる者の如何に多きかは、また推知するを得べきなり。催眠術が此れらの人に対して幾分の救助を与うることは疑なしと雖、また一方に於て此れらの人に恐るべき害悪を与え、其の身心を損傷することも少からず。唯だ営業的催眠術家の我田引水的言説を聞き、催眠術の利益をのみ妄信して、未だ其の恐るべき害悪の存するを知らず、為めに貴重の身心を傷くる人こそ実に気の毒なれ。(8)

かつて『催眠術自在』のなかで「催眠術は健康上から考えても、又た道徳上から見ても、実際は何にも危険なものではない。此れは多くの公平なる研究家の認めて居る所である」と語っていた竹内が、『催眠術の危険』ではその立ち位置を後退させているどころか、むしろ否定的な立場に転向している。あまりに急激な催眠術の流行と、催眠術治療の拡大。それらの場で語られる催眠術の万能性と、利益追求のみに血道をあげる催眠術家たちのありように、竹内は強い危機感を抱いたのだろう。同書以後、竹内は催眠術書の執筆から手を引いたようだ。(9) 時あたかも各新聞は、千里眼婦人の登場をこぞって書きたてはじめていた。

千里眼事件と超常感覚の問題については次章で触れるとして、千里眼事件以降、「いかがわしさ」のメタファーと化していく催眠術の姿は、複数の文学テクストに刻まれている。例えば谷崎潤一郎「幇間」(明44・9、「スバル」)では、催眠術にかかったふりを演じる幇間のお座敷芸が描かれ、同じく谷崎「魔術師」(大6・1、「新小説」)では、細部まで計算され尽くした巧妙な暗示効果がもたらす「魔術」が、恋人たちを牧羊神に変容させていた。(10) また芥川龍之介「魔術」(大8・9〜10、「中央公論」)では、他者への欲望をかき立てる暴力装置としての一面が強調されている。

明治四一（一九〇八）年の催眠術処罰令によって犯罪の対象となった催眠術は、科学のイメージを失っていった。谷崎や芥川のテクストは、催眠術に内包されていた科学的なイメージが終焉したことを示している。世紀末の時代にあって、それはもはや、科学から切り離された怪しげな何かに退化している。このようにして催眠術が行き着いた場のひとつが、霊術だった。

催眠術による暗示療法をベースとする霊術は、大正期になると古神道、新宗教、心霊学などの知見を取り入れて、新たな理論構築を図った。したがって霊術は、必然的に近代西欧医学の反措定という立場を取る。当時の代表的な霊術家のひとりである横井無隣は『臨床暗示術』（明44・3、精神科学会）で「病は気からと言う、病気とは体を病むに非らずして気を病むの謂に非ずや、果して然らば一切の病因は其肉体を支配する精神の疾病に基因せずんばあるべからず」と主張している。霊術とは、「精神」科学にもとづく「精神」治療である。精神の絶対性を前面に押し出す霊術は、正しく明治の催眠術ブームの延長上に位置しているのである。

桑原俊郎（天然）らによって、催眠術は精神の偉大な力を活性化させるシステムと考えられた。こうした理論の登場にともなって、多くの催眠術師が精力的に活動しはじめた。彼らは、催眠術によって活性化される精神の力によって、あらゆる病を治すと豪語した。そこでは催眠術による暗示作用が拡大解釈され、催眠術の神秘性が強調された。しかし警察犯処罰令によって催眠術が取締の対象となったため、彼らが衣替えの場として作り出したのが、霊術だった。

かくして催眠術は、霊術にその姿を変えて、民衆の間で密かに拡がっていった。だがその霊術は、もはやアカデミックな研究対象たり得ない。中村古峡、小熊虎之助らによる変態心理学的なアプローチは存在していたにせよ、文学テクストに表象された催眠術イメージが物語っていたように、もはや催眠術はオカルトの一種に変質せざるを得なかった。

しかし催眠術の流行は、人々に「無限の可能性を内包した精神」のイメージを植え付けることで、意識下に潜む何ものか、潜在意識の無限の可能性への欲望をかき立てた。その意味でも催眠術は、のちのフロイト精神分析の日本での流行に対して、事前にその条件を整備する役割を果たしたと言えるだろう。

2　古屋鉄石の流転

このような催眠術の歴史のなかで、常にその世界に身を置きつづけた興味深い人物として、古屋鉄石に注目したい（図1）。竹内が欧米催眠術研究のわかりやすい紹介者だったとすれば、古屋はさらにジャーナリスティックでセンセーショナルな、催眠術業界のオルガナイザーだった。古屋によれば「催眠療法に志したるは明治十九年にして」「催眠療法の教授所の看板を掲げたるは去る明治三十六年」、それから大正十三（一九二四）年まで「日々催眠療法の実地教授をなし、治療をなし、通信教授をなし、著述をなし、其れで私の門を出で催眠療法を行うて人を救済して居るもの、大日本帝国到処は勿論、欧米に跨りて無慮数万名である、医薬によって治療の途なき重病悪癖を私が全治せしめた数は数万名、私が著述した書籍雑誌は実に三百有余冊である」という(11)。

ただしこの古屋の回想は、かなり割り引いて読む必要があるだろう。霊界廓清同志会編『破邪顕正　霊術と霊術家』（昭3・6、二松堂書店）には、古屋に関する次のような言及がある。「長くやってることが精神療法界ではハバが利くとすれば、古屋君は頗る長い方である。自ら明治三十六年創立といってるが、同年には今は故人である催眠術の先覚者桑原俊郎氏が精神研究会を起したことを編者は記憶して居る。其の他に精神研究会というものが出来たことは聞かない。その頃浅草公園に陣取り、手品か何かで人寄せをしては、コンニャク版摺りの催眠術書を売って居た人に、古屋君とソックリな方があった[12]」。

とはいえ、催眠術書の刊行点数でいえば、彼を越える者はいまい。時代に寄り添いながらそのつどマイナーチェンジを繰り返し、二十年以上にわたって業界で活躍した。この間、大正五年までは催眠術・精神療法専門研究誌を標榜する「催眠術新報」「精神新報」を、また同年七月からは同誌を改題した「国民道徳」を刊行している。内容に大きな変更がないところを見ると、当局の取締を意識した看板の掛け替えなのだろう。彼の足跡からは、ある種の商才さえ感じさせる。例えば古屋が精神療法通信通学教授の広告で真っ先に強調しているのは、精神療法を修得すれば「精神療院を開業し、医者も及ばぬ堂々たる生活」ができる点なのだ。精神療法家は「高尚なる新職業で立身出世の近道」なのである[13]。

吉永進一は、明治三十年代後半から出現した催眠術団体のなかで最も成功した例として古屋鉄石の精神研究会（明治三六（一九〇三）年に大日本催眠術協会（図2）として発足し明治四二年に改名）をあげ、「会員は講義録で学ぶ通信会員と、本部に通って講義を聞いて学ぶ通学会員とに分かれ、後者は21日間の課程で修了後は催眠学士、さらには専攻科へ進んで修了すれば催眠博士なる称号が授けられていた。

図1　古屋鉄石

つまり学校制度を模し」たシステムを採用していた点に注目している[14]。古屋によれば、大正八年の段階で精神研究会の会員は数千名、「人を救い世を益せし会員の中より選抜し嘱託したる地方委員」二千有余名を数えたという[15]。

彼は催眠術に関する自説を、時代のトレンドに合わせて修正しつづけることで、催眠術業界、霊術業界を渡り歩くことを可能にした。言い換えれば、彼の催眠術書の変遷を確認することで、各

図2　大日本催眠術協会事務所

時代の催眠術に関するトレンドを押さえることができるわけだ。以下、時代に合わせて流転した、彼の催眠術観を追ってみよう。まずは、古屋の最初期の催眠術書のひとつ、『催眠術独稽古』（明39・11、大日本催眠術協会）である。

同書で古屋は、まず「催眠術とは被術者の感受性を高めて暗示を感応せしむる方法を云う」と定義する。催眠術の本質を暗示に求める、ナンシー学派の説である。さらに彼は言う。「催眠術は魔術や手品にあらずして、精神の作用なり、故に心理学上或は哲学上より立派に説明することを得べし、故に催眠術は智識の開発精神の修養として何人も之を学ばざるべからず」。以後、彼は催眠術をめぐる学説としてメスメルの動物磁気説、シャルコーの「神経病的説」、ベルネーム、リエボーの「暗示説」を中心とするナンシー学派の動向を紹介し「此説は比較的欠点少なくして多くの学者の是認する所なり」とする。

さらに古屋はビネーの「第二自我説」に言及して「凡そ人は自我を二個所有す、即ち通常意識たる第一自我と副意識たる第二自我之れなり。而して第二自我は第一自我に比すれば遥に美妙なる働を有し、第一自我に於て認識し能わざる種々の事柄にも、第二自我にありては容易に認識することを得」と述べ、霊魂説（霊魂不滅説）については「凡そ生物は霊動を有し、此霊動が身体の動作を主宰する」「施術者が被術者を催眠せしめんと心力を注集するときは施術者の霊魂が、被術者の霊魂に感通して以て被術者は催眠するものなり」と解説を加えている。後者は、近藤嘉三から桑原俊郎に至る理論と重なるだろう。

これらの学説について、古屋は次のように総評をくだす。「大凡学説に対しては是と云い非と云うは、相対的の称にして絶対的のものにあらず、故に或一学説を軽信して、他の学説を一概に排斥して顧みざる者は井蛙の誣りを免れず」。確かにその通りなのだが、ならば先の記述は個々の学説を羅列してみせただけで、自らの見解については判断を保留しているに過ぎない。要するに古屋にとって催眠術の理論的な探究は、催眠術が学術的な研究対象であることを示せればそれでよく、あくまでその関心は催眠術の実用性にあるようだ。

古屋は言う。「凡そ催眠術に関する説明は、大概心身相関の原因及び実例に外ならず。心身相関とは精神に感じたる如く肉体は変化するものなりと云うにあり。換言すれば暗示に感応したる場合を云う。精神と肉体は同一物なりとか、別物なりとかの議論は暫く、措き今心身相関の実例一二を挙げて、如何に心身関係の驚くべきものなるかを知らしめんとす」。このように催眠暗示が身体にもたらす影響を心身相関理論にもとづいて語った後、同書では暗示による肉体の変化について具体的な例を示しながら、その効用を書きたてていく。理論的説明よりも具体的な事実に語らせる記述は、後に暗示を利用した催眠術治療（霊術）の有効性を訴えるさいにも採用されている。

それから十一年後の『女催眠術』（大6・12、精神研究会）では「精神を培養せざれば其人の行為に美花を望むも得られません、近来一般の人々が茲に心附いて精神の研究に注意を拂う様になりました、故に催眠術は従来の物質主義に代て、小にしては一身一家を左右し、大にしては全世界の支配者であると思います」とあるように、のっけから催眠術の精神性を強調する。またここで彼は、二種類の催眠術の定義を紹介している。「感受性亢進説」と「潜在精神活動説」である。前者は「催眠術は暗示感受性を高めて暗示を感応せしむるものであ」り、ナンシー学派の説を踏襲している。

注目すべきは後者の「潜在精神活動説」だろう。こちらは、次のように説明されている。「催眠術は顕在精神を夢想にして潜在精神を活動せしむるものである、凡そ人の精神には顕在精神と潜在精神との二つがある、吾々が今現に意識しない精神がある、其れを潜在精神と云う即ち深き催眠状態に在る者が種々の動作をするは潜在精神の働きによるのであります」。こちらもリエボーの第二自我説を踏まえたものだが、古屋はさらに、この潜在精神を神の領域に繋げてみせる。彼は言う。「催眠術は純然たる学理の応用と神力により行わるゝのであります、哲学及び科学の応用と神の霊顕とによりて行わるゝのであります」「催眠せしむるは、被術者の精神を神と合一せしめんとし、又は神に近づかせしめんとするのであります、是れを以て此術を神術と称するのであります」。

神との合一が可能な場として潜在精神を把握するという意味で言えば、この古屋の主張はマイヤーズの潜在意識説に近い。ただし古屋は、国家神道の枠組みから逸脱するような真似はしない。「教育勅語の御主旨は、大日本国民をして完全無欠の人たらしめんとするにあるかと拝察致します。果して然らば催眠術は教育勅語の御主旨を奉体するものであると確信致します、甚だ畏れ多い次第でありますが、教育勅語の御主旨に悖る者、即ち父母に孝を尽さざる者、兄弟朋友及び夫婦の間に於て、仲よくせざる者、学問又は仕事を嫌て怠慢に陥るもの等をして、催眠術を以て其癖を矯正したる実例多くあります」というように、彼は同書で、教育勅語の主旨と催眠術の目的が合致することを繰り返し強調する。こうした彼の言説は、理論的な整合性よりも、時代状況に寄り添った方便として捉えるべきなのだろう。だとすれば、やはり古屋は抜け目がない。

また彼は、催眠術と霊術の関係を「算術に例うれば催眠術は代数幾何である、気合術、静座法、哲理療法、心理療法、霊子術、暗示術等は加減乗除である、故に催眠術が行えれば之等の諸法術は皆容易に行える」「精神療法は悉く催眠術の一小部分を行う者と見ることを得ます」と述べており、霊術理論の根本に催眠術を置く。この彼の認識も、同時代における霊術の動向から考える必要があるだろう。この時期には、三田光一の念写が注目を集めていた。福来友吉は「観念は生物也」（大6・12〜7・1、「変態心理」）のなかで、三田を「私の知る限りに於て、当代無比の大能力者」と称え、物質と精神の相互作用説を唱えた。あらためて精神の力が称揚され、その力を顕在化する催眠術への関心が呼び起こされていたのである。[16]

さらに古屋は、催眠状態の説明として「哲学上より見たる宇宙精神説」「宗教上より見たる神人合一説」「心理学上より見たる顕在精神夢想説」「生理学上より見たる脳小血及び呼吸平静説」の四つをあげ「以上四個の説は一個の催眠状態を四面より観察したる説にして、只其見方を異にする丈にて何れも皆真理なりと信じます」と述べる。先の古屋の主張は「神人合一説」と「顕在精神夢想説」の折衷型に見えるが、ここにあらためて別種の見解を入れ込むことで、ある種の客観性を装うことが可能となる。

さて、『女催眠術』は七年後に再刊される。『新催眠療法講義録』（大13・6、精神研究会）である。この間の事情について、古屋は次のように説明している。「大正六年に「秘密独習成功確実女催眠術」と題して第一版を発行し、新示後数版を重ね非常の売れ行きでありしが、大正十二年の大震災で現品も紙型も全部焼失したるを好機として、新学説新療法を加えて「新催眠療法講義」「一名精神霊動術療法講義」と題して発行することゝしました」「催眠術上の奇現象は即ち精神の霊動である故に本書別名を「精神霊動術療法講義」と命名したる所以である」。

ただしこれも、一種の方便に過ぎない。そもそも古屋には、内容の重複する書籍が多い。この二書も同様で、第一章、第二章の内容は、ほぼ同じである。唯一はっきりと異なるのは第一章第二節で、『女催眠術』では「催眠術は神術である」とされている記述が、『新催眠療法講義録』では「催眠術は高尚な神術霊動術である」に変更されていることである。さらに『新催眠療法講義録』では、次の部分が付け加えられている。「催眠術は霊の働きを客観的に試験する唯一の良法である、術者と被術者とは遠く離れて居り術者の霊力被術者に伝りて被術者の心身を左右する不思議の力を以て居る、故に催眠術を別名霊眠術と申ます」。

ここで古屋は「新催眠療法」を「精神霊動術療法」と言い換えているわけだが、この「精神霊動」という用語は、明治中期に桑原俊郎が唱えた概念である。つまり彼の主張は「新」説であるどころか、明治期への退化、先祖返りでさえある。おそらく古屋は十分意識的に、この変更を実行したと思われる。それは古屋の、ひょっとしたらファインプレーだったのかもしれない。同書が刊行された二年後の大正十五年には治安維持法が制定され、国体の変革や私有財産制度の否認を目的とする結社への取り締まりが強化されている。「神術」という宗教的なイメージをまとった概念から離脱し、より純化された概念へと置き直すことで、国体との距離を明示したのではないだろうか。大正末期には、すでに国家による宗教への干渉は厳しさを増していた。ちなみに、第一次大本教事件は大正十年である。

いずれにせよ催眠術から霊術へのシフトチェンジのなかで、古屋の催眠術書がおこなっているのは、科学性からの後退と精神性の先鋭化である。それはまた、催眠術書に対する時代の要請だったのかもしれない。この変化のなかで、神にもつながる精神のありどころとして「潜在意識」「無意識」は再浮上するのである。

3 意識の底には何があるのか

催眠術の日本での受容プロセスにおいて、催眠術と「無意識」イメージとの結びつきを強調したものに、高橋卯三郎『精神治療法』（1913＝大2・12、霊潮社）がある。高橋はキリスト教の牧師で、宗教を基盤にした精神療法を意識していた。[17]同書はまず、アメリカでの信仰治療の状況について「米国に於てはクリスチャンサイエンスの名の下に、一種の信仰治療をなす教派あり、亦一時名高かりしダウエー氏がシオン教会の如きも、なかなかに勢力を振って居りました」と語りはじめる。[18]

クリスチャン・サイエンスについては、早く高橋五郎『心霊万能論』（1910＝明43・2、訂正再版43・3、前川文栄閣）が紹介していた。『心霊万能論』によれば、クリスチャン・サイエンスは「催眠術と粗其成績を同じうする幾多の療法」のひとつで、一八八六年、「エッデ夫人（Eddy）」（メアリー・ベーカー・エディ）がアメリカで開いた宗教団体である。「特に重きを精神に置き、心を正しうして身体を健全ならしめんことを目的とす、是よりして又罪悪と病患との間に密接の関係を認め、己が精神の働を以て己が一切の疾病を除かんことを期す」もので「甚だ健全なる精神療法なり」と評価する。またジョン・アレックス・ダウィーとシオン教会についても、『心霊万能論』では言及されている。ただ実際には両団体とも、アメリカでかなりの物議を醸していた。

ともあれ、アメリカにおける信仰治療の勃興に対して、日本の状況はどうか。『精神治療法』は、次のように書き進めている。

> 然るに数年以来、我国にも宗教家ならぬ人々の中にも、精神治療の名の下に、一種の信仰治療をなす者が現われて来ました、彼等の多くは、催眠術を応用して、患者を治療するのでありますが、此催眠術なるものが、今迄興業師や、大道野師の如きものに乱用されて、一種の見世物になって仕舞い、或は未熟な輩が注意して暗示を下さない為に、甚だ良からぬ弊害を醸すに至ったので、催眠術といえば山師的行為のように、悪感情を世に与うるに至りました、然しかの桑原俊郎という人の催眠治療法や、其後に現われた藤田霊斎という人の息心調和法の如きは、一種の深呼吸と観念統一の修養によって難病を治し得ることを意唱して大に一般の注意を惹起すようになりました、其の後岡田寅治《ママ》郎氏が米国から帰って、静座法という名の下に、これも一種の呼吸と瞑想によって、心身を健全にすることを主張するに至って天下の人心は大に此方面に傾くように至ったのであります。[19]

催眠術の弊害を説く前半の主張は、先の竹内の懸念と一致する。だが高橋卯三郎は、実際に効果のある方法もいくつかあると言う。このなかで藤田の息心調和法、岡田式静坐法は、白隠禅師『夜船閑話』など、東洋の呼吸法の伝統に連なるものだが、後者についてはヨガや、催眠術から発展した精神治病法であるニューソートの影響も指摘されている。[20]

これらを踏まえた上で、彼は「精神治療の根底には、是非信仰的解釈が必要であると共に、他方には心理的研究の下に立たねばならず、而して此治療法が事実上著々効果を奏して行くのでありますす」と訴え、次のように問題の所在を示している。「全体信仰治療の問題は、古来から伝えられて居る処でありますが、近頃これが心理上尤も興味ある問題となり来ったのであります、それは我々の普通意識の外に、他の意識が存在して働くという一事ですが、これは、我々が覚醒して居る時には、妙に隠伏して其本質を顕わしません、ただ漠然不明瞭のものとして存在して居ります、そこで多少これに注意した人々が種々なる名称を下して無意識、副意識、潜在意識などと呼んで居ります、斯く種々に名づけられたる精神能力の実在することは、今や疑うこと能わざる程に至りました」。

ここに精神治療＝霊術は、「無意識」という新たな解釈格子を見いだした。従来は精神と物質という二元論の中で意味づけられていた「精神」に対して、新たに心理学の認識フレームが与えられたのである。さらに高橋は言う。「実際考えてみると、意識の光というものは、精神界の一小部分より照らして居らないので、恰も暗黒の夜、茫漠たる大原野に於て僅にここかしこの数箇所が微光に照らされて居るようなものであります、我々は其実我々とは縁遠い此世に住って居るのであります、我々は一度自分の注意を惹起したる無数の経験を観念連合法もて呼び起すことが出来ますが然し又之と関係なく、別に我々の現在意識には殆ど入らざる程、瞬間的の些細の事柄や、倏忽の間に現われて消え亡せた面影等が、一の大潮流をなして、我々の内部に保存せられて居るので有ます」「心意というものは、恰も浮いたる氷山の如きもので、波上に現われて居る部分は、波間に沈んで居る一層大なる部分に支えられて居るようなものであります」。

この「波間に沈んで居る一層大なる部分」に、彼は神の本質を見いだす。高橋によれば「神の本質は一大潜在意識」なのだ。この高橋の主張は、例えばエッチ・ピー・シャストリー「潜在意識」（大7・2、「変態心理」）の、次の言及と響き合う。「潜在意識（Subconsciousness）とは梵語に於いては、喜徳（Sattva-guna）と呼ぶところの実体の、最も微妙なる部分の一変体である。我々の心意が、その力を取り出すところの源となるものは、即ち此の潜在意識である。その潜勢力は無限無量であって、時々世界に於いて偉人の心に依って示されるところの一切の力は、皆此の潜在意識の中に伏在するものである。例えば泉の如きものであって、吾人の心は畢竟、此の大なる泉より流出する一の流れに過ぎない。吾人はこれを内在の神と呼ぶも不可ないものであって、此の潜んでいるところの神を、如何にして引き出すべきかを知る人が、即ち世に所謂偉人なるものである」。

続けてシャストリーは「この潜在意識を利用する方法を称して、印度に於いては王瑜伽（Raja Yoga）と呼ぶ。仏教に於いて、王三昧と呼ぶのは即ちこれである」と言う。このようにして、高橋の紹介する信仰治療はヨガとも繋がる。一方で、高橋の主張の背景にF・マイヤーズ、ウィリアム・ジェームズの仮説があるのは、言うまでもない。

『精神治療法』の公刊とほぼ同時期に、大槻快尊は「精神療法の話」（大2・1、「心理研究」）を公にしている。このなかで大槻は、精神療法を無限に拡大解釈する輩、要するに霊術家に対する批判を展開している。彼は霊術家を四つに分類してみせる。無意識論者、精神万能論者、心霊の神秘力論者、宗教的信仰論者である。この四つの論点について、大槻は個別に否定する。無意識論については、無意識という一種の意識が意識以外にあるという説は間違っているという。また高橋の主張は宗教的信仰論に該当すると思われるが、大槻は宗教問題と関連することは認めるものの、あえて宗教を持ち出す必要はないという。

いまだ無意識の概念規定で揺れが生じている時期ではあるものの、大槻の批判はレトリック、解釈の問題にとどまっている。高橋の主張がクリスチャン・サイエンスの有効性を前提にしており、その原理の解明として心理学を媒体とした無意識理論を提示している点に注目すべきだろう。

図3　釈霊海

図4　釈霊海の施術の光景

後に高橋卯三郎は雑誌『変態心理』で「クリスチャン・サイエンスの解剖」（大14・4〜15・3）を連載している。ここでも彼は、「信仰治療又は精神治療」の問題は「近時有識者間に着目せられつつある潜在精神活動問題に帰着する」と主張しているが、『精神治療法』での高橋の「無意識」に対する言及は、かなり早い時期の指摘だろう。

このように明確なイメージを与えられた「無意識」は、霊術の世界のなかで新たな言説の場を獲得していく。先の古屋の言説もそうだが、例えば大日本修心会を率いた金田霊岳の金田式身心改造保健法は、記憶を把持しているという潜在意識に訴える方法である。金田は、痛みを喚起する潜在意識の記憶を除去すれば、病は治ると言う。「潜在意識を撃てば病の記憶は吹消され、如何なる病も雲散霧消す」。ここでの精神治療とは、潜在意識の記憶を拭い去ることなのだ。[21]

井村宏次は、『破邪顕正　霊術と霊術家』で紹介されている、昭和三（一九二八）年当時の代表的な霊術家一二三名の「術」の内容を整理し、以下の五つのグループに分類している。まず、精神療法派が四〇％、霊術派が三四％、療術派が一六％、信仰派が七％、そして心霊主義派が三％。[22]この分類は、療術派を除けば先の大槻の分類とほぼ対応する。明治末期から昭和初期にかけて、霊術をめぐるフレームは、新たに療術を得た以外はほとんど変化していないのである。

このグループのなかで、精神療法派は暗示、催眠などの心理療法を主体とし、信仰派は宗教を基盤とした各種の療霊術を行った。この二派は、理論レベルで「無意識」の概念を採用していた可能性が高い。信仰派には、クリスチャン・サイエンスのようなキリスト教系だけでなく、仏教系も含まれる。この仏教系の霊術書にも、潜在意識への言及が存在する。

例えば釈霊海『大霊療法禅霊術』（昭4・2、大霊閣）は禅宗系の霊術書だが、釈は大霊療法禅霊術を「吾人の潜在意識が斯道の修霊法によって次第に進歩発達し、所謂自身霊力が増大して、何等の疑心なく「余の病気は必ず治るものなり」又進んでは大胆に「余は何時なりとも他人の病気を治療することを得」と云う確信力が対者に霊的に感動波及して容易に病患を治療するに至る」ものと説明している（図3・4）。釈は言う。「現潜両意識間には一道の溝渠があって彼我相通ずること能わざる感がある」「其二者相通ずる道さえ発見すれば潜意識に現るる活動を自在に現意識の上に呼起し得るに相違ないのである」。この釈の主張は、先のシャストリーの言説とも重なる。

精神療法派はもともと催眠術を基盤にしているので、「無意識」への言及は当然としても、信仰派、そのなかの仏教系でさえ、「無意識」は手放せない概念枠になっていた。ただし、もともと「無意識」が仏教用語から採用された翻訳語であったことを鑑みれば、これもそれほど不思議な事態ではあるまい。

昭和初期にあって、霊術家全体の半数近くが「無意識、副意識、潜在意識」との関連で霊術を考えていたことの意味は重い。大正期の「無意識」の受容プロセスを考察するにあたって、霊術が果たした役割は、決して小さなものではなかったと言えよう。

第3章　超感覚の行方
——催眠術・千里眼・テレパシー——

はじめに

前章で触れたように、催眠術の流行は超感覚への関心を活性化した。自己暗示によって、自らの内部に秘められた無限の可能性を実体化すること。その現れのひとつが、千里眼（透視）をはじめとする超感覚的知覚である。それは「魂」や「精神」のもつ不可視の能力と結びつけられ、意味づけられていった。また、催眠術が近代心理学という新興の学問による最先端の研究対象だったことによって、これらの超感覚は、科学によって認知された能力とみなされた。しかしその心理学が一転して超感覚を否定したとき、あらためて、かつての心理学が問題領域としていた「魂」や「精神」の実在性が問われることとなる。

そもそも科学は、還元主義的な性質をもつ。科学の規則は、しばしば通常の学問的な領域を越えて拡張していく。特定の分野に公認された科学的方法が輸入されたとき、その分野は科学的に「還元」される。例えば心理学において「心の性質は脳の地図を作ることによって解明される」といった命題が成立するように。そして、科学はその存在が注目されるとき、無批判にドグマとして受け取られる傾向がある(1)。心理学が科学を志向するならば、心理学もまた科学の規則に則り、日常的な「意識」世界から科学的にイレギュラーな場所を消していく作業を進めざるを得ない。そのさいに科学は、唯一の規範として機能する。日本では明治四三（一九一〇）年にはじまる千里眼事件が、この問題を先鋭的に象徴しているだろう。

ここでは、千里眼事件における心理学のポジショニングに注目することで、超感覚を支えた「魂」「精神」イメージの変容と、それに代わる「無意識」の登場に至るまでのプロセスについて考えてみたい。

1　催眠術とテレパシー

明治三十年代半ばに始まる催眠術ブームについては、前章で触れた。あらためて、当時の催眠術ブームに見られるいくつかの特徴を確認しておこう。まず、催眠術が心理学における最新の研究対象とみなされたこと。そして自己、もしくは他者をコントロールする「術」的な側面が強調されるようになり、それが人々の関心を引き付けたこと。さらに付け加えれば、新たな社会制度の定着期だった明治中期、学歴競争という枠組みの中で自己改革を真剣に迫られる青年層が登場し、彼らが催眠術に注目したことも押さえておきたい。

催眠術というイメージは、このような要請に応えるに足る幻想を内包していた。例えば、当人さえ気づいていなかった特殊な能力が催眠術によって目覚め、その能力を活用して立身出世の階段を上っていくといった物語。催眠術は、日常生活では認知できない、隠された感覚を目覚めさせる。普段は思いもよらなかった感覚が、催眠術によって覚醒する。その結果、秘められていた才能が開花する。このような催眠術の効用を説く大量の催眠術書が刊行され、これらの書物は、口々に催眠術の理論的正当性を訴えるとともに、「心」のもつ無限の可能性について言

図5　催眠術実演の様子

注）各写真に付されたキャプションは以下のとおり。棒寄せの術（右上），座布団を小児と錯覚して，大切に守る（左上），ハンカチフを神と誤認して，拝す（右下），催眠状態に於いて，術者の命令に従い敬体す（中下），精神的方法，即ち暗示のみによりて催眠せしむ（左下）。

及した（図5）。

例えば近藤嘉三『幻術の理法』（明27・12、穎才新誌社）は、心の持つ属性を「悟性覚性に属する作用」と「心霊の感通作用」とに分類し、後者の能力を、五感に依存することなく自らの心力を他者に感通し、また他者の心力を感受するものと説明する。現在、テレパシーと呼ばれている超感覚的知覚である。この能力は、本来「心」が持っている属性のひとつであり、この「心力感通」術こそが幻術（催眠術）であると、近藤は主張する。

同様の思想は、山崎増造『神秘術前編』（明37・5、尚絅堂）などに受け継がれている。山崎は人間の心性のなかに、悟性（「事物を理解する能力で、普通の実験的論理」）、覚性（「五官の感覚で、耳目口鼻触覚の作用」）以外に

「心力の機動及波及」を見いだし、この機能を「素より五識以外に卑然として活動して居るが、隠約で、到底実験も人知も遥かに及ぶ事が出来ぬ」ものと説明している。

当時の催眠術書に頻出するこうした論調は、ほぼ常に科学万能論に対する痛烈な批判をともなって展開される。山崎の場合で言えば、科学者たちが個々の専門分野の立場からしか発言しないことへの不満として語られている。それぞれの科学者の発想は「各々其の根底から、学会の範囲を異にして居る」。ゆえに彼らは、全体を統括した視点を持ちえない。科学の専門分化にともなう視野狭窄を、山崎は痛烈に批判する。佐々木九平『催眠術に於ける精神の現象』(明36・12、矢嶋誠進堂)が、心身二元論の立場から「物質的身体の研究が斯く迄細密に進歩発達せるにも拘らず一方の精神に関しては其本体に於ても作用に於ても尚未だ足らざるもの多し」と言うのも、同様の視点による。

ただし一方で、科学的立場から催眠術経由の超感覚に言及した発言も、早くから存在する。例えば、ジョーンスツロム原著、渋江保訳『催眠術』(明27・6、博文館)。同書では催眠術を「人為に由りて他人の神経に感通を及ぼし、之を睡眠らしめて、其の精神を左右するの術」と定義した上で、シャルコーによる三段階の催眠術の分類を示し、その中の「睡遊的段階」こそが、心理上もっとも興味あるものと述べている。この段階では、五感、および心力がきわめて鋭敏になり、さまざまな暗示に感応しやすくなる。千里眼がおこる原因のひとつは、まさにこの「精神的サッゼスヨン」(暗示)によって施術者の知識と観念が被術者に伝達された結果であると、筆者は主張する。

渋江によれば、著者のジョーンスツロムはスウェーデンの精神医学者であり、ストックホルム病院長である。彼が西欧の権威ある科学者として紹介されているのは、重要である。ジョーンスツロムの言説は、科学の領域内における催眠術のポジションを保証することになる。催眠術という特異な技術と、それによって見いだされる超感覚的知覚。それは催眠術という最新の医学的・心理学的技術によって導き出された、日常的な感覚の隣接地帯に現れる何ものかである。千里眼という能力は、我々のごく身近な領域にまで急接近している。いつの間にか超感覚は、催眠術をめぐるコンテクストの中で合理化され、日常の地平に位置づけるための論理の登場を待ちわびていたのだ。

佐々木『催眠術に於ける精神の現象』は、催眠術に関するなかで、もっとも不可思議な現象として「天眼通」(千里眼)をあげ、それを「到底五官の働きにては感覚し知覚し得ざる所の事柄を知り得ることなり」と説明して、次のように付け加える。「然らば何故にかかる現象の出来得るものなるかと云うに其理由に至っては学者各々其所説を異にして一定せず中には此現象を全く有り得べからざる事として否定するもあり右の有様にて到底現今の学説にては満足の解釈を与え得るものなし」。

佐々木が言う、千里眼をめぐる海外での研究状況については、前章で紹介した竹内楠三『近世天眼通実験研究』(明36・5、大学館)が詳しい。竹内は、この時期の催眠術研究の主流だった、フランスのナンシー学派の動向について「天眼通とか、思想交換とかいうような、一般の心理的法則で説明の出来ない不思議な作用は決して信じない」と説明し、催眠術の学説についてはナンシー学派に同意しつつも、天眼通などの超感覚については「絶対的にないものと独断することは、到底今日の心理学上の知識では出来なかろうと信ずる」と述べている。

竹内によれば「心理学は、近年独立の科学になって、著しい進歩をした」が、だからといって人間の精神作用に関する現象をすべて説明できるわけではない。現在、もっとも進んだ天眼通に対する科学的説明は、アルフレッド・ビネーが提唱していた「潜伏自己に一種不可思議な作用のあるものと」考える「第二人格作用説」である。ただしこの説も、仮説の中に未知の現象がおきる理由をすべて投げ込んでしまうようなもので、全面的には賛同できないと竹内が述べていたのは、先に記したとおりである。一八八九年にビネーは、ヒステリー患者の心中では、二つの意識状態が互いに相手に知られないまま共存することが可能であるとし、「なにゆえに、またいかにして、ヒステリー患者に意識の分裂が生起するのか」と問いかけていた。(2)

この時期、一般社会に流布していた通俗的な催眠術書における超感覚の理解には、かなりの幅がある。一方の極には、唯心論にもとづく精神主義的な解釈があり、近藤、山崎の言説は、これにあたる。このような解釈をもっとも明瞭に打ち出しているのが、桑原俊郎である。

桑原は『精神霊動　第二編　精神論』（明37・5、開発社）で「物質は精神（動力）の表象である」「物は、その精神の住居せる家屋である」と断言する。いわゆる心身相関説を採りつつ、肉体に対する精神の優位を訴える桑原は、精神こそが物質を規定すると主張する。彼によれば「精神の活動が、単に、吾人の身体のみに止まらずして、身体より逸出して、無限に活動するもの」こそが催眠術の原理であり、この精神は、催眠術によって生じる「神通力」などの現象によって、具体的に現出する。桑原にとっては、人間が精神的存在である以上、千里眼などの超感覚は「超」に値しない、きわめて当たり前の現象なのだ。

このような精神主義の対極に、科学的認識によって「超」と「常」の感覚領域を画定する試みが存在する。例えば、福来友吉『催眠心理学』（明39・3、成美堂書店）。同書は、戦前唯一の心理学アカデミズムにおける催眠研究の成果である。また福来は、精神医学に対峙して催眠術研究を進めていた、日本では当時唯一の心理学者だった。同書の自序で、彼は言う。「我れ学者として神怪不思議に近寄らずと言うものあらば、我れ之を頑迷不霊と謂わん」「学者は真理の研究者なり。是れ学者の神怪不思議に近寄るべからざる所以なり」。

さらに福来は、宣言する。「学者の職は宇宙万象に確乎不動の説明を与うるにあり、理性のサーチライトを以て未説明の荒蕪地を照し、神怪不思議に見ゆるものを転じて平凡常事に帰するにあり」「神怪不思議のものとして学者の研究範囲外に放擲されたりし催眠現象に合理的新説明を与え、以て斯術をして堅実なる科学的基礎の上に立たしめんは、我輩浅学非才の敢て当る所にあらず。若し此偉業を企つ適当なる人に向って、幾分の参考とならば本書の望み足らんのみ」。

福来の姿勢が典型的な近代科学パラダイムのコンテクスト上にあることは、間違いない。不可思議な現象や感覚を科学のパラダイム内に位置づけ、再解釈を施すこと。それは「超」と認知されてきたものを、「常」の内部へ回収する作業に他ならない。こうした試みが科学における大きな成果として評価されるならば、一九〇〇年代にあって、今なお解釈不能な要素を数多く残していた催眠術は、新進の学問ジャンルだった心理学から見て、格好のターゲットだったと言えよう。

付け加えておけば、この時期には、科学的パラダイムにおける超感覚の把握とは異なる次元で、超感覚への関心が高まっていた。例えば、文学場における怪談ブームである。その背景には、明治三十年代半ばに始まる「煩悶の時代」の精神主義的風潮、それにともなう西欧心霊学など、神秘主義への眼差しが存在する。こうした動きが一方では文壇内での「神秘」への関心を掻き立て、また一方では民俗学の誕生を促した。

一九〇八（明治四一）年五月ごろ、水野葉舟、柳田國男らを中心に始まった怪談研究会が後の柳田『遠野物語』の成立につながったことはよく知られている。[3] また同時期にまとめられた怪談集としては、熊田茂八編『怪談会』（明42・10、柏舎書楼）、「妖怪特集号」（「新公論」、明44・4）、「特集　怪談百物語」（「新小説」、明44・12）などがある。そして、これらに収録された話の中で、しばしば話題になっているのがテレパシーである。

水野葉舟「テレパシー」（『怪談会』所収）には、次の一節がある。「怪談の中でも、人間が死ぬ断末魔の刹那に遠く離れて居る、親しい者へ、知らせるというのは、決して怪談というべき類では無かろうと思う、これは立派な精神作用で、矢張一種のテレパシーなのだ」。従来「怪談」とみなされてきた現象に対する、新解釈の提示である。水野の主張に通底する話は、同じ『怪談会』からもいくつか見いだすことができる。例えば、尾上梅幸「薄どろどろ」の「ある年のこと、乳母が病気で、今度は助からないかも知れないと言って来た。するとこれが夢に来て、私に銀杏を持って来て、くれたと思うと目を覚ましたが、やがて銀杏が小包で届いて来た、遅れ走にまた乳母の死んだという知らせが、そこへ来たので、夢の事を思って、慄然とした事がありました」といった話である。

ガーニー、ポドモア、マイヤーズ『生者の幻像』（1886）が心霊学とともに日本でも紹介され、テレパシーは実在する心霊現象として認知されつつあった。『生者の幻像』の序文には、同書が「ある人間の心が、言葉が発せられず、書きつけられもせず、合図もされないにもかかわらず、他の人間の心に影響を与えたと考えるに足る、あらゆる種類の事例」「既知の感覚経路とは異なる方法で影響を与えたと思われる事例」集であると記されている。

つまり同書は、テレパシーが「自然界の事実」であることの証明を試みた書物と言える。なかでも彼らは、死にゆく人々がその不幸を知るはずもない遠く離れた友人や親戚に目撃されたケースを重視した。この現象を彼らは、テレパシーによって引き起こされる幻像と考えたのである。[4] 先の水野の言説は、明らかにこの『生者の幻像』の主張を引き継いでいる。

同タイプの話は、『遠野物語』からも見いだすことができる。序文で柳田が「此書は現在の事実なり」と語っているとおり、『遠野物語』には「今・ここ」に生起している怪異な現象の報告集といった趣がある。同書に収録された一一九話のうち、死の直前に遠く離れた場所に現れた話は三例ある。これ以外にも、死に瀕した親族と感応した話が一例、死の直後に死者が現れた話が三例ある。図らずも『遠野物語』の一部は、日本版『生者の幻像』とも言うべき側面を持っているのである。

この『遠野物語』の一面を確実に見抜いていたのが、高橋五郎『霊怪の研究』（明44・7、嵩山房）だった。高橋は同書で『遠野物語』から三例を引用し、心霊学の見地から「霊魂が生前死後に現わるる」現象の事実性に言及している。高橋は『遠野物語』を、現代の超常現象のデータベースとみなしているのだ。[5] このテレパシーのように、福来の言う「神怪不思議」を「合理的新説明」のもとに意味づける動きは、科学アカデミズムの外部にも確実に存在していたのである。

さて、あらためて福来の研究に目を向けてみよう。彼のアプローチが超感覚と日常的な感覚の分離に成功しているかと言えば、とてもそうは言えない。むしろ、催眠術研究で踏み込み難い、いわば「危険水域」を慎重に回避しているイメージが強い。精神主義の立場から果敢に「超」と「常」の垣根を取り払った桑原に比べれば、もちろん科学的な手続きの必要上やむをえないとはいえ、『催眠心理学』の記述は隔靴掻痒の感が否めない。福来もまた、同様の物足りなさを抱いていたようだ。その福来の前に、超常能力者とみなされる存在が現れたことで、事態は動き出す。一九一〇（明治四三）年初頭、福来と御船千鶴子が出会うことで、いわゆる「千里眼事件」は動き出した。

2 超感覚の行方

熊本の御船千鶴子、四国丸亀の長尾郁子（図6・7）という、主にこの二人の「超常能力者」をめぐる一連の事件は、超／常の感覚ラインを定位する上で、後戻りのできない状況を作り上げることになった。[6] 彼女たちの出現が、明治末期にあって学問の境界を越え、ある意味で学際的な眼差しを形成したことは事実である。彼女たちの能力の有無を判断するため、理系にとどまらず、文系の学者までもが実験や議論に深く関わった。しかし、この学際的な眼差しが、逆に当時の学問ジャンルにおける専門分化の様相を明らかにしたことも否定できない。

突然の「超常能力者」の出現と彼女たちの能力に対する学術界の反応について、心霊学人『神通力　一名　千里眼透視法』（明43・10、尚文館）は「近年に至る迄、極めて偏頗にして独断的」であり「狭き範囲の実見的知識を以て演繹的に説明し得らるる事の外は、宇宙間何物も存在する筈なきが如く断定」していた学界が、いわゆる千里眼婦人の登場した最近になって「批評的となり、研究的となり、其事柄の所謂合理的なると否とに関せず、公平なる探究心を以て先づ其の事実を精細に観察せんとする傾向を顕わし来れり」と評している。この記述は、千里眼事件のピーク時における学界の状況を、よく言い当てている。

明治四三（一九一〇）年九月十四日、十五日の二日にわたって東京で行なわれた御船千鶴子の実験会には、幅広い専門分野の研究者が参加した。心理学や精神医学は言うに及ばず、法医学、物理学、生物学、哲学、宗教学など、その学問ジャンルは多岐にわたる。この多様さを反映し、学者たちの千里眼に対する解釈も、百花繚乱の様相を呈した。このような解釈の多様さは、それらの解釈を統合しうる、新たな解釈格子の要請につながっていく。

図６　長尾郁子

図７　長尾の念字「通力」

この年の九月以降、新聞メディアなどを通じて広く喧伝されたのが、ＳＰＲ（英国心霊研究協会）をはじめとする、西欧心霊学のアプローチだった。霊魂に対する科学的な探求を柱のひとつとする心霊学は、物質世界の外側に存在すると思われる心霊世界をも研究対象とする「新科学」として、当時、世界的な反響を呼んでいた。十九世紀半ばから顕在化する近代科学の大規模なパラダイム・チェンジの流れのなかで、いわゆる超常感覚もまた、新たな科学イメージのもと、ありうる現象のひとつとして、世界規模で検討が進められていたのである。こうした世界的な潮流のひとつが、千里眼婦人に対する日本の科学アカデミズムの反応だった。

この一連の流れのなかで、福来はきわめて戦略的に行動していたようにも見える。催眠心理学から見た研究対象としての千里眼。それは、心理学という新興の学問ジャンルを世間にアピールする、絶好の素材でもあった。

各種新聞が御船の実験を大きく取り上げた影響から、全国津々浦々で、自称超常能力者たちが続々と現れはじめた。そのなかでも有望と思われる者について、福来はわざわざ当地を訪れ、実験を行なっている。その模様は、地元の新聞で大きく報道された。例えば、愛知県岡崎市で評判になっていた千里眼姉妹の杉浦菊子と梅子。彼女たちを実験するために福来が出張すると連絡を受けた杉浦家では、急遽畳を取り替え、壁を塗り替えるなどの大騒ぎになったという(7)。

こうした福来の行動は、彼の真意はともかくとして、一般的にはまだまだ認知度の低かった心理学という学問を世間にアピールするうえで、相当の宣伝効果を発揮したと考えられる。また、各種メディアを通じて報道される彼の活動は、時々刻々と拡大しつつあった千里眼問題を担当するのは心理学であるというイメージを形成することにもなる。事態は、科学アカデミズム内部におけるパイの争奪戦という一面を持ちはじめるのである。

ただし、千里眼をめぐる一連の動きのなかで、福来以外の心理学者の発言は、極端に少ない。例えば福来の師である元良勇次郎は、東京での御船の実験に参加したさいに、熱の作用か、もしくは「なにかあるものが物体を通して一種の感覚を与えるのではないか」と感想を語っているものの(8)、その後は表舞台に出ることを意図的に避けているようにも見える。また、元良以外の心理学者の発言も、千里眼事件のさなかにはほとんど見いだせない。

学界、マスコミの見解を二分した千里眼事件において、最終的にその帰趨を決定付けたのは、物理学者の見解だった。長尾郁子を対象とする物理実験が中断されたのち、この実験に参加した藤教篤、藤原咲平のまとめた『千里眼実験録』(明44・2、大日本図書)が、世論の方向性を定めた。同書の結論は「千里眼の存在する可能性は否定しないが、現時点における物理学の常識では許容しえない」というものである。

それでは、なぜ千里眼の真偽を決定するキー・パーソンが物理学者だったのか。心理学や精神医学といった、当初から千里眼問題に深く関わっていた学問の権威はどうなったのか。のちに福来は『透視と念写』（大2・8、宝文館）に「透視は物理学的理論によりて説明出来ざるものである」「此の問題は物理学よりは寧ろ精神学の領分に属するものであると思われる」と記している。福来にも、物理学に屈服する形で事件が終息したことに対する不満が強かった。おそらくこの点にこそ、近代科学に内包された学問間における力学が示されている。

注目すべきは、明治末期にあって、多くの人々を説得しうる最強の論理が科学、なかでも物理学とみなされていた「事実」である。誰をも頷かせることのできる錦の御旗が科学実験であり物理法則であることが、広く認められつつあった。その意味では、千里眼の認知をめぐる手続きが科学のシステムに則る形で進められた瞬間に、すでに事態は物理学の領分に踏み込んでいたともいえる。そして、ある能力が事実か否かを認証するために問われるべきチェックポイントは、すべて物理学に代表される科学の規範から提供されることとなる。ならば、結論は、その時点でもはや見えていたのではなかろうか。

あるいは、次のように考えた方が正確かもしれない。千里眼に対する実験が遂行されたがゆえに、物理学の権威が世に認知されたのだと。この事件を通して人々は、科学的な真理を判定するのは物理学であることを学んだのだと。科学もまた、社会的に構成される性質をもつ。社会を合理的に統治するための原理を提供するものが科学であると認知されたとき、科学はそれにふさわしいふるまいを要求される。(9) 科学の受容は、同時代の社会的な規範を裏切らない形で進行する。言い換えれば社会は、自らの基盤を強化する科学を評価するのである。

一方この問題は、福来の基盤である心理学アカデミズムの抱えていた問題とも深く関わっている。哲学的な心理学から近代的な科学としての心理学へと脱皮を図っていたこの学問ジャンルは、フェヒナー、ヘルムホルツ、ヴントらを経由することで、人間の感覚や知覚といった、一見不定形な要素を科学的に明示するという方法論によって、注目を集めた。そのさい、心理学が科学として立つためには、科学の基盤とみなされた物理学との整合性は無視できない。物理法則が適用できない現象を認めた瞬間に、心理学は科学たる資格を喪失する。だとすれば心理学は、最初から超感覚としての千里眼を認めるわけにはいかない。

もちろん、このようなイレギュラーな現象に対して特別な器を用意し、そこへ移行させるという方法もある。正常な感覚は、一般心理学のなかで実験によって測定される。異常な感覚については特殊心理学のなかで、特に異常な精神現象を研究対象とする変態心理学というジャンル内で扱う。そもそも催眠心理学は、この変態心理学の一分野である。しかしここでも、異常を正常との関係性のなかで把握するという、科学的視点が求められることは言うまでもない。

では、あくまで科学の領域内で超感覚を扱うためには、どうすればよいのか。その試みのひとつが、超心理学である。超心理学とは、心霊現象や超常能力と称されている現象を、人間のもつ未知の心理作用に起因するものとして検証することを目的とした学問である。超心理学の歴史は、いわゆる超感覚的知覚が、誰にでも備わっている「心の働き」の一種として認められるか否かを確かめるための、悪戦苦闘の百年だったと言える。[10]「超」を「常」の内部要素として定位できなければ、超感覚的知覚は科学の研究対象になりえない。しかしそれがいかに困難な営みであったかは、超心理学の歴史が証明するところだ。

そこで、福来である。彼は催眠術研究からスタートした変態心理学者であり、事件当時の彼にとって千里眼とは、人間の潜在意識の無限の可能性を暗示するものに他ならなかった。彼の内部では、千里眼は「常」の延長上に存在する感覚に他ならず、その点で、科学としての心理学に抵触しないという判断を下した可能性はある。だが、当時の心理学にとって、千里眼が危険な存在だったことは疑えない。また心理学にとどまらず、千里眼を擁護しようとすればするほど、その論理構築は科学から遠ざかっていくという傾向も生まれていた。科学と対峙する形で構築された論理は、メディアを通じて「偽者」「いかがわしい」というイメージを増幅させていった。

例えば「新公論」明治四四（一九一一）年二月号は千里眼特集を組み、十一人の論者に千里眼の肯定論、否定論を展開させた。このなかで、否定論者の論旨はきわめて明快である。後藤牧太が言う「透視と念射《ママ》とは確実なる実験を経たるものなりや」「斯かる不思議な事は、綿密精確にして、遺漏なき方法によって、確実な実験を経た上でなければ信ずべきものではない」といった、科学的な手続きの不備を指摘する主張である。

それに対して肯定論者の主張は、一様ではない。そのなかでは、仏教などの宗教的思想を基盤にするもの、科学の限界を強調するものが目立つ。例えば、平井金三「悉く物質上から解釈せんとする学者の僻見」は「是迄の学者の態度は何れも自分達が心理上若しくは物理上に諭した事柄に寄せて、ドウしても其等の事項の部類に入れて仕舞うという様子が見える」「今日迄の物理学上に論じた力とは別種の力の活《はたら》き方があるとしても是迄の物理学が破れる訳でも何でもない」と、パラダイムの相対化を促す。そのうえで彼は「ドウか眼の上斗りでなく、耳鼻その他種々様々の上に心霊作用が如何に働くかを、十分に試験したい」と希望を述べる。五感の延長上に存在する感覚への眼差しである。

では、当事者たる心理学者は、いかなるスタンスを取っていたのか。この特集で心理学の立場から原稿を寄せているのは、源（のちに久保）良英ただ一人である。彼は丸亀で福来の助手を務め、長尾郁子の実験に参加した。のちに児童心理学、教育心理学などの分野で多大な業績を残すことになるが[11]、この時点ではまだ東京帝国大学の院生にすぎず、責任ある発言のできる立場にない。にもかかわらず源がこの特集に寄稿できたのは、彼が丸亀における実験の当事者のひとりだったからなのか、心理学者のなかで他に適任者が見当たらなかったからなのか、それとも、あえて責任ある発言のできない彼を選んだのか。

源が書いたのは「真鍋誠一氏の実験談」である。新たな千里眼能力者として一部で注目を集めていた真鍋の語る、超常能力実験談をまとめたものである。同文は文字通り、真鍋の談話を聞き書きしたものにすぎず、源の千里眼事件に対するスタンス、千里眼に対する心理学的解釈などは、一切記されていない。むしろそうした発言を完全に封じ、意図的に抹消しているようにも見える。

このように「新公論」の特集号は、千里眼否定論の明快さを鮮やかに印象づける一方で、千里眼肯定論の拡散した議論を際立たせ、心理学アカデミズムの腰の引けた対応を想像させてしまう。

当時の心理学アカデミズムにおける千里眼事件へのスタンスについては、野上俊夫『叙述と迷信』（大1・12、弘文館）が、その雰囲気をよく伝えている。野上は当時、松本亦太郎とともに、京都帝国大学文科大学心理学講座の中心的なスタッフだった。

野上は同書の序文で「最近我が邦に於いてある種の迷信が割合に強き力を以て反抗の気勢を挙げつつあるように見える。即ち精神的若しくは心霊的と称すべき部類の現象に関係せるものであって、一方に吾人の宗教的情緒、或は恐怖、好奇心などの強勢なる本能と結合して居る結果、其の勢頗る侮る可からざるものがあるように見える」と述べ、その著しい例のひとつとして「数年前に新聞紙上を賑わした千里眼問題に対する一般人心の態度」をあげている。

野上によれば、これらの現象は「我が国民の精神的向上進歩を阻害せんとするものであ」り、自分のような「学問の研究に志すものは、奮起して之れと戦い之れを撃破せざる可からざる責務を有する」と力説する。その「責務」を果たすべく、彼は同書に「千里眼問題に就きて」という一章を設け、彼自身の見解を詳細に述べた。

野上は言う。「今回の千里眼を肯定せんとする学者は、従来に類の無い学問上の新発見をしたのであるから、総べて新発見をした人に於いて為さねばならぬように、其の現象が確に誤りなく存在するものであるということを他の学者も一般に異論の無いように十分に手落ちの無い証拠を挙げて来なければならぬ」。ところが「此の現象の確かにして疑う可からざる十分の証拠は決して挙がって居らぬ。否十分の証拠が挙がって居ると責任ある断言をした学者は余の知るところではただ文学博士福来友吉氏一人しか無い」。しかもその福来でさえ「学者として十分主張し得るに至らずと明言している」。つまり千里眼は「決して普通の世人の信ずる如くに慥かなる事実では無い」。

さらに彼は、千里眼問題について語られるさい、しばしば物質と精神という二元論的な問題設定が立てられることに怒りを隠さない。ここで言う二元論的な主張とは、例えば、千里眼（透視）は精神に関わる事柄だから、物理学者は口出しすべきでない、精神現象の研究は、宗教学者、哲学者、心理学者などのすべきことである、といったものだ。「新公論」千里眼特集でも、同様の主張はしばしば登場していた。

この点について、野上は言う。「心理学の進歩に伴って、総ての精神作用は悉く何等かの物質作用（とくに脳髄及びその他の神経系統の作用）に連関した者であろうという考えが次第に勢力を得、従来全く物質とは無関係であると思われた種々の精神作用も、次第に研究の歩を進めるといずれも皆身体的又は物質的の原因によりて起るか、或は何等かの物的の作用に伴って起る者なる事が次第に明らかになって来た」と。

野上の指摘する現今心理学の主流は、物理学の発想と近接している。いわゆる実験心理学である。彼は主張する。「精神現象と考えて居るものの研究に関して物理学者が助力してくれることは我々の非常に歓迎すべき事であって、決して領分違いなどという言を弄すべきでない」。

野上は松本亦太郎の弟子にあたる。松本はイェール大学でスクリプチャーに師事して実験心理学を学んだ後、一八九八（明治三一）年から文部省派遣留学生としてライプツィヒ大学でヴントに学び、帰国後は日本に実験心理学を根付かせた功労者である。松本が自らを実験心理学の主流に位置づけていたことは、例えば松本『実験心理学十講』（大3・4、弘道館）の「著者が往年莱府大学心理学実験場に於てヴント老教授より教を受けたる所及エール大学心理学実験場に於てスクリプチューア博士より啓発されたる所、並に是等両心理学者の著作は本書叙述の骨子をなして居る」といった言説からもうかがえる。さらに野上もまた、『叙述と迷信』刊行後の一九一三（大正二）年からライプツィヒ大学に留学し、ヴントに師事していた(12)。

速水滉『現代之心理学』（大3・7、不老閣書房）は、ヴントが心理学を「一切の精神科学の基礎」と述べたことを紹介しつつ「将来に於て斯る状態に達し得る見込は確かにある」と記す。また、上野陽一監修・三浦藤作編『輓近心理学大集成』（大8・6、中興館書店）は、実験心理学が「新心理学」と呼ばれており「欧米文明諸国に於ては、心理学実験場を設くる大学の数甚だ多く」日本でも京都、東京の二大学に心理学実験場があることを強調している。明治末年から日本の心理学アカデミズムの中心は、実験心理学へと移行しつつあった。

このように見てくると、野上の言説は、明治末期から大正初期にかけての、科学内部における心理学のポジションを雄弁に物語っていると言えよう。この視点からあらためて千里眼事件における福来の動きを見直せば、むしろ彼のありようが、いかにイレギュラーなものだったかがはっきりする。

千里眼事件を受けて『透視と念写』（大2・8、宝文館）を刊行した福来は、その二ヵ月後に東京帝大休職を余儀なくされた。当時彼は、東京日日新聞の記者に、次のように語っている。「去る明治四十四《ママ》年五六月頃時の学長元良博士が私に向って「君の研究して居る問題は学校の思想や多くの学者と見解を異にして居る故此際身を引いて学校と関係なく研究した方がよかろう」というお話があった、其時私は丁度長尾夫人の実験中でしたが間もなく夫人が死んで研究すべき人を失った為め身を引く必要もなくなり今日に至りました処が今又高橋ひで《ママ》子が現われたので再び私の研究を開始する機会を得ると同時に元良博士からお話のあった時期が到達したので上田学長から辞令を受けた次第です(13)」。

「君の研究して居る問題は学校の思想や多くの学者と見解を異にして居る」という元良の言葉は、あまりにも重い。留学先のジョンズ・ホプキンス大学で催眠術も学び、帰国後は平井金三、松村介石らと心象会を結成して心霊現象研究にも関心を示していた元良にあって、この発言である。[14]「福来」という名前と結びついてしまった変態心理学は、こうして息の根を止められた。それは、超感覚の行方をも、ほぼ決定づけた。

一九一三（大正二）年の夏、松本亦太郎は元良の後任として、東京帝国大学に赴任した。のちに彼は当時を回想して、次のように述べている。「福来君の透視念写の疑問的実験により心理学教室が多少の累を受けない訳にいかなかった。そこで私が東京に復って来た時に心理学教室の空気を学術的に浄化し、正確なる実験法を樹立し、公明なる道筋を辿り、心理の研究を進めることが教室の信用を回復する上に必要であった。随て正常の現象を正常の方法により研究するのを大体の方針とし」た、と。[15]

以後の東京帝国大学心理学教室の研究対象は、公正な手続きによって客観性を確保し、なおかつ科学的方法で説明可能なテーマに限定される。やがてそれは、日本の心理学全体の指針となった。[16]

おわりに

感覚の超／常を決定する要因は、事実の如何というよりも、事実を認定するシステムそのものに内在する。千里眼事件が明らかにしたのは、その意味で心理学のポジショニングをめぐる問題だった。はたして心理学は、超感覚的知覚の有無を判断するに足る、客観的なシステムなのか。そもそも心理学における「客観」とは、何なのか。

当初、福来が注意深く避けていた超感覚的知覚の問題にあえて踏み込んだのは、彼が『催眠心理学』で宣言した「神怪不思議のものとして学者の研究範囲外に放擲されたりし催眠現象に合理的新説明を与え、以て斯術をして堅実なる科学的基礎の上に立た」しめるためだったはずだ。

しかし、彼の実験の精度が物理学の側から問題にされたとき、福来は十分に応えることができなかった。それは、変態心理学という学問ジャンルへの不信感を呼び起こした。ついには、実験心理学という同じ学問ジャンルからの批判によって、変態心理学もまた、福来ともどもアカデミズムから放逐されてしまった。このとき、実験心理学の権威を支えたのは、確立しつつあった、物理学をはじめとする科学の認知システムだった。

千里眼肯定派が立論の要としていた「魂」や「精神」といった概念は、かくして科学の前に敗れ去る。フロイトをはじめとする無意識理論の登場は、この空白になったスペースを埋めるための、新たな認知システムが要請されたからだとも考えられるだろう。

第4章　変容する夢

はじめに

夢をめぐる言説空間は、近代日本におけるフロイト精神分析の受容を考察するうえで、もっとも明確な影響のありようを示す場であると言えよう。すでに曾根博義、和田桂子などの指摘があるように(1)、日本では明治末年から大正期にかけてフロイト精神分析への関心が高まり、夢とその背景に存在するとされてきた「無意識」への関心が喚起された。

古来から世界各地で夢には重要な意味が託されてきたが(2)、日本でも同様に、古代から夢には多様な文脈が与えられている。例えば、神牀《かむとこ》である。神牀は夢で神告を受けるために清浄潔斎した寝床であり、天皇は神牀で眠ることによって、神からの啓示を受け取った。特定の祭式によって夢を見るシステムだが、そこで受けた告示は、皇位継承など、政治にも深く関わるものだった。ここでの夢とは、聖なる次元から神意を得るための回路である。さらにそこは、神と人とが交流する特異な場でもある。

また『万葉集』には「門立てて　戸もさしたるをいづくゆか　妹が入り来て夢に見えつる」「いかばかり　思ひ

けめかもしきたへの　枕片去る夢に見えける」など「魂逢い」、愛する者の魂が睡眠時に夢の中に現れる歌が多く見られる。夢とは、肉体から離れた魂が「夢の通い路」をたどって相まみえる場所なのである。その意味で夢は、もうひとつの現実の場にもなり得た。

王朝時代になると、夢は売買の対象となった。良い夢には、商品価値がある。その一方で、悪夢は良夢に読み替えることができた。夢は合わせ方次第で人生を左右する。それだけに、夢解きの正確さが求められた。

中世にも、夢の話は数多く残されている。乞夢や夢信仰をめぐる話だが、武士階級の台頭によって、夢の意味は大きく変容した。旧来の夢信仰を重んじる、貴族階級の神秘主義的な夢観は徐々に影を潜め、夢は信頼に値しないという現実主義的な夢観が優位になる。

江戸時代に至ると、七福神信仰と結びついた初夢の習俗が生まれ、定型的な夢占いを収録した夢占い書が人気を呼び、夢解きが広範に流布した。ただしこうした流行は、夢信仰がふたたび興隆した結果ではない。貨幣経済が浸透し、庶民の間で合理的な現実主義が定着することによって、夢信仰の脱神話化が進んだ末の現象だった。夢信仰は世俗化し、娯楽化した。

とはいえ、江戸時代の夢が完全に神秘的な性格を失ったかといえば、必ずしもそうではない。西欧でも夢は徐々に世俗化されていったが、夢に形而上的、霊的、哲学的な創造の源泉を見いだすロマン派の登場によって、夢の聖化が図られた。日本においても上田秋成、曲亭馬琴らによって、夢の神秘的側面は復活している。近代以降、彼らの系譜は、泉鏡花、内田百閒らのテクストに受け継がれた(3)。

このような近代以前の夢をめぐる認識は、明治以降になって、さまざまな学問ジャンルによって再検討が図られることとなる。本章では、「学」というカテゴリーの下に再編されていった、近代日本における新たな夢のコンテクストを確認し、精神分析の移入にともなう言説空間の変容について考察を進めたい。

1　夢をめぐる言説空間の再編成

近代日本において夢に対する学術的研究の萌芽は、すでに明治二十年代の井上円了[4]、高島平三郎[5]らの言説に見いだすことができる。例えば高島「夢に関する考究」（1896＝明29・4～5、「哲学雑誌」）は、夢を「完全なる客観的刺激の結果に由らずして、宛も客観的知覚の状態をなせる心的現象」と定義したうえで、夢の解釈の歴史を「客観的経験」「神勅」「主観的現象」の三期に分類する。まず、夢の出来事はすべて現実である、「睡眠中に経験せる実在」であるとする思想。「未開人」に広く共有される概念であり、そこから「霊魂と云える思想」が生まれた。この思想は「開明せる人種の間にも、往々迷信として、強き勢力を有てるもの丶如し」と言う。

こうした「客観的経験」観を踏まえて「神勅」、すなわち「夢は実在にあらざれども、未来の出来事、若くは自己の行為等に関して、神仏の告示するものとして信ずる」という解釈が登場する。この解釈によって「夢合」「夢占」などのリアリティが担保される。ただし、このような神秘説に対して、夢を「通常の法則に従う現象として、説明せしもの」も古来から存在したと高島は言う。

では、このような古代から続く夢の解釈が、近代以降の心理学、生理学の進歩によってどのように変化したのか。高島は心理学者の見解を「精神を以て、肉体に関係なき、独立の霊体とする」一派と「精神現象は、肉体の変化に由りて、起るものとする」一派があるとし、前者は「或霊能の作用」が、後者は睡眠中の「身体各種の機関」が夢の原因であると主張しているとする。また生理学者は「神経系統及其他諸機関の、不安の状態に伴うもの」が夢であると考える傾向が強く、形而上学者は夢の性質を「意志の存在せざること、即一時の止息」であると説明するのが主流であると述べている。

以上の考察に立って高島は、自らの見解をライプニッツ、カーペンターらの「無識的知覚」「無識的作用」説を援用しつつ、次のように表明している。「余は哲学に於ては、実験学派の説を信ずるものなることを告白すべし。従って、心理学説に於ても、肉体を離れて、所謂霊魂と云えるものゝ存在する事の如きは、仮定するを欲せざるが故に、夢の説明にも、特殊の心力を想像する事能わず。余は夢を以て、醒覚と同く、全く通常の心的状態なる事を断言せんとす」。

高島に見られる、近代以降の夢研究に対する眼差しは、井上円了の言説にも顕著である。「心理学部門　夢想篇」（明33・5、「妖怪学雑誌」）のなかで円了は、儒教、仏教における夢の解釈を「五行或は四大の事情に由りて起る」「或は気の感応を以て説明せる」ものであり「実験上より帰納的に論じたるものにはあらずして、寧ろ演繹的の一方に偏するもの」であるとして斥け、「実験上の解釈」として「西洋今日の学説」を重視する。

このように海外の最新研究が紹介され、特に精神医学、心理学の研究が注目されることで、夢の言説は科学的コンテクストのなかに位置づけられていく。例えばヘルマン・バーン、大日本精神学会編『夢の研究』（明41・9、盛文館）は、西洋では「今日では夢判断でなくて、夢研究という態度を取って居る」とし、同様の傾向が日本にも及んで「しかとした根拠《よりどころ》のない、理由のない夢は全く信ぜられないようになった」と述べている。

ただし痴人「夢と著述」（明39・12、「文章世界」）が「昔から夢は不思議なものと謂われて、これに関する迷信は仲々多種多様であり、今日に於ても、夢の不思議を信ずるものは、啻《ただ》に科学的智識に乏しい階級の人々のみではない」と述べている状況も、もちろん一方では存在する。それは例えば、碧瑠璃窓人編『ハイカラ「夢」哲学』（明42・4、文学同志会）のような、純然たる夢占い本が刊行されていることに顕著である。だがこの時期には、すでに夢の言説が神話的、宗教的要素を内包していることも含めて、それらの要素自体を分析対象とする試みが始まっていた。日本の歴史的コンテクストにおける夢の意味について考察した、石橋臥波『夢　歴史、文学、芸術及び習俗の互に現われたる夢の学術的研究』（明40・2、宝文館）は、その代表的な研究成果である。

このような状況下、明治末期から大正期にかけて、夢をめぐる言説はどのように展開していったのか。名島潤慈は、江戸時代までを夢研究の先駆期、明治時代を夢研究の実質的な開始期、大正時代を夢研究の第一次爆発期と位置づけ、特に大正四（一九一五）年から八年にかけて、数多くの夢に関する言及が公にされていることに注目している。[6] この間には高峰博、杉山元治郎、久保良英、小熊虎之助、森田正馬らが「人性」「新女界」「科学と文芸」「変態心理」などの雑誌に論考を寄せていた。

なかでも高峰博『夢学』（大6・6、有文堂書店）は「人性」「新女界」などに発表した彼の論考をまとめたものだが、夢学を「夢の心理現象及び之に関係する生理現象を研究」する学問と定義し、睡眠の意味から夢の分類法、五感と夢の関係、精神作用と夢、夢と文学など、心理学の立場から多様な検討を試みた、八百頁を越える大冊である。なお高峰はフロイトにもたびたび言及しているものの、彼の「心理解剖」について「Freud の研究法は卓見であるが、病的の範囲に於て得たる、精緻なる研究の結論を、直ちに健康人のあらゆる夢にも応用せんと擬するに於て僻論ちょう誹りを免れざる」と言うように、概して否定的である。

フロイト批判という点では森田正馬も同様で、例えば「夢と迷信　夢の研究　其五」（大9・2、「変態心理」）では、フロイトの願望充足説について「若し之を非常に広い意味に用いて、動物が快を求め不快を避くるという事を以て、総て之を願望と解するならば、そは人生は総て願望の実現であるから、特に夢の説明として何の意義をもなさぬ」と述べている。

さて、この時期の夢研究の世界的な動向については、イサドール・エッチ・コーリアット『変態心理学』（大7・3、大日本文明協会）が「夢に関する近世の研究」を次の四つに整理している。まず、超自然的な立場からの研究。次に、純粋な統計的立場からの研究。第三に「夢の機械作用に関する純粋の心理学的研究」。そして最後に

「多重人格、機能的健忘、及びアルコール、阿片、ハシシュ等の如く有毒な薬物の作用から起る夢幻的の幻覚に於けるが如き分離精神状態の立場から夢を解釈するもの」。

催眠、暗示研究の流れをくむ異常心理学の立場から、同書は簡潔に当時の世界的な夢研究の概要をまとめる。そのなかでは、夢研究の重要な人物としてフロイトをあげ、「変態心的状態に於ける潜在意識の探求」こそが「診断学及び治療法の両者に対して最も価値ある材料を提供」するという彼の主張を紹介している点に注目しておきたい。あわせて注視すべきは、コーリアットが「夢に関する近世の研究」の最初にあげている「超自然的な立場からの研究」、いわゆる心霊学である。高島が示していたフレームに従えば、唯心論の立場を取る科学的研究という、一見矛盾したアプローチに見える。

心霊学は明治四十年代以降、日本でもさまざまな形で受容されたが[7]、心霊学における夢の研究とは、古代から連綿と続いてきた、夢を「他界への通路」とする思想を「新しき科学」によって再解釈し、補強する試みだった。この流れのなかに、鈴木大拙によるスウェーデンボルグの紹介といった仕事を含めることもできよう。夢想を媒介とした「天界と地獄」世界の提示である。こうしたアプローチは当時のアカデミズムにおいても一定の評価を得ており、なかでも心霊学は、心理学アカデミズムと密接に関連していた。

日本で刊行された心霊学関連書のなかには、こうした関係をダイレクトに反映した記述がある。例えば高橋五郎『霊怪の研究』(明44・7、嵩山房)は、夢を霊との交信手段と捉え、さらに事象の通報、透視、予知機関といった見解を示している[8]。これらの指摘には、西欧心霊学の研究成果が色濃い。

同じく無署名「不思議な夢の研究」(明45・1、「丁酉倫理会倫理講演集」)は、「所謂心霊的現象の研究家として有名なアッディントン・ブルース」が「アウトルック」誌に発表した「夢と超自然」の概要を紹介している。「不思議な夢、殊に人をして自然以上の或物の存在を信ぜしむるが如き夢に就いて幾多の実例を挙げて、之れが心理的説明を試み」たものである。同記事では、これらの夢を四種類に分けて説明する。まず「文芸上の大作が其の材料を夢に得た事」(9)、つぎに「日頃苦心して然も解けなかった難問の解釈を夢の中で得たこと」、三つ目に「紛失物の所在を夢の中で知ったこと」、最後に「遠方の出来事、若しくは未来の出来事を夢の中で知ったこと」。

このなかの三つ目と四つ目の要素、夢の中での予言や遠隔透視については、早くから心理学を応用した解釈が紹介されていた。例えば、竹内楠三『近世天眼通実験研究』(明36・5、大学館)には「人間には二つ以上の人格があって、夢や、睡遊や、催眠状態などに於ては、覚醒の時に現われて居るのとは別の人格が現われるので、此の人格は覚醒の時に到底出来なき働《ママ》きをするものだという事だけは、心理学上分かって居るのである」という一節がある。

明治期の催眠研究をリードした福来友吉は、まさにこの点に踏み込んでいた。彼は「潜在的に活動する心の範囲」、つまり「潜在域」で展開される「潜在的精神活動」に注目し、この観点から「複重人格」に対する考察を深めている(10)。のちに福来は『心霊の現象』(大5・9、弘学館)に「大体に於て夢を神経的雑念の産物と見る」ものの「更に一歩を深く踏み入れて夢の秘密を探る場合になると、其処には尋常の神経的雑念の産物として説明し去ることと出来ざる種々の神秘が現われて来る」と記した。

ちなみに晩年のフロイトは『続・精神分析入門講義』(1932)に「夢とオカルティズム」という項目を設け、次のように述べている。「オカルト的な主張のうち、真であると判明したものがあれば、科学はそれを受け入れ、加工するだけの力量をもっているのでして、それが信じられないようでしたら、科学に大いなる信頼を抱いているなどとは、お世辞にも言えないでしょう。思考転移だけに限って言わせていただければ、それは科学的思考法——敵対陣営に言わせれば機械論的思考法ということになりますが——を、きわめて把捉しがたい心の領域へと広げてゆくのを促すように思えます」「精神分析は、物理的なものと、これまで「心的」と呼ばれていたものとのあいだに無意識的なものを挿入することによって、テレパシーのような出来事を受け入れる準備をしてきたということです」[11]。

さて、竹内や福来の言説からもうかがえるように、夢への眼差しは催眠術ブームのコンテクストのなかで顕在化していた。とはいえ、フランツ・アントン・メスメルによる動物磁気の発見が、ノヴァーリス、ヘルダーリンらロマン派詩人による夢の評価とあいまって、催眠と夢に関する研究を活性化させたことを思えば[12]、日本での催眠術の流行が夢への関心を掻き立てたことは、当然といえば当然のことと言える。

同じく竹内『実用催眠学』（明36・6、大学館）は、夢を神経の刺戟によるもの、観念連合によるもの、暗示によるものに分類し、これらが催眠状態における幻覚や錯覚と一致することを指摘している。生理学・心理学的な夢の位置づけの試みである。催眠状態と夢のアナロジーを強調した一例だが、こうした視点は、しばしば神秘的な解釈と結びつく。例えば、来原木犀庵『通俗霊怪学』（明44・12、博文館）の「近時欧羅巴《ヨーロッパ》の学界では夢というものが、或る場合に於ては過去現在、未来の出来事を予《あらかじ》め告示するものである、災害を予知させるものである他の霊魂との交通を為すものである、と云う位にまで霊怪研究の歩武を進めて居る」などの記述が象徴的だろう。

M・ポングラチュ、I・ザントナーは「夢がかつて与えられていた神からの使いとしての任を解かれて、人間的な次元にまで引きずり降され、彼岸の世界に由来する崇高さを奪われた」結果、「政治や公的、宗教的な場で夢にたいして正式に認められた役割は、とうに排除されてしまっている。時代によっては（たとえば十九世紀のように）、多くの研究者が、夢を睡眠中の身体的刺戟によってもたらされる現象として純粋に「学問」的に説明しようとしたほど、その地位が下落したこともあった。それに、かつての夢にひしめいていた魑魅魍魎たちが、「進歩」の香りたちこめる当時の人びとの快適な居室にはもはや似つかわしくなくなってしまったという事情もある」と述べている[13]。なるほど、近代に至って一般的な住環境が大幅に改善されることで、不気味な幻想が寝室の隅に潜むのは、かなり難しくなっただろう。

とはいえ、この時期、科学を遵守しつつ「他界」を呼び戻そうとしていた心霊学は、独自の夢の解釈フレームを形成するに足る圧力を有していた。心霊学の存在は、大正期以降の心理学や精神分析が提示する夢への眼差しと微妙に交差しつつ、独自の見解を生み出していくのである。

2 大正期の「精神分析」受容

夢の研究が精神分析を普及させるにあたって有力な武器となったことは、よく知られている。一八九〇年代（明治三〇年代）に始まったフロイトの本格的な活動は、『夢解釈』（1900）、『日常生活の精神病理学』（1904）、『精神分析入門講義』（1916〜17）などを経て世界的な反響を巻き起こしていくのだが、このようなフロイトの学的展開は、日本ではどのように受け止められたのだろうか。また、フロイトのイメージは「無意識とその心的決定論の発見者」「汎性欲論者」「合理主義的倫理主義者」「職業的臨床関係の確立者（医学的精神療法の確立者）」「神経症治療の創始者」などと多岐にわたる。[14] このなかのどこに力点が置かれて、フロイトは紹介されたのだろうか。

最初期のフロイトの紹介については、森鷗外「性欲雑説（男子の性欲抑制）」（明36・4、9、「公衆医事」）、佐々木政直「ステーリング氏の心理学に関する精神病理学（其四）」（明36・8、「哲学雑誌」）などの存在が指摘されている。[15] 当時は彼の性欲説を中心に、主に精神医学の領域で語られていた。しかし後にフロイトは、彼が提唱した精神分析の内容を中心に、心理学サイドから紹介されるようになる。このような動きが本格化するのは、明治四十年代からと見ていい。

例えば「夢の一新解釈」（明44・8、「丁酉倫理会倫理講演集」）は、簡にして要を得たフロイトの夢理論の紹介と言える。次の一文である。

シグマンド・フリユ《マ》ード《マ》（Sigmund Freud）教授が、五月の the Forum 誌上で夢に就いて与えた一種の新解釈は下のようである。

『一時堪え得ない程苦しい感情を喚び起した出来事は其の後間もなく意識から消え去って、特別な経験に出合わない限り記憶に現われないことは能く人の知って居る所である。動物の身体中に寄生虫なり又は其の他のものが入り込むと、其の動物の身体と其の侵入者との間に一種の膜が出来て、其の害を防ぐように出来て居るのであるが、此れと同様に吾等の精神も、悪むべき欲望や、恐怖や、無念な出来事や、又は切なる希望や、痛ましい経験に対しては一種の隔離膜を造り、かくて斯る経験は他の普通の経験と連絡が絶えるようになる』と。而して此れなどの密封せられ閉塞せられた過去の記憶は催眠状態に入った時や、人事不省に陥った時、又は酩酊した時に囲を解いて一部分が現れ出るものである。精神内の監守は夢の中にある時は其の監視が甚だ寛大になると云うのである。フリユ《マ》ード《マ》氏の助手は、如何なる夢でも若し之れを解剖する時は、一として道徳律又は法律に対して幾分の反意を有たないものはないと云って居る。『夢は総べて其の人の希望を現わしたもので、代表的の夢は閉塞せられた希望の仮装的実現に他ならない』とフリユ《マ》ース《マ》教授は云って居る。夢の一面の解釈としては面白い所があると思う。

また蠣瀬彦蔵「米国に於ける最近心理学的題目の二三」（明44・5、「哲学雑誌」）は、アメリカ心理学界の一般的現状を、次の四点から説明する。一、心理現象の事実的研究が多方面で活発になっていること。二、教育その他の応用的題目の実験的研究が盛んになっていること。三、高等精神作用、例えば思考などの実験的研究が盛んになっていること。四、青年の研究が取り上げられていること。この四点に加え、特殊な流行題目として蠣瀬はスピリチュアリズム、連想実験法の応用を挙げている。

スピリチュアリズムについては、スタンレー・ホールの「何故ヒスロップやマイヤーの如き英才の士がかかることを真面目に生涯の事業として研究して居るか更に了解せず」という発言を引用するなど、蠣瀬の態度は批判的である。しかしそれに対して連想実験法の応用については、ユングの連想診断法とともに「目下頗る評判であるフロイド教授の精神分析法《プシコアナリーゼ》」が注目されているとし、さらに「之れと関係し居る両三年来頗る米国学界を噪がし居るフロイドの夢の新説」にまで言及している[16]。

スタンレー・ホールが学長を務めていたアメリカのクラーク大学から講演を依頼され、フロイトがユングとともに七週間にわたってアメリカに滞在したのは、一九〇九（明治四二）年である。国際精神分析学会の設立は、その翌年の一九一〇年。そして一九一一年にはアドラーが、一九一四（大正三）年にはユングがフロイトから独立し、それぞれ個人心理学、分析心理学を掲げることで「無意識」をめぐる議論は白熱していった。

この蠣瀬による紹介から三年後の、高橋譲「欧米心理学界の趨勢」（大2・6、「哲学雑誌」）には「フロイド一派の学説はあまりに奇抜に過ぎた所があるので、近頃はそれを担ぐ人が稍減じたようであるが該派の人は中々の元気で、近頃亦新しい機関雑誌Imago（「成人」?・）を発行するそうである」とある。フロイト説に否定的な文脈ながら、心理学アカデミズム内部で一定の勢力を得た「フロイド一派」の姿が十分に伝わってくる。

以後、フロイトに対する心理学アカデミズムの言及は、飛躍的に増加する。それは、教科書レベルの記述にまで及んでいる。例えば、速水滉『現代之心理学』（大3・7、不老閣書房）。「心理学応用の新方面」（明43・5、「教育学術界」）、「犯罪者訊問の一方法」（明43・11、「刑事法評林」）、「聯想診断法に就て」（明44・11、「教育学術界」臨時増刊号）などでフロイトに言及していた速水は、日本の心理学アカデミズムのなかでも、もっとも早い段階でフロイトに注目していた一人である。

速水は『現代之心理学』のなかで「フロイドの考は独逸では大分以前から注意を惹いて評判になって居たのであるが、近年亜米利加でも一部分の学者の間には大分勢力を有する様になって、クラーク大学に招聘されて講義をしたこともある」「夢は簡単に定義をすれば抑圧された観念の符号的発表である」と述べ、その理論を次のように評価する。「此フロイドの考は一方から言うと、多少誇張的・空想的である。一部の真理を推し広めて全体に当て嵌めんとする弊がある。夢の解釈の如きは殊にそうである。併し夫がため彼の説に含まれて居る真理を悉く排斥する必要はない」。先の高峰や森田のフロイト批判は、こうした見方とほぼ重なる。

速水の下したフロイト評は、その後の心理学アカデミズムにも踏襲されていったようだ。上野陽一『増訂心理学通義』（大3・11、大日本図書）には、フロイトに関する次の記述がある。「一般の説によると、夢は偶然に生ずる肉体的刺激によって生ぜらるゝもので、精神作用の無意味の塊りであると考えられて居った。然るにフロイドによると、極めて重大なる精神作用が潜在して居って、それが仮装して表れたのが即ち夢であると解釈して居る」「氏の説に対しては、全然賛成の意を表して居る有力の学者も少くないが、同時に反対論も少くない。無意識界の存在を認めて、それが絶えず意識界に影響を与えて居る結果、意識の管理作用の沈静して居る睡眠中には、無意識的の願望が仮装して夢に現れると説く辺は、仲々鋭い洞察と深い研究とをもって居るように思われる。兎に角一説として紹介する価値はあるであろう」。

また上野陽一監修・三浦藤作編『輓近心理学大集成』（大8・6、中興館書店）では、次のように言及されている。「夢は外界の刺激によりて生ずるもの多く、其の内容は近く経験したる事柄と連絡を有すること多し。夢の進行はたゞ聯合の法則に支配せらるゝのみなれば、覚醒の時には、夢想だにもせざることを、平然として行い、到底信を置くに足らざるが如きことを真なりと感ずること多し。フロイドは夢に関して一の新説をなし、多くは覚醒時に圧伏せられたる主要概念の出現なりと云えり」。

それぞれ、フロイト評の毀誉褒貶とその「新説」の内容を紹介するものだが、一方でフロイトを高く評価する陣営の翻訳も、大正初期には登場している。例えば、ハヴロック・エリス『夢の心理』（大3・9、大日本文明協会）である。同書には、次の一節がある。「ジグムント・フロイド教授の『夢判断』（一九〇〇年初版）は、フロイド自ら精神分解的と名づくる一種特別なる区分に属するも、尚、此内省的方面に加うべきものと称せらる。こは疑いもなく、夢に関する近時の著書中最も独創に富み、且、最も大胆にして、又、最も挑戦的なるものなり、而して今や、研究者の最も学殖高き人の著述に係り、人間精神の隠微なる深さにまで透徹せるものなれば、決して閑却すべからざるものなり」。

また、フロイト精神分析の大要を日本でまとめた最初期の著述に、久保良英『精神分析法』（大6・10、心理学研究会出版部）がある。久保はスタンレー・ホールの下で留学生活を送っているが、アメリカにおけるフロイト・ブームの状況とフロイトの評価について、同書で次のように述べている。「氏の新説が斯界の研究に一大暗示と革命とを齎らすものであると認めらるゝに至ったのは実に最近六七年の間である。殊にこの二三年はフロイド及びその一派に対する研究や批評の論文が続々と米国に於て出版されて居る。氏の大胆なる主張に対しては兎角の批評はあるが、慥かにこれまで耕し盡したと考えられた土地から新たな鉱物を発掘したばかりでなく、尚未開の土地からも色々の鉱脈を発見しつゝあるのである」。

久保の指摘するとおり、フロイトの『夢解釈』は、一九〇一（明治三四）年の末ごろには「医学、精神医学、心理学の関係者と多くの一般教養人に国際的な規模で注目されていた」[17]。にもかかわらず、日本の心理学アカデミズムの反応は曖昧で、はっきりしない。それはなぜか。

第一次世界大戦後のドイツでは、精神医学の伝統から生まれた人間心理の現象学的解釈がアカデミズムの主流をなし、フロイト、ユング、アドラーら精神分析諸派の受け入れを頑強に拒んでいた。[18] ヴント以降のドイツ心理学の流れを汲む日本の心理学アカデミズムは、このようなドイツの状況の影響を受けていた可能性がある。フロイトと自然科学的認識論との齟齬を強調した日本の心理学書の言説は、ドイツでのフロイト批判に通じるものがある。それに加え、木村久一「秘密観破法と抑圧観念探索法」（大1・9、「心理研究」）の表題が物語っているような、精神分析とは「秘密観破」であるといったイメージ形成も考慮すべきだろう。

とはいえ大正中期には、精神分析を日本の言説空間に開いていく雑誌も登場している。大正六（一九一七）年十月、中村古峡による「変態心理」の創刊である。早くも創刊号には、久保良英「フロイド精神分析法の起源」が掲載されている。同論文は、ブロイエルのヒステリー研究からフロイトへの流れを詳述したものである。またイサドール・コーリアット、中村古峡編述「精神分析法解説」（大9・10〜10・9、36〜37、39〜40、43、46〜47号）は「極めて最近に起った、そして諸種の神経病に対する最も進歩した治療法」として精神分析を紹介する。フロイト「日常生活の精神病理」の翻訳が連載されているのも（大12・3〜13・3、65〜70、73号）、注目に値する。

また変態心理研究という面から、夢に関する諸説が多く掲載されているのも、雑誌「変態心理」の特徴のひとつである。ベルグソン「ベルグソンの夢の説」（大7・4〜8・5、7〜8、15〜16、18〜19号）をはじめ、先にもあげた森田正馬「夢の研究」（大8・9〜12、大9・2、23〜26、28号）など、興味深い論考も多い。なかでも小熊虎之助は「混乱せる夢の性質」（大7・2、1巻5号）などを踏まえ、『夢の心理』（大7・9、江原書店）を公にした。同書のなかで彼はフロイト説を「非常に卓越した見解」としながらも「余りに自分の新見解を拡張し過ぎておる」と批判した。

変態心理（異常心理）の問題に限定されているにせよ、雑誌「変態心理」が大正期のフロイト受容において大きな役割を果たしたことは間違いない。一方で「変態心理」は催眠術、霊術、大本教など、同時代のスキャンダラスなテーマを積極的に取り上げていた。こうした世俗的な関心と結びつく形でフロイト理論が紹介されたことが、マイナスに作用したことも考えられる。

昭和二（一九二七）年、当時二十歳だった高橋鐵は日本大学予科在学中、エリスとフロイトを通して精神分析に関心を抱いた。「ところが、それは当時のアカデミックな空気に全然そわないものだった。ある教授などは、「君はなぜそんなつまらんことをはじめるんだ。精神分析学なんて、あれはウィッセンシャフト（学）じゃないと思うね。せいぜい、テクニーク（技術）かメトーデ（方法）だね」と語気をあらげた」という。[19]

この教授の反応はフロイト精神分析に対する、当時の日本の心理学アカデミズムに共通する認識だったかもしれない。また一般社会における、心理学という学問の認知度という問題も存在する。高橋には、次のような回想もある。「もう二十五年も昔である。私が心理学科へ進む決心をしたとき、母には陳弁これ努めて、まず納得してもらったが、父はなかなかわかってくれなかった。当時はシンリガクというと「神理学」と書くのかと問う人も多く、なにか、幽霊とか魂魄とか神仏とか、神ガカリじみた現象でも研究する学問でもあるかと考えるのがふつうであった」。[20] 彼のこの回想からは、心理学と心霊学のダブルイメージ、または「心」に対する認識基盤の差異が感じられ、その意味でも象徴的な言説となっている。

さて、それでは精神医学関連の日本のアカデミズムは、フロイトをどのように受容したのか。昭和初期にフロイトと精神分析の紹介と啓蒙、実際の心理学的治療にたずさわったのは、矢部八重吉と大槻憲二である。矢部はロンドンでアーネスト・ジョーンズの臨床講義に出席するとともにエドワード・グローヴァーの教育分析を受け、留学の帰路、ドイツでフロイトに会っている。帰国後の矢部は国際的な交流に努力するとともに、児童分析の実際にもたずさわった。また大槻は東京精神分析研究所を設立、フロイト選集の翻訳・刊行（春陽堂版）をおこない、機関誌「精神分析」を刊行。この雑誌を舞台に大槻独自の理論を展開しつつ、海外の精神分析学者の研究論文などを翻訳・紹介した[21]。

「精神分析」創刊号（昭8・5）には、長谷川誠也「エディポス物語と仏典中の類似伝説」、江戸川乱歩「J・A・シモンヅのひそかなる情熱」、荒川龍彦「文学批評と心理分析」なども掲載され、広く学際的な研究の場を構築している。

しかし矢部や大槻が文系出身者だったこともあり、フロイトの臨床的、系統的な方法論は、日本のアカデミズムには根付かなかった。そのなかで、東北帝国大学精神科の丸井清泰から古沢平作へ至る系脈が、臨床経験科学としての精神分析が日本で展開する礎石となった。古沢が東京で精神分析学診療所を開設し、日本最初の精神分析医として研究、治療に従事しはじめたのは、昭和八年八月である。しかし彼らの活躍も、戦前は大きな流れを作るには至らなかった[22]。

平井富雄はその理由として、日本の精神医学が他の身体医学や自然科学同様、その認識方法をドイツに求めた点を強調している。心の実体を脳に求め、脳の異常が現象するものを心理・精神異常と即物的に捉える立場である。日本の精神医学は第二次世界大戦後まで、この「生物学的精神医学」をアカデミズムの本流とした。そのため、一部の学者によってフロイトの精神分析が導入されても、それは「一顧だに与えられなかった[23]」。

日本の精神医学の基盤を作った呉秀三は、ドイツでクレペリンの薫陶を受けている。フロイトとともに近代精神医学の開祖と呼ばれているクレペリンは、フロイトが神経症の研究から無意識領域の研究へと展開していったのに対し、精神病者の器質論的な解釈へ向かった。それはそのまま、戦前までの日本の精神医学の方向性と重なっている[24]。

3　夢の場としての「無意識」

このようにフロイトの精神分析は、大正期のアカデミズムにおいて、必ずしも高い評価を得ていたわけではない。主にアメリカを経由して、フロイト学派の活発な動きが絶え間なく紹介されていたにもかかわらず、日本のアカデミズムの反応は、むしろ冷淡だったと言っていいだろう。しかしその一方で、フロイトの提示した夢の新たなパースペクティブが大きな影響を与えたことも確かである。フロイトの影響下、近代日本の夢をめぐる新たな言説空間が姿を現してくるのだが、そのなかでキー・タームとして機能したのが「無意識」という概念である。

「無意識」は、すでに十九世紀初頭には問題化されていた。さらにフロイトやユングの提示した夢の理論は、一八六〇年からの四十年間で、ほとんど出揃っていたという。[25] 自我は白日の意識と晦冥な無意識によって形成されているという従来の文脈の延長上に、フロイトやユングの無意識心理学は存在している。大正初期、こうした「無意識」をめぐる文脈は、例えば速水滉『現代之心理学』では、次のように整理され、紹介されている。

彼はまず「サブコンシャスネス Subconsciousness」（下意識、副意識）という概念を取り上げ「此副意識の概念に就いては種々の見解がある」と述べて、次の説を紹介する。まず「所謂副意識的現象は純生理的のもので、意識的のものでないとする考」。いわゆる大脳生理学に立脚した科学的な立場である。

次に「吾々人間の日常の動作は意識の一小部分でして居るもので、其の源となって居る意識の背後に、隠れた、更らに大きな意識がある。之を吾々は普通意識して居ないけれども、此方が寧ろ吾々に取って重要のものである。……〔中略〕……此説は Human Personality と云う二冊の大きな書物を書いて居る W. H. Meyer などが代表して居る所の説であって、彼は此副意識的の働を「識閾下の自我」The Subliminal Self の働きと称えて居る。此働きの大部分は吾々が生活して居る間は寧ろ潜在的のものとなって居るが、死後に於ては却て自由に其働きを現わすことが出来るという様に説明して、死後の生活霊魂不滅等の問題をも是によりて解釈しようとして居るかの観がある」というもの。「無意識」を死後生存の根拠とする、いわゆる心霊学的な立場である。

速水が「サブコンシャスネス」をめぐる見解の両極として紹介するのが、この二説である。しかし彼は両者を「極端」として斥け「今日の処では種々の変態現象を説明するに就ての便宜上、普通意識以外に独立した一種の意識として副意識の概念を仮定せねばならぬと思う」と述べつつ、最近の有力な説として、フロイトの精神分析を紹介している。

彼は言う。「近来副意識の説に類似した考で、日常吾々の遭遇する種々の経験を説明しようと試みる一派の心理学者がある。是は医者の方面にも主もに勢力を有って居るのであって、純粋の心理学者の方から言うと多少外道的・異端的のものとして排斥されて居るけれども、併し仲々侮るべからざる勢力を有って居る考で、又実際の事実を説明するに随分便宜な仮定と見て差支えない考えである。それは墺太利のウヰーン Wien の大学教授をして居るフロイド Freud 及其一派の主張である。此フロイド教授の考は「精神分析」Psycho-analyse と云う名称の下に述べられて居るのである」。

すでに速水は「自動書記に関する実験研究」（明45・1、「哲学雑誌」）で「サブコンシャスネス」に注目し「自動書記其他是に類する変態現象を説明するに当り、学者屡副意識 The Subconscious と云える語を用ゆ。然れども此語の意味する所は学者によりて同一ならず。細かに是を別つときは六種若くは七種の意義を区別し得べきが如し」と述べていた。このなかで彼は、所説を四種類に分類して説明を試みている。

第一に「意識の辺縁に位する不明瞭なる要素を意味せるものにして Stont の用ゆる所なり」。第二に「分裂したる意識 Dissociated Consciousness の意味にして、ジャネー Janet ビネー Binet シヂス Sidis プリンス Prince 等の所謂副意識は此意味に入るべきなり。されど此中にも単に普通意識の分裂したるものと解釈する人と、始めより第一自我の外に、副意識的我、潜在的自我、第二自我が存在して吾人の心的生活に顕著なる働を為せることを認むるものとの二種あり」。

第三は「マイヤー Meyer 教授の説の如く純正哲学上の見解を加えて、副意識は現在意識より分離したる従属的のものにあらずして、却て意識の一大貯蔵庫にして、吾人の人格的自我は此の潜在的自我より溢出せる比較的劣等なる意識と為し、超自然的性質を付与するものなり」。そして第四は「自動書記、ヒステリー等に現わるゝ所謂副意識的現象は畢竟何等精神作用を伴わざる純生理的なものにして、カーペンター氏の所謂無意識的脳髄作用に相当するものなり」。

このような整理を経て、速水は言う。「近世に於て副意識の説はライプニッツ、ハルトマンを経て仏国変態心理の研究家、殊にジャネー、ビネー、プリンス、諸氏に至りて精細となり、更らに又輓近フロイド、《ママ》Freud ユング Jung 及 Zurich School の一派によりて唱道せらるゝ「無意識」の説によりて新生面を開かんとする傾向あり。其所謂「副意識」の意義を如何に限定すべきやは将来の研究に待つべきも、意識的の事実のみによりて精神的現象を説明せんとするは、狭隘にして不充分なる見解と云わざるべからず」。

「自動書記に関する実験研究」から『現代之心理学』に至るわずか二年半の間に、フロイトに対する速水の評価は大きく変化している。フロイト学派の急成長を反映した結果だと思われるが、日本においても、大正初期の段階でフロイト学派が無視できない存在になりつつあったことが推し量れる。

ついで、大正中期に「無意識」概念を整理したサンプルとして、中村古峡『変態心理の研究』（大8・11、大同館書店）の記述を取り上げることとする。同書で中村は、「潜在意識」に関する学説を、次の五点にまとめている。

1 「潜在意識を以て純然たる生理的の現象となし、決して心理的のものではないと主張する学説」。

2 「潜在意識を以て、ある与えられたる瞬間に於て、注意の焦点以外にある識野の部分を指すと云う学説」。

3 「潜在意識の活動を以て、分裂したる観念から成立つものとする学説」。

4 「潜在意識を以て、分裂したる諸経験、即ち忘れて想い出すことの出来ない事物、更に換言すれば、我等の心の外にある事物から成立っているとする説」。

5 「識閾上の自我即ち吾々の普通の意識は、其の下に横たわっている識閾下の自我即ち潜在意識の大貯蔵庫の一小部分に過ぎない」とする説。

ただしこの第5の説については、中村は次のように注釈を付けている。この説は「潜在意識を以て宇宙意識にまで論及せんと」するものであるが、「寧ろ哲学的形而上学的の仮説であって、今日の変態心理学の範囲を超脱しているから、此処には省略する」と。速水の言説では大きく取り上げられていたマイヤーズの仮説が、ここでは省略されてしまう。アカデミズムの領域で、マイヤーズの仮説が切り捨てられていくプロセスが、ここからは垣間見られる。そして、このマイヤーズ説と入れ替わるように浮上してきたのが第6の説、「フロイドの無意識説」だった。

一方、大正期のフロイトをめぐる言説の中には、科学的思考に対置する新たなロマン主義の萌芽としてフロイトを紹介した言説も存在する。例えば、厨川白村「苦悶の象徴」中「創作論」（大10・1、「改造」）。曾根博義が指摘するとおり、同論文は文壇内外に大きな反響を呼んだ。[26] このなかに、次の一節がある。

試験管や顕微鏡をのみ頼りにする研究が必ずしも真理に到達する唯一の道でないことを覚り、実験科学万能の夢から醒めようとしている近時の学界には、しきりに神秘的な思索的《スペキュラティヴ》な、そしてまた随分浪漫的な色彩を帯びた種々の学説が勢力を得るに至った。わたくしが茲に引用しようとする精神分析学《サイコアナリシス》の如き、科学者の所説としては余程毛色の変ったものである。……〔中略〕……この精神分析論が着想の極めて警抜なる点に於て、また多くの暗示に富める点に於て、変態心理、児童心理、性欲学等の研究に一新境を拓いたことは事実であろう。殊に最近数年この学説は単に精神病学のみならず、教育学や社会問題の研究者に影響し、殊にまたフロイドが機智、夢、伝説、文芸創作の心理等に一種の解釈を与えたがため、今日では文芸批評家の間にもこの学説を応用する人が甚だ多くなった。そして Freudian Romanticism と云う様な奇抜な新語さえ耳にするに至った(27)

精神分析が科学と文学の橋渡し役として機能することを強調するかのような言説だが、フロイト・イメージのひとつがジャンルの横断と越境であったことは、他の局面からも見いだせる。例えば、心理学と心霊学の分断と再編といったイメージである。高橋五郎『幽明の霊的交通』（大10・9、広文堂書店）は、心霊学からフレデリック・マイヤーズの潜在意識説を借用し、そこから唯心論的な要素を消去して再構成したものが精神分析だと主張していた。高橋は「心理解剖家輩はスピリチュアリズムから潜在意識を取って、スピリットの働を排斥し、乃ち自らスピリチュアリズムの敵と成って妄動しておる」と憤慨していたわけだが、言い換えれば、心霊学における霊の存在証明として、それだけマイヤーズの潜在意識説が有力な理論と受け止められていたのである。

マイヤーズは早くから日本で紹介されており、特に心霊学受容のプロセスと歩を合わせて、彼の潜在意識説も注目を集めていた。ちなみにフロイトの『夢解釈』にも、マイヤーズに対する言及がある。「覚醒時には及びもつかないような想い出を」「自由に使いこなす」超記憶夢について、「こういった超記憶夢の集大成といったようなものを、マイヤーズ Myers が公刊しているそうであるが、残念ながら私はその雑誌（『心理研究協会報告集』）を見ることができなかった」と語った箇所などである(28)。

マイヤーズの仮説は、心理学サイドでは徐々に否定されつつあった。だがオリヴァー・ロッジ、フラマリオン、フルールノワなど、SPR（英国心霊研究協会）の代表的なメンバーの著作が相次いで日本で刊行されたのは、「無意識」をめぐる言説が構成されつつあった大正期である。SPRの主要メンバーによるマイヤーズへの礼讃が紹介されることで、彼の潜在意識説は、科学にもとづく有力な仮説として特権化されつづけた。

潜在意識説について論壇からしばしば言及した評論家として、中澤臨川がいる。臨川は「思想、芸術の現在」（大4・1、「中央公論」）で「生命の科学は、心理学に於て更に一飛躍を遂げようとしている。かく私の言うのは、我等の日常意識の奥に隠れて驚くべき不可思議を演ずる無意識界または潜在意識界に向て投げられた研究の曙光を指すのである」「フレデリック、マイヤースの大著『人間の性格』はこの方面の研究に対する唯一の指南車である」「我等の「我《エゴー》」は互に相滲透する意識の諸層の渾一体で、謂う所の意識は唯だ外界に接触した表皮の一部に過ぎない。マイヤースの詞を籍りて言えば、我等には『より広い意識、より深い能力があるが、地上の生活に関する限り、其大部分は潜勢力として睡っている』のである。そして肉体の死と共に自由に解放されるのである」「マイヤースは斯様な能力に名けて『潜在意識《サブリミナル》』と称している。潜在意識はただに表面意識に上らない記憶の帳簿であるばかりでなく、時々積極的活動に出て我等の知覚や意識を超越した仕事をする」と述べ、彼の潜在意識説を高く評価した。

臨川の発言の背景にあるのは、大正期における生命主義の潮流である。十九世紀の実証主義にもとづく機械論的な生命観に対して、無機物に還元できない「生気」を生命現象の根本に想定する生命主義は、近代の合理主義、功利主義の超克を目指し、人類や宇宙といった普遍的な存在に目を向けさせた。[29] 臨川は「生命の伝統」（大4・7、「中央公論」）において、現在の思想界の二大潮流として、ニーチェやベルグソンに端を発する、個性の権威とその充実を主張する個人主義と、タゴールの思想を中心とする無限実現論者があるとし、その類似点を「在来の理性主義に反対し、抽象理想の破産を宣言しつつ、自然の本能を重んじ、生の体験、実現、創造などを主張するところ」に求めたうえで「換言すれば、「生命」の尊重が両派の帰一点である」とする。このような認識に立脚した時、実験心理学的なアプローチは、臨川にとってきわめて不服な試みとなる。

「意識の説」（大4・8、「中央公論」）で、臨川は言う。「人間の意識又は精神は一つの限定された容器ではないのである。我等の性格を何処々々までも個一的、絶対的に見る見方は、近代欧州に於ける科学文明の余燼である」「初め彼の国の心理学者は反射作用を以て一切の心理顕象を説明しようと試みた。即ち人間の意識は五官を通じての外界からの刺戟をその儘受け入れて、自働的に働く一種の機構に過ぎないものとして研究された。その説が哲学化されては、物心平行論となって現われたのである。最近に到り心理学は漸くかような機械的解釈から脱することを得て、我等の意識の自由、偶然性《コンティンゼンス》、自発性《スポンタナイティ》を容認するようになった」。

この点から臨川はマイヤーズの試みを称揚し、「マイアースの潜在意識の説は、その後いろいろの方面から集められた実験の結果から、今日では殆んど動かすことの能きない定説となった（殊に我等はこの点に関し Society for Psychical Research の功を多しとせざるを得ない）」と述べ、その上で「潜在我」の特徴として「感応的、親和的に他の生命と交通するということ」「普通我以上の感覚を有するばかりでなく時には感覚の力を借らず時と所とを超越して他物と感応する能力」があることの二点を指摘する。後者の特徴の具体的な現れが「広き意味での透感（telepathy）と予知（Precognition）」である。

臨川はベルグソンやウィリアム・ジェームズの思想に依拠しつつ、潜在意識の可能性を強調する。しかし「透感（telepathy）」や「予知（Precognition）」に象徴されるように、潜在意識説はその内部に神秘的、超自然的要素を内包する。そして、この潜在意識説との類似を指摘される精神分析は、それゆえに内部に「不気味なもの」を胚胎しつづけたとも言える。無意識とは「魂のアフリカ」であり、その「無辺の闇の中には何かがまだ眠っている」と語ったのは、芥川龍之介だった（「闇中問答」、昭2・9、「文芸春秋」）。フロイトが思想転移について条件的に認めていたごとく、精神分析は霊性と完全に訣別したわけではない。

夢をテクストとして解読することで、「無意識」を科学的に把握しうるという文脈を成立させるためには、フロイト精神分析を認識の場として共有できる言説空間が開かれねばならなかった。大正期には、そのための言説布置がさまざまに張り巡らされつつあったわけだが、心理学、精神医学などの日本のアカデミズムサイドが、欧米のフロイト評価の動向を紹介するうえで、ある種の逡巡を感じていたのは、個々の学問パラダイムの成立プロセスから言っても当然のことだった。

4 神経病の時代のなかで

心理学は近代以降、実験科学的側面を強化していったが、すでに見たように、その根本には「心」の実在証明という命題の棚上げという大前提が存在した。「無意識」という概念設定は、その「心」の問題と抵触する可能性がある。「無意識」をめぐる議論は、場合によっては心理学という学問カテゴリーの全否定につながりかねない、かなり危うい問題設定と言える。

精神医学においても、「無意識」概念の導入は好ましいものではなかった。「無意識」の登場とその受容は、医学の領域に身体へ還元できない特殊な場を呼び込むことになるからである。また次元は異なるものの、ある種の政治的統制、人種差別の意識によって、精神分析がヨーロッパやアメリカでさまざまな屈折を強いられたことについては、サンダー・L・ギルマンの指摘がある。(30)

もちろん医学は、科学のカテゴリーに包含されている。そして心理学は、実験を旗印に科学への参入を図った。これら科学共同体にあって最大の敵は、封印したはずの「迷信」の再興である。マイヤーズの潜在意識説は、良くも悪くも心霊学の代表的な見解のひとつとなった。そして彼の説には、すでに葬ったはずの過去の「迷信」を呼び起こしかねない問題が潜んでいる。霊魂の実在をめぐる問題系である。その意味でも、彼の説はきわめて危険だとみなされた。

さて、日本ではすでに明治中期から、近代的な諸制度の成立とともに「脳病」「神経病」（ヒステリー）が姿を現していた[31]。これらの病の登場は、多様な脳病薬の販売ブームをもたらした。脳病薬の氾濫は、病の原因を脳や神経のエラーと見る眼差しを育てていく。脳病や神経病をめぐる言説は、人々を教育にもとづく「脳力」の養成へと駆り立て、立身出世の鍵を「脳力」に見いだそうとする。

こうして、厨川白村『近代文学十講』（明45・3、大日本図書）のように、世紀末の病として脳や神経関連の病を象徴化する言説が登場する。それは、心のイレギュラーなふるまいとしての狂気を、現実世界の「象徴」へと組み替えていく作業と言える。フロイトもまた、ヒステリー研究から精神分析へとその歩みを進めていったのだが、例えば彼の言説が「人の行動は、一から十まで合理的であるように考えられるが、実は常に理智の範囲外にある無意識的心理の影響を蒙っているものだ。その影響の甚だしく強烈に現れる場合がヒステリーや、精神病や、変態心理であって、世人はそれらを、全く特殊なものと見ているが、実は、常態を誇る人の心理または行動とそれらとは、質の上において相違あるのではなく、ただ程度の上に差があるばかりであるのだ」と紹介されるとき[32]、不可解だった病は、日常的な言説布置の中に鮮やかに回収されていく。

にもかかわらず日本の臨床医学がフロイト精神分析に対して冷淡だったのは、近代科学による言説の統御を考えるうえでも示唆的だろう。科学による身体の統御が進行するなか、身体と切り離された「心」の領域は、病というカテゴリーから追放された。その反動が催眠術の流行であり、「内なる魔」「内なる異界」を発見する数々の物語の成立であり、「心身相関」を原理とする霊術治療の流行だったことは、すでに見てきたとおりである[33]。

こうした状況下にフロイトの「ロマンティックな科学」が移入された時、活気づいたのは「心」の実在を主張する勢力だった。彼らは、フロイトが「心」の実在を証明する「無意識」概念を主張したと、積極的に誤解（？）した。先の高橋五郎の言説だけではなく、大正期の霊術サイドの言説には、同様の例を散見することができる。心理学、精神医学などのアカデミズムサイドがフロイトを排除の対象としたのは、その意味でも有効な措置だった。

フロイトは『夢解釈』のなかで「夢発生の身体論的理解は、現在の精神医学を支配している思考の潮流にすっかり一致している」「有機体全体への脳の支配力は、再三強調されているところであるが、しかし、心の生活が、証明できるような器質的変化からは何らかの独立性を示しているとか、心の生活の表現が何らかの自発性をもって示されてたりするとかいうことがあると、今日の精神科医たちは、そういうことをちょっとでも認めてしまえば、自然哲学や形而上学的霊魂論がまたぞろ復活するのではないかとむやみに怯えたりするのである」と慨嘆した。[34] ところが実際には、フロイトの仮説がさまざまな「自然哲学」や「形而上学的霊魂論」を活性化させることにつながったことは、すでに見てきたとおりである。

とはいえ、フロイト精神分析のもつ二律背反性、「ロマンティック」であると同時に「科学」であるという二面性は、心霊学サイドからも強い反発を受けていく。古典的コンテクストに見られる、他界と夢とを繋ぐラインを補強し、大正期霊術運動の理論的支柱のひとつとなったのは心霊学だが、心霊学サイドに立つ高橋五郎がフロイトをマイヤーズのまがいものと糾弾したのも、アカデミズムの反応の裏返しと捉えることができる。

スタンレー・ホールはフロイトを評して「心と魂の智恵に始まった心理学は、蛙の筋肉痙攣の研究に堕落した。感覚論の塵が澱んだ時、感情の強調の回復によって、フロイトの仕事が部分的に科学を救った事が明かになるであろう。何故ならば、フロイトは、悪夢を、説明でなく本当に情緒で以て取扱っているのだから」と述べたという。[35] 中村古峡はこのホールの発言を受けて「精神分析学は科学の名を以て呼ばれながら、尺度と時計を以てする機械的科学でなく、異常のファンタジィを繰広げたものである」とする。[36] いみじくも、フロイトのポジションを見事に言い当てた評価である。

フロイトの日本への移入は、大正期に「無意識」という特異な場を生み出すこととなった。この言説空間は、身体と結びついた「性」の領域に新たな光を当てるとともに、一方では「無意識」というブラックホールの向こう側に拡がる他界への欲望を喚起し、我々の内なる異界にひとつのイメージを提供した。

前者の要素は、上述した大正生命主義との関連という問題系を引き寄せる。大正生命主義は、後者との関連でウィリアム・ジェームズ、ベルグソンらと潜在意識との結びつきというラインに目を向けさせるとともに、意識と「無意識」というフレームそれ自体をめぐる問題系を呼び寄せるだろう。規範的なフレームの成立は、必然的にそのフレームの外側への眼差しを活性化させる。そのとき浮上する具体的な現象は、例えば精神病治療における治癒の対象である。

治癒すべき対象は、脳なのか、神経なのか、それとも不可視の精神（心）なのか。「無意識」というカテゴリーは、身体と心という境界を限りなく曖昧にしてしまう。しかし逆に、この曖昧さこそが、精神分析という解釈格子の魅力となる。このとき精神分析は、伝統的な日本人の「心」観を柔らかく、しかも「科学」的に補強する役割を担うこととなる。

明治中期から顕在化した脳病や神経病は、都市化が進行し急速に社会の圧力が高まっていく大正期において、ふたたび注目を集めていく。そのとき、心霊学や精神分析、心理学などによって構成された夢と「無意識」をめぐる言説群は、脳や神経の疲労に苦しむ者たちに癒しを提供する、強大な神話としても機能した。しかしこれらの言説群は、一方では潜在意識を神とつながる特殊な通路とみなす、マイヤーズの潜在意識説と結びつくことで、新宗教や霊術といった異質な癒しのシステムに近代的なフレームを提供することにもなったのである。

科学と宗教という一見対立するフレームによって、癒しは二極化されたイメージを受ける。しかし、そもそも合理と非合理の区分は、きわめて困難なものである。それは、時代の規範によって意味づけられる部分が大きい。科学が心霊も「無意識」も取り込んでいく、大正期の言説空間。その様相の一端が、夢と「無意識」をめぐる学的なコンテクストのなかから浮かび上がってくる。

第5章　「心理研究」とフロイト精神分析

はじめに

「心理研究」は、日本初の心理学専門誌として明治四五（一九一二）年一月に刊行された。終刊は、大正十四（一九二五）年十月の一六五号。その刊行時期は、ほぼ大正期を覆う。元良勇次郎による、七項目にわたる発刊の主旨には「海外に於ける新しき心理学的研究を紹介すること」「心理学に関係ある内外の時事問題を報道し且つ之を評論すること」「読者の質疑に対し責任ある学術上の答弁をなすこと」の項目がある。同誌が単なる学術専門誌にとどまらず、一般読者を意識して、情報誌としての機能も兼ね備えることを目指していたことがわかる。(1)

その要請に応えるべく、同誌には講話会での講話内容を収録する「講話」、オリジナルの論文を収める「研究」といったコーナー以外に「論説」「紹介」「雑纂」といった内外の研究を紹介する欄、読者からの質問に識者が答える「応問」の欄が設定されていた。

ここにいう講話会とは、心理学通俗講話会をさす。東京学士会院、東京数学物理学会など、アカデミズムが学術の普及を目的に開催した講話会のひとつである。明治四二（一九〇九）年五月八日、東京帝大法医学教室で開催された第一回定期講話会は、開会予定一時間前に満員となる盛況だったという。[2]以後毎月一回、三名前後の講話がおこなわれ、この講話のいくつかは「心理学通俗講話」（同文館）にまとめられた。この冊子の売れ行きが好調だったため、大日本図書から月刊誌として刊行したいという申し出があり、それを受ける形で「心理研究」は誕生した。[3]以上の経緯からも、「心理研究」は当初から、心理学の知識を一般社会に啓蒙する意識を強く有していた雑誌であったと言えよう。

本章では、フロイトの無意識理論が大正期に広く知られていくなかで、「心理研究」が果たした役割について考察する。ただしそのさいに、精神分析の心理学的側面をことさらに重視する態度はとらない。神経症などの精神異常に注目する精神病理的側面、また神経症などの治療に関わる精神療法的側面についても、「心理研究」で話題にされている場合は、適宜紹介することとなる。

これまで述べてきたように、近代以降の日本において「心」や「霊魂」といった概念が急速に抽象化されていくなかで、「無意識」という場は特異な意味を獲得していった。それでは、心理学アカデミズムから発信された「無意識」をめぐる情報は、どのように加工されて一般読者へ届いていったのか。心理学アカデミズムが一般読者へ向けて最初期に設定した窓口のひとつが「心理研究」だったとすれば、同誌における言説はフロイト精神分析、またその中核的な概念のひとつである「無意識」などに関する知識が一般社会に流布していくプロセスを示した、貴重な資料体と言える。以下、「心理研究」の言説を追い、その変遷をたどってみたい。

1 フロイト精神分析の紹介

精神分析を日本に紹介する動きが本格化するのは、明治末年から大正初期あたりになるが、その中心を担ったのはアカデミズム系の雑誌、とりわけ「心理研究」だった。

当初の「心理研究」は、フロイト精神分析の紹介に多くのページを割いている。大槻快尊、木村久一、上野陽一らが、その中心的な書き手である。例えば、大槻「もの忘れの心理」(4号、明45・4)は「数年前、医学博士フロイド教授が、此(引用者注:「つい」忘れたという現象をさす)に注意し、ジョーンス医学博士や、其一派の諸学者が、精神診断法とか、或は精神分析法と云う方法を唱え、吾々が連想して行く途筋を研究し、連想した思想や観念から、精神状態を分析し、種々精神病の原因や、「つい忘れた」事や、「うっかり遣り損った」事の原因を発き出し、斯る変態状態の現れた所以を診断することに尽力した」と述べ、さらに「つい」という事と性欲との深い結びつきを示唆している。この言説のなかにはフロイト、連想診断、精神分析、性欲といったキーワードが、すでに過不足なく埋め込まれている。

また木村「精神分析法の話」(8号、明45・8)には「他人の心は諺がある程分らないものである。処が科学の力は驚くべきもので、今や我等は之を応用して此の分らない他人の心を仲々好く知ることが出来る。扨此の他人の心を科学的に探る方法を一般的に精神分析法と称する」「此の語を初めて用いたのはフロイド教授である」とある。ここではフロイト精神分析の科学性を強調しつつ、その具体的な方法として催眠法、擬眠法、水晶凝視法、自動書記法、解夢法、連想診断法、脈拍測定法、電流試験法を列挙し、個別に説明を加えている。

フロイトに言及した大槻の言説としては、他にも「やり損いの心理」(7号、明45・7)、「やり損いの実例」(11

号、大1・11)、「忘却と抑圧作用」(37号、大4・1)などがあり、木村には「秘密観破法と抑圧観念探索法」(9号、大1・9)がある。このなかで木村はヒステリーを「抑圧観念の為に絶えず悩まされて居る者」としたうえで「閾下意識論者の言を借りて云えば此の抑圧観念を意識の閾上に持ち来して遣ると夫れから起る障碍が直ちに止む」「即ちヒステリは精神分析法に由りて癒すことが出来る」「此の発見の大恩人はフロイド博士である」「之を更に一歩進めて完成したのはユング博士である」と述べている。こうしたフロイト精神分析の紹介は、読者の関心を確実に喚起した。

大槻や木村の言説が掲載された直後の応問欄からは、いくつかの精神分析に対する質問を見いだせる。例えば「第四号大槻学士講話中の「精神診断法」又は「精神分析法」に関する書籍の名及価格御教示下され度候」(8号、明45・8)、「八月号「精神分析法の話」中にある『連想機転の法則』に就き解り易く御説明を乞う」(11号、大1・11)などである。

ただし初期の「心理研究」にも、フロイトについて必ずしも好意的とはいえない言説は存在する。例えば速水滉「珍らしきプランセットの実験例――自動書記に現るる副意識的現象」(1号、明45・1)の、「副意識」という概念を説明する箇所に「今日でも副意識という言葉は学者によって其意味する所、解釈の仕方が一様でない。中には単に意識の辺縁に位する不明瞭な意識を指すものがある。或は又、フロイド Freud やユング Jung 一派の様な毛色の変った意味を附するものもある」とある。フロイトらの主張を「毛色の変った」と表現するあたりから、精神分析の特異性を強調した一文と読める。

また、大槻「精神療法の話」(13号、大2・1)は、巷に流行する「心霊万能或は奇術万能を衒う」非医学的治療法に対して科学的な精神療法の必要性を強く訴えたものだが、この科学的な精神療法のひとつとして「フロイドの唱える精神分析法」を紹介している。大槻によれば、それは「先づ如何にして斯る疾病が生じたかを尋ね、暗示の作用を働かしめつつ連想をたどり病因たる隠れたる観念をいわしむる方法」である。だが「フロイド&ブロイエル一派は、此の方法のみに由って機能性疾患は悉く治癒すると信じているが、それは誤りである」「フロイド一派の方法は、治療の一種と云うにすぎぬ」と、その相対化を図っている。(4)

こうしたフロイト評価の揺れは、一記者「フロイド派の気焔」(20号、大2・8)に象徴的である。「学界で兎角の評ある精神分析の唱道者キン大学のフロイド教授の一派は今回機関雑誌を発行するそうである」とある中の「学界で兎角の評ある精神分析」という表現は、心理学アカデミズムにおける精神分析の位置について明瞭に物語っている。同文では、この雑誌(「Imago」)の発刊の辞が、無意識作用説は精神病者だけでなく健常者にも適用可能であること、精神分析法はひとつの確実な心理学であること、性欲には重要な意義があること、夢は非常に意味深い精神の所産であること、精神分析が美学、文芸史、神話学、言語学、教育学、民俗学、犯罪学、宗教学など、隣接諸科学の「鎖されたる戸をも亦開く」鍵であることを主張している旨を伝える。(5)

フロイトの登場が当時の心理学界に与えた衝撃については、上野陽一「フロイドの夢の説(上)」(33号、大3・9)に言及がある。「フロイドの夢の説はその学説の中心点をなして居る。氏が各種の精神生活に関する説明の仕方は皆この夢の説に連関して居るからである。氏はこの夢の説を出立点として種々の説を発表し、心理学者は争うてこれを論議した。若しフロイドの学説が真であるならば、従来の心理学は根底から覆される恐れがあるからである」。では、フロイトは、いかなる点で心理学者を震撼させたのか。一般的な心理学者は、夢を構成している精神作用を、睡眠中に行われる生理作用によって脳皮質の各要素が不規則に興奮した結果として捉えていた。それに対して、夢の作用にも心理的な歴史があると主張したのがフロイトだったと、上野は言う。

上野は「精神分析法の起源」(34号、大3・10、「帝国教育」(大3・9)からの採録)においても「ヒステリーの療法としては、「精神療法」又は「精神分析法」という方法が完成されて、治療法の面目を一新するに至り、その研究運動が極めて大袈裟であるために、心理学上の一説としても、学界の注目を惹くようになり、近頃になっては、その説に基づいて教育上にも種々の説をなすようになって来た」と指摘している。「フロイド派の気焔」に見られた、隣接諸科学への拡がりを希求するフロイト・グループの活動は、一年後には現実のものとして「心理研究」で語られるに至っていた。

他にも上野は「夢と性欲と子供」(32号、大3・8)で「夢と性欲と子供との間には離るべからざる密接の関係がある」とする「フロイドの説」を解説し、また「精神分析学者の観たる教育」(43号、大4・7)、「昇華作用と教育」(44号、大4・8)では、精神分析が教育学にもたらした影響を示すために、海外の研究者の説を紹介している。上野によるフロイトの夢理論の開示は、読者にも大きなインパクトを与えた。応問欄には、上野「フロイドの夢の説」に触発されて、自らの夢分析を投稿した例が散見される。「フロイドの夢の説を読みて自分の夢を」(37号、大4・1)、「読者より夢の実例を」(41号、大4・5)、SO生による夢分析の実例(50号、大5・2)などである。

こうした読者の反応に対して、「心理研究」は積極的に誌面を提供している。例えば「フロイドの夢の説を読みて自分の夢を」の掲載にあたって、編集担当の上野は次のように記している。「左の文は某氏の余に宛てたる私信の一節なり。本人の承諾を経ずして掲ぐるが故に特に匿名となしたり。本誌の記事に関する感想・経験等は他の読者にとりても興味あることと信ずるが故に、今後は読者よりこの種の投稿を経て掲載することとすべし」。私信を当人の承諾なしに活字化するなど、現在では考えにくいが、それだけこの夢分析の一例が上野に重大な示唆を与えたということだろう。

ただし応問欄の回答者たちは、安易な夢解釈に対する戒めを忘れてはいない。「問者はよくその夢の材料の出処をフロイド式に研究されては居ますが、ただそれだけで、フロイド説の中堅たる「潜在意識の仮装」ということが指摘されて居ない。この夢の表面の事実と、材料の出処とは、これで分かって居るが、この夢の裏面に如何なる思想が隠れて居るか、それを捜し出すことが、精神分析法の主旨とする所である」（38号、大４・２）といった具合である。

さて、こうした夢解釈に対する読者のビビッドな反応は、催眠術への関心と繋がっているとも考えられる。「無意識」という謎に向けられた眼差しである。「心理研究」にはその刊行当時から、催眠術に関する多くの質問が寄せられていた。「催眠術に関する質問者へ　従来催眠術に関して種々の質疑を寄せられたる方は、次号より連載する筈の「催眠術と暗示」とを熟読せられたく、さらにその上にて御質問ありたし」（45号、大４・９）という応問欄の但し書きは、このあたりの消息をよく物語っている。

催眠術に対する読者の旺盛な関心に応えるべく、「心理研究」は「ヴント氏著　催眠術と暗示」（47〜53号、大４・11〜５・５）を連載し、さらに、催眠暗示による吃音の矯正などを紹介した村上辰午郎「村上式注意術と教育並に其実験（上）（下）」（56〜57号、大５・８〜９）、高橋正熊「心理学的治療の原理及び研究範囲――モルトン、プリンス講」（55〜56号、大５・８〜９）などを掲載している。

しかし、このような「心理研究」の対応にもかかわらず、その後も「催眠術の応用並に暗示（治療の際の）の仕方等の研究参考書」「催眠術は如何なる程度迄治療の効果あるものか、其範囲其研究書の有無」を問う質問（62号、大６・２）、「市内に昼間催眠術を教授する所は有りませんでしょうか」「吾国に於ける最も確実にして信用ある催眠術を教授する会ようのもの有之候《ママ》わば何卒御一報を煩わし度く」（64号、大６・４）、「催眠術を研究したし、催眠術のみ教授する所はなき乎。福来博士は誰れにても教授被下るるや」（65号、大６・５）など、読者の催眠術に対する興味はとどまるところを知らなかった。また、ここにあげた投稿者の住所が順に長野県下諏訪郡、盛岡、岡山であるように、催眠術への関心は都市部に限らない、全国的な展開をみせていた。

大槻「精神療法の話」が示唆していたように、大正期には催眠術による暗示療法をベースにした霊術が流行して

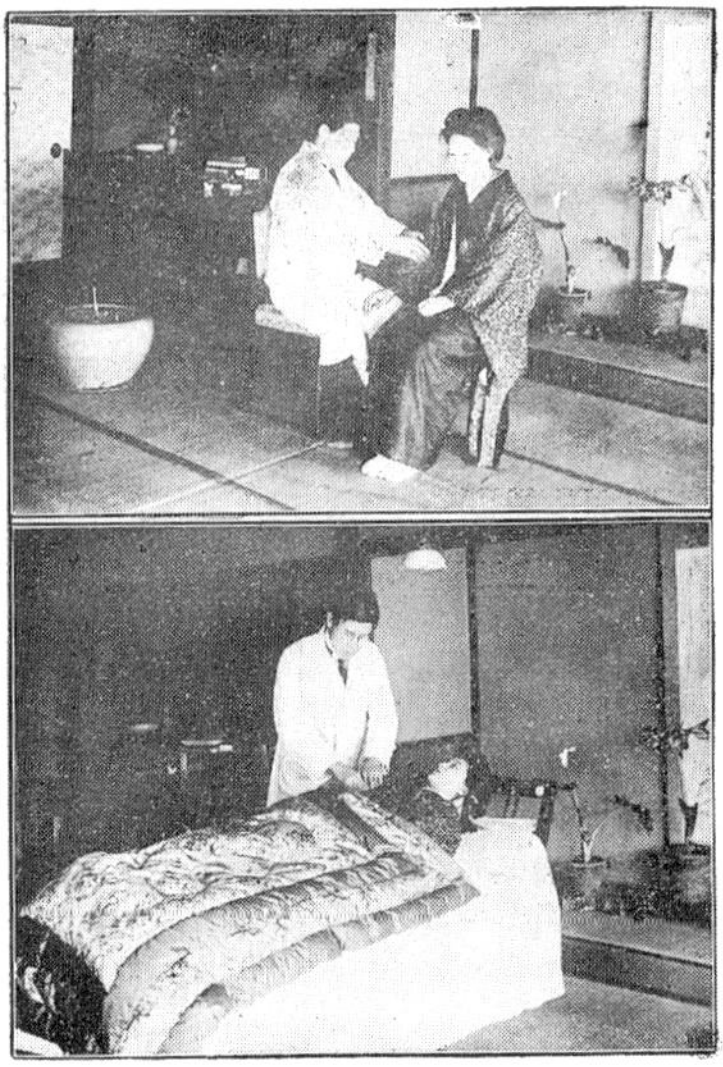

図8　霊術の治療風景

いた（図8）。この間の事情について、例えば小川静馬『心霊問題と人生』（大11・1、三教社書店）は「精神の偉力が肉体を支配する大なる力を有している事が世人の注意を引くようになってから、是れを利用して甘い汁を吸おうとした山師が一時非常に多くなったために、一時は詐欺師輩のなす事なぞと言って精神が人体など支配する力があるものではない。目に見えぬものが、この大きな肉体を左右する事が出来るものかと暴言するものまであるに至ったが、これも亦やむない社会現象の一つであるけれど、近代、真面目な研究家が、真面目な態度で此れを研究するに至ったので又漸く世人の注意を引くようになって来た」と述べている。ここで言う「真面目な研究家」とは、主にＳＰＲ（英国心霊研究協会）に代表される、科学的心霊研究の流れをさす。

さらに一部の霊術家には、アカデミズムとのつながりを誇示する者もあった。例えば渡邊藤交が明治四一年に創立した日本心霊学会は、機関誌「日本心霊」の執筆者として福来友吉、熊本で御船千鶴子の透視実験をおこなった京都帝国大学の今村新吉、小酒井不木、森田正馬らを有していた（図9）。同会は出版事業にも力を入れ、後には出版社へ移行して、人文書院となる。命名者は、今村である。

また直接的ではないにせよ、「心理研究」の応問欄からは、霊術に対する関心も見いだすことができる。「クリスチャンサイエンスや鈴木美山博士の唱導する健全哲学などは主として観念力のみにて思想を伝達するにはあらざるか、その伝達法如何」「生霊つき現象は只単に自己暗示によりてのみ生ずるものなりや、或は生霊主の観念力も多少は関係するものなりや」(66号、大6・6)などである。

第2章でも触れたとおり、霊術家たちは肉体を凌駕する精神力をアピールし、人間の精神に内在する無限の可能性を強調した。このような霊術家の主張は、意識の奥底に潜む無意識や、無意識が顕在化した夢への関心をかき立てる。フロイト精神分析に対する読者の関心の一端は、こうした要素とも遠く響きあっていたように思われる(6)。

ちなみに、先の応答欄の但し書きにある「催眠術と暗示」のなかで、ヴントはフロイトの主張を「心霊主義者流の性質を帯びた仮説」とし「フロイドの説が個々の観察について解釈を変更し、これを一般の場合に及そうとするやり方は、古い心霊派の行き方に戻ったといっていい」「無意識的の意識というような概念は、「第二視力」とか「超自然の光明」とかいう心霊主義の考えと同じく、元来神秘的のものであるということは、殆どいうを須いない」と、切って捨てている。

図9　心霊治療法を唱える日本心霊学会幹部と福来友吉(中央),今村新吉(前列右)

このように「心理研究」におけるフロイトに関する言説は、かなりの振幅をともないながら蓄積されていった。その達成のひとつが『近世心理学文庫』の一冊として刊行が予告された久保良英『フロイド説』である。『近世心理学文庫』の内容について」(63号、大6・3)によれば、同文庫は「一は心理学の普及のため」「一は聊かでも社会的文化のために貢献したいため」に企画され、その意気込みを「知識階級の家庭がどの位まで高級の学術を容れて消化し得るか、又我々が専門的の学術をどの位まで民衆化し得るか、この仕事の成否は、取りも直さず、我国文化の試金石であると思う」と語っていた。「心理研究」の啓蒙性を強く意識した企画だったと言えよう。

久保『フロイド説』も、この企画の意図をよく反映している。同書は『精神分析法』と題名を変えて、大正六（一九一七）年十月、心理学研究会出版部から刊行された。なお『近世心理学文庫』は当初全一二冊の予定だったが、実際には木村久一『早教育と天才』（大7・4）、寺田精一『児童の悪癖』（大7・8）など、六冊の刊行にとどまった(7)。

久保『精神分析法』について、鈴木朋子と井上果子は「断片的に知られつつあった精神分析理論について、アドラー（Adler, A. 1870–1937）やユング（Jung, C. G. 1875–1961）の論を交えながらはじめて体系的にまとめ、論じられた書物」と位置づけ(8)、また和田桂子は、同書が文学場に与えた影響について「この著書で紹介されたフロイトやジョーンズのハムレット論は、読者を強くひきつけた」と述べている(9)。

さて『精神分析法』の序には、次の一文がある。

> 本書はヰンナ大学の精神病学教授シグムンド、フロイド博士の学説を集成したものである。フロイドが今より二十二年前にヒステリーの一新療法に関する論文を公にし、それに続いて夢・神話・芸術的作品・子供の性欲・日常生活に於ける忘却や誤謬・頓智・滑稽等に就て新しい解釈を試みたけれど、当時その真価を知るものは極めて少かった。氏の新説が斯界の研究に一大暗示と革命とを齎らすものであると認めらるるに至ったのは実に最近六七年の間である。殊にこの二三年はフロイド及びその一派に属する研究や批評の論文が続々と米国に於て出版されて居る。氏の大胆なる主張に対しては兎角の批評はあるが、慥かにこれまで耕し盡したと考えられた土地から新たな鉱物を発掘したばかりでなく、尚未開の土地からも色々の鉱脈を発見しつつあるのである(10)。

久保が言う、世界におけるフロイト評価は、当時の認識をかなり正確に反映したものである。少し後になるが

「心理研究」にも同様の言説が見られる。例えば「海外の新著及論文」(73号、大7・1)には、次の一節がある。「アメリカの学界を雑誌を通して見ると、精神検査と精神分析とでもち切りのようである。精神分析に関する著訳者の数も実に夥しい」。

ヨーロッパでの冷淡な反応に対して、精神分析はアメリカで広く受容された。フロイトがスタンレー・ホールの招きに応じてアメリカのクラーク大学で講演をおこなった一九〇九年を契機に、J・J・パットナム、アーネスト・ジョーンズらによってアメリカ精神病理学協会が発足したのは翌一九一〇年。さらに一九一一年には、アメリカ精神分析学協会が発足している。[11] フロイトの臨床的な方法と学説は、一八九〇年代末期にはアメリカの心理学雑誌で紹介されはじめており、フロイトの無意識理論については一九〇一年に、またその夢理論については一九一一年までに、アメリカの心理学の教科書に記述されていたという。[12]

2 「変態心理」の刊行とその影響

久保『精神分析法』が刊行された大正六(一九一七)年十月は、別の意味でもフロイト精神分析受容の歴史のなかで、節目の時期となった。雑誌「変態心理」の創刊である。「心理研究」70号(大6・10)には、次のような「変態心理」の宣伝が掲載されている。「『心理研究』の姉妹雑誌現る!!」「教育家宗教家法曹家医師文学者及家庭父兄必読の雑誌!!」「本誌は主として諸種の霊的現象並に精神病者不良少年犯罪者等の心理に関する有益にして興味深き諸専門学者の研究を発表す」。

また「変態心理」1巻1号(大6・10)の発刊の辞には「本誌は、ただに従来の精神病理学犯罪心理学等に於て取扱われている所謂病的なるものの内にのみ躊躇するところなく、あまねく一時的変人の場合に於ける如き、正常以上に望ましき種々なる変態の心理をも、決して閑却しないように十分に心掛けて行くつもりであります」とある。

これらの言説は、「心理研究」がアカデミズム内の心理学一般を扱うとすれば、「変態心理」はその一部門を特化した研究誌であるという印象を与えるだろう。曾根博義はフロイト受容史の観点から「精神分析をわが国にいちはやく紹介した在野の心理学雑誌というだけでなく、大正期の文化や学問全体を考える上で見逃すことのできない拡がりを持つ重要な雑誌」「アカデミズムには決して取り上げられない対象を、アカデミズムにおける専門の壁を越えて研究しようとした雑誌」と「変態心理」を位置づけているが、(13)「心理研究」の「姉妹雑誌」たる「変態心理」の登場によって、フロイト精神分析を紹介する主要なメディアは「変態心理」へと移行していった。しかし一方でこの状況は、「心理研究」がフロイト精神分析をその内部から排除していくプロセスのようにも見えてくる。

「変態心理」は、その当初からフロイト関連文献を積極的に掲載している。例えば「変態心理」創刊号には、久保良英「フロイト精神分析法の起源」、諸岡存「ヒステリーと迷信」が、また1巻5号（大7・2）にはエッチ・ピー・シヤストリー「潜在意識」が、1巻6号（大7・3）には久保良英「アドラーの補償説と神経病」が掲載された。のちには「精神分析法解説」（6巻4～5号、7巻1～2号、7巻5号、8巻2～3号、大9・10～11、10・1～2、10・5、10・8～9）、「日常生活の精神病理」（11巻3～12巻2号、13巻2号、大12・3～8、13・3）などの連載もあり、フロイトに関する多くの情報が供されている。こうした状況によって、フロイト精神分析は「変態」心理学に限定されたイメージを形成していったとも考えられそうだ。

とはいえ「変態心理」創刊以後も「心理研究」には、注目すべきいくつかのフロイト関連論文が掲載されている。例えば、久保良英「お伽噺の精神分析」（76号、大7・4）は「狭義のお伽噺を骨子として、精神分析的見地から之を解剖」したものであり、(14)神田左京「日本神話の精神分析例の二三」（79号、大7・7）は「フロイド及び其の一派の学者等は、精神病は勿論、夢・劇・神話等に至るまで精神分析法を応用して、所謂内省法中毒の心理学界に万丈の気を吐いている。勿論彼等が主張する如く、一本調子の性欲説で万事を解決することが出来るかどうかは疑問であるが、多方面に渉った彼等の努力は、確かに神話の研究にも新問題を提供した功績を認めない訳には行かない」と述べ、日本神話について「エディプス錯綜」「父娘錯綜」「兄弟錯綜」の観点から考察を加えたうえで「出来ることなら、精神分析法を俗化して、吾々の日常生活の分析にも、これを普及したいと思うのである」と記している。

俗化した精神分析の普及に関する神田の言説は、昭和初期のフロイト・ブームの到来を予見しているようにもみえる。なお彼は、明治四二（一九〇九）年九月にクラーク大学でおこなわれたフロイトの講演に関わっている。このとき彼はクラーク大学に在籍していたが、心理学専攻ではない。「日本神話の精神分析例の二三」を発表した大正七年当時は、九州大学医学部臨界実験所の嘱託を務めていた。著書には『光る生物』（大12・3、越山堂）などがある。(15)

他には新関《にいぜき》良三「感想二三」（82号、大7・10）に注目したい。このなかで彼は久保『精神分析法』の読後感として「私は全く巻をおくことを忘れた。私は遠く維納の警抜なる学者に熱き憧憬を寄せ、親切にして忠実なる其の紹介者に感謝を表する」と記し、「私は芸術家達も亦彼等の領域（引用者注：フロイト精神分析をさす）へ近寄って行って欲しいと思う」と述べている。当時第四高等学校に勤務していた新関は、のちに『シラーと希臘悲劇』（昭15・12、東京堂）、『ギリシャ・ローマ演劇史』全七巻（昭18・11〜32・11、東京堂）をまとめるなど、独文学者、演劇研究者として膨大な業績を残した。なお新関には「精神分析と倫理問題」（90号、大8・6）もあり、ここではフロイトと袂を分かったアドラーの説を詳述している。

フロイト精神分析に早くから関心を抱いていた文学関係者としては、木下杢太郎、長谷川天渓（誠也）、松永延造などがいる。特に長谷川はイギリス留学後、大正初（一九一二）年に早稲田大学で教鞭を執った頃から、すでに科学的、精神分析的な批評を講義していたという[16]。しかし彼が精神分析的な文芸批評を一冊にまとめるのは、昭和になってからとなる。『文芸と心理分析』(昭5・9、春陽堂)、『遠近精神分析観』(昭11・9、岡倉書房)がその成果である。

このように文学サイドにまで影響が拡がりながらも、フロイトが日本の心理学アカデミズムのなかで獲得した位置といえば、やはり傍流の域を出なかった。岡本重雄「精神分析の本質とその改訂」(147号、大13・4)は「すべての新学説、新運動なるものが一般世間から受ける待遇なるものは常に略同じいものであって、一方に熱狂的信者を出すと共に、他方には絶対的なる否定者をも生み出すのである。精神分析の目下受けつつある運動も亦此のために漏れていない」「つい最近ライプチッヒに於て開催されたる心理学大会に於ては、人の性格等に関する研究がその主題での一つであったにも拘らず、精神分析に関しては之を黙殺するかの観がある」と、海外での精神分析に対する反応を紹介したあと、日本での受容状況について、次のようにまとめている。

その説、その治療法の紹介という点に関しては、相当の努力をみることが出来るのであるが、なお今日までに精神分析の積極的なる共鳴者、狂熱的信者乃至宣伝家、実際治療家を見ることは出来なかった。一般人は寧ろかかる学説の存在にすら余り注意を払っていないようである。精神療法にたずさわっている人々、精神病者、医者が如何なる程度を払っているかは自分は全く知らない。但し九州大学の榊保三郎博士が大分同感してその性欲研究に関する文献の中に精神分析の為めに半座を分っているのを見出す。厨川白村氏が文芸批評の根底として精神分析を取入れたことも注目に値する。

岡本は霊術、精神医学、文芸批評まで意識し、精神分析が影響を与えた範囲の広さを指摘しつつ、非科学的＝「形而上学的精神病学」であることが欠陥であり、また性欲を過大に重視することへの反感が存在しているとする。

なお岡本の言う榊の性欲研究に関する文献とは『性欲研究と精神分析学』（大8・2、実業之日本社）をさす。また、厨川の文芸批評とは、前述の「苦悶の象徴」（大10・1、「改造」。のちに『苦悶の象徴』（大13・2、改造社）に収録）をさしていると思われる。

榊の『性欲研究と精神分析学』は、性欲の科学的研究の重要性を説くとともに「科学的の研究事実を網羅し、之れに次いで精神分析学なる一新科学を加えて、性欲と道徳との密接なる関係を説明し、以て我が国民の自然的道徳進歩の資料に供せんとす」とするが、精神分析に関する章はフロイトの講演の抄訳にすぎず、精神医学界にどの程度影響を与えることができたか、疑問が残る。

それに対して厨川の論文は、先にも触れたとおり雑誌発表当時から多くの読者を魅了し、大きな反響を呼んだ。文学場内部にフロイト精神分析への関心を植え付けたのは、この論文の影響であるとされている。[17] 彼は『近代文学十講』（明45・3、大日本図書）で、あるべき現代文学について「人の心の奥の奥に潜む神秘境をさぐり、心霊の声を直接に読者に伝えようとする文学」「心理学の方でいえば識閾より以下に潜んでいる精神活動即ち明かにそれとは認識されないが、然し却って重大な力を有している潜在意識 Sub-consciousness また Spiritualism の方で説く潜在自我 Subliminal self というこの不思議境までを文芸の作品によって暗示しようとする一層深い意味の心理体」と語っていたように、早くから文学と「潜在意識」「潜在自我」の問題に意識的だった。その後、彼はフロイトを援用した新ロマン主義的な評論活動を積極的に展開していく。[18]

このようにフロイト精神分析は、確実にその影響範囲を広げていた。しかし「精神分析の本質とその改訂（二）」（148号、大13・5）で「今のところ精神分析の真の学問的価値は疑問とされている」と岡本が結論づけているように、大正十三（一九二四）年時点において、フロイト精神分析に対する心理学アカデミズムの眼差しは、決して好意的ではなかった。

山下久男は、日本の心理学アカデミズムがフロイトに冷淡だった理由として、彼の汎性欲説が危険視されたこと、いわゆる千里眼事件とその後の福来友吉の軌跡が変態心理学に対する忌避感を生み出し、さらに実証的な実験心理学へ心理学アカデミズムが傾斜していった点を指摘している。[19] しかし「フロイト」という思想は、すでに心理学アカデミズムの外部へと急速に拡大しつつあった。その土台を作った主要なルートのひとつは、間違いなく「心理研究」である。空前のフロイト・ブームが日本に訪れるのは、岡本が「精神分析の本質とその改訂」を発表してから数年後、昭和四〜五（一九二九〜三〇）年のこととなる。

3 混乱する「無意識」

前章でもいくつかの例を参照したように、フロイト精神分析の中心的な概念のひとつである「無意識」は、二十世紀初頭においても多様な意味解釈が並存していた。その内実については「心理研究」においても、田村作次郎「形而上学の問題としての比較的無意識」（47号、大4・11）など、関連論文が掲載されている。当時の読者にとっても「無意識」という概念の理解は難問だったらしく、応問欄には「無意識」に関する質問が散見される。「心理学上無意識ということは果して可能なるか」「禅宗の常套語なる「無念無想」と無意識とは何等かの相違ありや」（13号、大2・1）、「無意識に関するハルトマンの説とヴントの説とを詳説せられたし」（37号、大4・1）、「副意識といい潜在意識といい第二人格的意識といい皆同一なるものにや」（83号、大7・11）などである。これらの質問に対する解答としてもっともまとまっているのは、「無意識の意味に就て詳わしく御教示被度候」（61号、大6・1）に対する小熊虎之助の回答だろう。

小熊は言う。日本語の「無意識」は、英語の unconsciousness、ドイツ語の unbewusst、ohne Bewusstsein を訳したものである。しかし原語も日本語も、一般的な用法にとどまらない使われ方がされており、心理学界でも多様な意味で用いられているために、混乱が生じている。その意味を整理すると、二類、七種に分類することが可能である。まず第一類は、文字そのままに「意識が無い」という消極的な意味である。この第一類に属する意味は、四種類ある。

A　最初から意識、または精神作用を全く所有していないという意味。もっとも厳密かつ純粋な意味での「無意識」。

B　意識を持っていた者がその意識を失った場合。卒倒、気絶、夢が無い深い睡眠などで、ヴントのいう意味での「無意識」。

C　注意や自意識を欠いた状態。無思慮、無意識的。「無我夢中」や「知らず知らずのうちに」という状態をさす。

D　識閾によらない感覚や、それに応じた精神作用のない刺激。真正の意味での「無意識」。

ついで第二類は積極的な意味をもち、無意識的精神活動、無意識的意識をさす。この第二類に属する意味は、三種類ある。

E　無意識的判断。リップスらの説。ライプニッツの創説。ある種の感覚知覚や推理には、本来のそれらの知覚や推理中には含まれていない、ある無意識的判断が暗黙裡に活動し、または綜合した結果、意識の上で完成させるものがあるとする。

F　一部の変態心理研究者によって採用され、主張されている、重要な意味をもった「無意識」。人間の正常な外部に現れた精神作用や、正常かつ表面的な意識の裏側、下層には、ある場合にはそれらの表面的な意識よりもさらに重要な働きをしている、他の大いなる意識があるという考え。顕在意識の対表現として「潜在意識」「下意識」「無意識」と呼ばれている。

G　ある種の変態精神。人格や意識が同時に二分した場合に、第一意識に対する第二意識、または主意識に対して副意識が生じたと考える。そして、前者に対して後者を「無意識的意識」と考える。

以上の七種類の「無意識」に対して、小熊は「無意識」の使用法をより厳密にする必要があると述べ、Aは「精神を有らぬ」と言うべきであるとし、Bは「失意識」が適当であるとする。またCは、全くの「失意識」の状態ではなく、ある意味で意識的な状態であると考えている。さらにEは、実際は純生理的な現象であるとしたうえで、Fを「潜在意識」「下層意識」と呼び、Gを「副意識」と命名することで、個々の概念の意味づけを明らかにしている。[20] のちに小熊は、この問題について「潜在意識の話」（「変態心理」3巻3号、大8・3）、「潜識とは何ぞ」（「変態心理」4巻2、4、5号、大8・8、10、11）、「潜在意識の問題」（「変態心理」9巻1号、大11・1）をまとめている。

では「意識」はどうか。この質問も61号（大6・1）にある。回答者は、同じく小熊である。小熊は、「意識」に関する大きな問題が二つあるという。ひとつは「意識」の意味、もうひとつは意識と精神現象との関係である。「意識」の意味は、それを主観的に考えるか、客観的に考えるかで異なる。また意識と精神現象に関しては、両者は必ずしも等号で結ぶことができず、また意識的でない精神現象が存在するのか、という問題もある。要するに現在の心理学では、根本的な「意識」「精神現象」の意味について完全な解決ができておらず、両者を統一的に把握するのは困難である。これは精神と肉体＝物質との関係が経験的、生理学的に明らかになっていないためであり、その意味では、この問題が未解決であるのは当然である、と小熊は説明している。

ただし、この時点で「意識」「副意識」をめぐる問題は、すでに世界の心理学アカデミズムにとっては過去のものとなりつつあったようだ。大槻快尊「心理学上最近の論争に就いて」（大3・7～4・10にかけて五回の連載、「哲学雑誌」）は「心理学は意識の科学であるか、それとも行動の科学であるか」という、心理学における根本的な問題について論争が巻き起こり、その結果、ワトソンに代表される行動派心理学への移行がほぼはっきりしたと述べていた。

また「心理研究」においても、速水滉が「心理学最近の傾向」（33号、大3・9、「帝国教育」（大3・8）からの転載）のなかで、行動主義が勢力を得つつあることを述べたうえで、主観的な意識や精神過程を中心に研究するのではなく、意識の外部に現れた客観的動作を中心に研究する心理学として行動主義を紹介し、その背景に、生物学の心理学への接近、理論よりも実際的効果を重視する研究の動向、プラグマティズムの影響が存在することを指摘している。このような意味において、「無意識」をめぐる問題もまた、心理学のメインストリームから切り離されつつあったのである。

速水は『現代之心理学』（大3・7、不老閣書房）で、副意識をめぐる文脈のなかでの新しい動きとしてフロイト精神分析を位置づけ、実際的、応用的な面から評価している。つまり、精神治療の方面からの評価である。一方、心理学ジャンルでは「多少外道的異端的のものとして排斥されて居」り、その理由が「厳密な意味に於ての科学的価値が乏しい」点にあることも暗示している。

同様の見解は、小熊虎之助『夢の心理』（大7・9、江原書店）にも見られる。小熊はフロイトの夢の説やその根底をなしている変態心理の説明を「非常に卓越した見解である」と評価し「フロイドと彼に従う多くの医者達とは、医学的に病因の不明な神経病、即ち総ての官能病を、ある理由のために抑圧された情緒的思想が、潜在的になって当人の通常意識に影響しておることから起ったものであると考えて、実際的に多くの神経病者を治療しておる。彼の学徒は（殊に米国に多いが）これ等の研究や、説明を夥だしい書物として出版しておる」と記述しつつ、フロイトの「一切の夢の意識は、価値意識である」という主張、また性欲的原因の過度な強調に対して「吾われが彼の説に反対するのも、主としてこの二つの点であろう」「フロイドが、余りに自分の新見解を拡張し過ぎておる」と述べている。

こうした評価は、フロイト・ブームの渦中に刊行された小田島右左雄『最近心理学十二講』（昭5・7、培風館）でも変わっていない。小田島はフロイト、ユング、アドラーの説を総称して精神分析派としたうえで、次のように言う。「精神分析派と称せられるものは、一面は、極めて通俗的に流れ、従来、書斎に於ける心理学というよりも、寧ろ街頭に於けるそれとして、一般民間的信仰と結合して宣伝されて来たものである」。民間信仰との結合とは、フロイトの性欲説を意識したものだろうが、逆に言えば、この時期にフロイト精神分析が、性欲説を媒介にして一気に市民権を得たことを示す言説であるようにも思える。

また小田島はフロイト説の欠点として、その学説にいまだ自然科学的機械観の片鱗が残っていること、汎性欲説はその根底が、もっとも疑惑の種を播くものであること、彼らの夢分析には捏造的解釈と見られる部分が少なくないこと、夢を願望の実現とする説や抑圧観念説は、ただちに信じることができないこと、フロイトの心理学的快楽説は、そのままの形では批評の余地を残すこと、の五点を挙げている。こうした批判もまた、速水の頃からつづく心理学アカデミズムのフロイト評価を継承したものと言えるだろう。

おわりに

明治三十年代に本格化する催眠術ブームは、日本社会に新たな「心」のイメージを生み出した。心理学や精神医学によって、催眠術は暗示によるものとの解釈が定着する反面、科学によって解析が不可能な、超常現象を生起する「心」への関心が高まる。その象徴的な現われが千里眼事件だったとすれば、この事件を契機に、オカルティックな「心」への眼差しは批判に晒され、「迷信」として排除された。その際に生じた概念的な空白を埋めるべく登場したのが、フロイト精神分析である。フロイトの提示した「無意識」概念は、科学による新たな「心」へのアプローチとして注目を集めた。

フロイト精神分析が広く知られ始める大正期は、明治期から続く社会の組み替えが一段落し、いわゆる「大衆」が登場する一方で、都市生活において強迫観念的な圧力が高まった結果、さまざまな精神病に関心が寄せられた時代である。ベルグソンやメーテルリンクへの関心の高まりは、揺れ動く「生命」に対する不安の表れでもあった。こうした状況はフロイト精神分析、さらには夢と「無意識」への関心を呼び覚ましたが、アカデミズムは、必ずしも精神分析を評価しなかった。また、「無意識」をめぐる概念規定も、曖昧なまま終始していた。

「無意識」または「意識」という概念をめぐる一連の混乱は、ある意味で近代心理学の成立とともに内在化されざるを得なかった、心理学固有の問題を示唆している。またそこからは、時代特有の問題を見いだすこともできるだろう。肉体に対する精神の優位を主張し、精神の万能性を訴えていた霊術が流行し、大本教、太霊道などの新宗教や霊術団体が活発に活動していた大正時代の精神世界は、心理学やフロイト精神分析が提示した「無意識」概念をさらに拡張させる可能性を秘めていたのである。

このような時代状況のなかで、フロイト精神分析が提示した概念規定が着々と場を占めつつあった様態を、先の小熊の「無意識」をめぐる言説から見て取ることは可能だろう。またそこからは、心理学アカデミズムの内部で、精神分析が「変態心理学」という個別の、より狭小なジャンル内に囲い込まれ、意味づけられていくその動きの一端を感取することもできるはずだ。

「心理研究」に見られるフロイト精神分析の紹介の様相は、時代のなかで揺れる「フロイト精神分析」の姿を鮮やかに刻印している。結果として精神分析は、心理学アカデミズムの周縁に追いやられていった。だが精神分析は、人文諸科学の関心をかき立て、新たな「心」のイメージ形成に関与していくこととなる。第II部ではその動きの一端を、芥川龍之介の文学テクストを通じて考えてみたい。

第II部　芥川龍之介と大正期の「無意識」

第6章　消された「フロイド」
――「死後」をめぐる疑念――

はじめに

大正期の文学場における「無意識」の受容と展開を考察するにあたって、芥川龍之介の描いた軌跡は、格好の材料を提供してくれる。

しかし、ここではまず、ささやかな疑問をめぐる話から始めたい。ある作品を全集に収めるさいに生じた問題である。作者の承諾もなく、作品のなかから、ある固有名詞が抹消されたのだ。全集が編纂される時点でその作家はすでに亡くなっていたのだが、ならばなおのこと、既発表作品に勝手に手を加えることが、許されるはずもない。おそらく全集編纂者にとって、そんなことは自明の理だったことだろう。にもかかわらず、あえてそのような処置が取られた理由は何だったのか。その作品とは、芥川の「死後」（1925＝大14・9、「改造」）。消された固有名詞とは、「フロイド」である。

とりあえず、事の次第を説明しよう。昭和二年七月二四日、芥川は自殺した。その後、彼の個人全集が岩波書店から刊行されることとなり、急ピッチで編纂作業が進められた。このとき編纂された芥川没後最初の全集で、「死

郵便はがき

料金受取人払郵便

千種局承認

902

差出有効期間
平成28年4月
30日まで

464-8790

092

名古屋市千種区不老町名古屋大学構内

一般財団法人
名古屋大学出版会 行

ご注文書

書名	冊数

ご購入方法は下記の二つの方法からお選び下さい

A. 直　送	B. 書　店
「代金引換えの宅急便」でお届けいたします 代金＝定価（税込）＋手数料200円 ※手数料は何冊ご注文いただいても200円です	書店経由をご希望の場合は下記にご記入下さい ＿＿＿＿市区町村 ＿＿＿＿書店

読者カード

（本書をお買い上げいただきまして誠にありがとうございました。
このハガキをお返しいただいた方には図書目録をお送りします。）

本書のタイトル

ご住所　〒

TEL（　　）　—

お名前（フリガナ）　　年齢

歳

勤務先または在学学校名

関心のある分野　　所属学会など

Eメールアドレス　　@

※Eメールアドレスをご記入いただいた方には、「新刊案内」をメールで配信いたします。

本書ご購入の契機（いくつでも○印をおつけ下さい）

A 店頭で　B 新聞・雑誌広告（　　）　C 小会目録

D 書評（　　）　E 人にすすめられた　F テキスト・参考書

G 小会ホームページ　H メール配信　I その他（　　）

ご購入書店名　　都道府県　　市区町村　　書店

本書並びに小会の刊行物に関するご意見・ご感想

後」は「未定稿第一」に収められ（『芥川龍之介全集』別冊、昭4・2、岩波書店）、そのさい、本文の最終段落から「フロイドは――」の部分が削除された。つづく普及版全集でも、「死後」は「妖婆」（大8・9～10、「中央公論」）とともに「別稿」にカテゴライズされ（9巻、昭10・7、岩波書店）、最初の全集と同じく「フロイドは――」の箇所がカットされたのである。この本文処理は現在にまで影響を与えており、岩波版全集は訂正されているものの、ちくま文庫版全集（6巻、83・3）では、今も「フロイドは――」の部分が削除されたままになっている。

ここでまず、第一の疑問が浮かび上がる。既発表作品である「死後」が、なぜ未定稿・別稿として処理されなければならなかったのか。

大正十四年九月十六（消印十七）日付の瀧井孝作宛書簡に「「海のほとり」は兎も角も、「死後」は〆切り前一日で書いた。作者の考えによれば、夢でうちへ帰って来る所から先は甚だ不満だ。本にする時あすこから先を直そうと思っている」とあるように、確かに芥川自身「死後」を単行本にまとめるさいには改稿する意志をもっていた。しかし何よりも、芥川が遺書のなかで、自らの死後に全集を編纂するさいには「「妖婆」（「アグニの神」に改鋳したれば、）「死後」（妻の為に）の二篇は除かれたし」と記していたことが直接の原因だろう。(1) 遺書を尊重しつつ、同時に全集収録を果たすために、この二作は「未定稿」「別稿」として処理されねばならなかった。

この処理が違和感をもたれなかった最大の原因は、芥川の「自殺」という物語の磁力である。「死後」は、夢の話とはいえ、作者自身を思わせる「僕」の死を描いていたからだ。

1　「自殺」という物語

芥川が若くして自殺したことで、彼の文学的営為は、強固な物語から逃れられなくなった。彼の人生を「自殺」というゴールへ向かって整序する、物語の誕生である。この物語によって、芥川のあらゆる行為、作品、人間関係を、彼の自殺を暗示する構成要素として読み解く眼差しが生まれた[(2)]。

事実、今まで語られてきた「芥川の生涯」とは、「自殺」という物語の結末に収斂すべく、彼を取り巻くあらゆる構成要素を整理し位置づけようとする試みだったと言える。そのとき芥川の晩年の言葉は、すべて「遺書」と化す。こうして「或旧友へ送る手記」（昭2・7・25、東京日日新聞、東京朝日新聞、昭2・9、「改造」「文芸春秋」）に記された「将来に対する唯ぼんやりした不安」というキャッチ・コピーが、芥川の死をめぐる言説圏の中心に置かれた。この言説があまりにも曖昧で「ぼんやりし」ているがゆえに、読者はこの言葉が真に意味するものを探し求めてしまう。芥川が「神経衰弱」であったことを踏まえて、それを証し立てるかのような幻覚に関する言説が芥川の諸作品からピックアップされ、束ねられる。彼の後期作品群に頻出する神経症的な不安と幻覚のコードは、彼の「自殺」に収斂する読みの内部へ吸収されていく。

菊地弘・久保田芳太郎・関口安義編『芥川龍之介事典　増訂版』（01・7、明治書院）には、「幻覚」「不安」という項目がある。「幻覚」の項では「芥川には『二つの手紙』『影』のドッペルゲンゲル、『奇怪な再会』『妙な話』など、幻覚や錯覚を題材とした小説があるが、末期の『蜃気楼』（『婦人公論』昭二・三・一）、『歯車』（『大調和』昭二・六・一、『文芸春秋』同二・一〇・一）などの錯覚・幻覚・妄想には芥川に内在する病的神経が反映している」と記されている。また「不安」という項では「或旧友へ送る手記」が引用されたあと、「或阿呆の一生」（昭2・10、

「改造」）を「聡明さと傷つきやすい神経が自己を損なっていく有様」を描いた作品と位置づけ、そのような状況のもとで生まれた不安が「歯車」など末期の作品に投影されているとする。こうした記述を、芥川の「自殺」をゴールとする言説編成の、ひとつの典型的なパターンとみなすことができよう。

ただしこれらの記述は、読者＝研究者による一方的な解釈の所産として成立したわけでもない。芥川晩年の作品群には、「自殺」と作品とを結びつけるさまざまな仕掛けがほどこされている。その結果、作品内の言葉は、死と引き換えに獲得した「真実」の言葉として読者に受容を促すような、強烈な磁力を放つこととなる。

これに対して、一九六〇年代に始まる幻想文学ブーム、または九〇年代以降のホラー・ジャパネスクの潮流のなか、芥川作品の怪奇幻想性に注目し、日常と非日常、「意識」と「無意識」のあわいに潜む怪奇と戦慄を、神経症的な「幻覚」と「不安」のコードで描く作家として芥川を捉えるという具合に、異なるフレームの中で芥川の諸作品を再評価する試みも存在していた。例えば、東雅夫編『伝奇ノ匣3　芥川龍之介　怪奇文学館』（02・7、学研M文庫）、同編『文豪怪談傑作選　芥川龍之介集　妖婆』（10・7、ちくま文庫）は、このような視点による芥川作品の意欲的な再編成と言える。

しかし、芥川の自殺の呪縛は、あまりにも深く重い。現代に至るまで、芥川の「自殺」という物語は、きわめて魅力的な「読み」の誘惑を掻き立てつづけている。小沢章友『龍之介地獄変』（01・7、新潮社）、同『龍之介怪奇譚』（10・4、双葉社）は、まさに芥川の「自殺」をめぐる新たな物語化の試みだった。

このような読みの力学のなかに「死後」を置いた時、芥川の、死に対する肉声が語られた作品が「死後」であるという読みが、容易に成立してしまうことは明らかだろう。再婚した妻を罵倒する死後の「僕」の姿に、作者である「芥川」が重ねあわされるとき、確かに「死後」は「妻の為に」封印すべき作品と見なし得る。その結果、全集での処理は追認され、そのことに誰も疑問を感じなかったとしても不思議ではない。だとしても、なぜ「フロイド」の名前を消す必要があったのか。これが次に考えるべき疑問である。

2　消された「フロイド」

先に結論を述べてしまえば、おそらくそれは、全集編纂者のフロイト精神分析に対する無理解によって生じたと考えられる。

第Ⅰ部で述べたとおり、フロイト精神分析の紹介は明治四十年代から本格化する。この頃から日本の心理学アカデミズムは、アメリカを中心に急速に関心を集めつつあった精神分析学派の動向を精力的に紹介しはじめる。早くは速水滉『現代之心理学』（大3・7、不老閣書房）が、アメリカで一大勢力を占めつつあるフロイト説の概要を紹介しつつ「多少誇張的・空想的」「一部の真理を推し広めて全体に当て嵌めんとする弊がある」と批判している。一方、ハヴロック・エリス『夢の心理』（大3・9、大日本文明協会）は、フロイト『夢解釈』（1900）に言及し、「こは疑もなく、夢に対する近時の著書中最も独創に富み、且、最も大胆にして、又、最も挑戦的なるものなり、而して今や、研究者の全学派の教科書用書たり」と絶賛した。日本でフロイト精神分析の大要を初めてまとめた久保良英『精神分析法』（心理学研究会出版部）の刊行は、大正六年十月。フロイトを援用したロマン主義的な文学論を展開して文壇に大きな影響を与えた、厨川白村「苦悶の象徴」が「改造」に掲載されたのが大正十年一月である。

大正期も半ばを過ぎると、フロイト精神分析は一般社会にも知られはじめていた。大正期の新語辞典には、その痕跡が刻まれている。例えば、上田景二編『模範新語通語大辞典』（大8・5、松本商会出版部）の「精神分析」の項目には「教育上にも、法律上にも、医学上にも、頗る重要なる地位を占むるもの」とある。また『大増補改版新しい言葉の字引』（大14・3、改版、大14・4、実業之日本社）の「サイコ・アナリシス」の項目には「いわゆる変態心理・特殊心理に属する精神現象を心理的に研究・解明する新しい科学」とある。

一方、この時期の文学場では私小説・心境小説という形態が定着しつつあった。描かれたものから作者が完全に姿を消す本格小説こそが文学の王道であるのに、作者が直接作品に登場して、自らの心の動きを微細に描く心境小説が横行する現在の文壇の状況は、主客転倒以外の何ものでもないと論難したのは、中村武羅夫である。(3) しかし彼の批判をよそに、物語内における「私」を作家それ自体とみなす創作と読解の作法は常識化した。この文法は、もちろん「死後」に対しても有効に機能する。芥川の「自殺」をめぐる物語の前提として私小説・心境小説の文法が存在した結果、「死後」は自殺を決意した芥川の肉声が刻まれた作品となるのである。

こうした文法の存在を考慮すれば、全集編纂にあたって「死後」が「作品」から外されたのは、遺書のとおり「妻の為に」いらぬ誤解を避けるためにも必要だった。しかし、「作品」からは外したにせよ、「未定稿」という形で全集に「死後」を収録するにあたって、編者はなお、不安を払拭できなかったのではないか。だからこそ「フロイド」を抹消したのではなかったか。私小説・心境小説における夢が、作者の欲望を現前させる装置として読者に認知されたとき、「フロイド」という名前はその事実性を保証する、強固な理論の提示と受け取られる。このように全集編纂者が解釈したとき、「死後」における「フロイド」は、読者に対して、物語内の夢の内容を現実化させる「権威」としての意味を帯びることとなるだろう。

3　テクストのなかの「フロイド」

　では、そもそも「死後」というテクストにおいて、「フロイド」はいかなる機能を有しているのか。それは全集編纂者が危惧したように、物語内の夢の事実性を担保するものだったのだろうか。あらためて確認しておこう。

　「死後」は、幾重もの防壁に取り囲まれたテクストである。例えば「……」ではじまり「……」で終わる形式。「温泉だより」（大14・6、「女性」）、「年末の一日」（大15・1、「新潮」）などにも見られる、このリーダーで括られた形式は、物語世界をある枠組みの中に閉じこめるかのような印象を与える。または睡眠前→夢→覚醒後という表記順序によって、夢の意味内容を中心化するというパターン。そしてこの夢の内部では、日常と非日常、生と死という境界線が朧化されていく。

　こうした一連のフレーム設定は、読者が物語を秩序化するさいに、ある固有名詞をクローズアップさせる。夢から目覚めた「僕」が、夢の内容を振り返りながら「フロイドは――」と呟く場面である。この「フロイド」という名前の提示によって、物語内の夢の世界には、精神分析という特定の解釈コードが付与される。それは物語世界で中心化された夢の、多様なイメージを測定する準拠枠となるはずだ。

　物語はまず、眠りにつく前の「僕」の日常をたどる。なかなか寝つかれない彼の隣の床には妻が、赤ん坊に腕枕をさせながら横になっている。「うるさい。うるさい。黙って寝ろ」と「僕の口真似をしながら、小声にくすくす笑」う妻の姿は、彼をとりまく家庭の平穏な、愛すべき日常生活を暗示する。だがそれは、夢の内部における妻の姿と対をなすことで、反転の危機に晒されることとなる。

　そのまま静かに寝入る妻の方を向きながら、彼が読んでいるのは『説教因縁除睡鈔』。「除睡」とは「眠くさせない」の意だが、むしろここでは、眠ることに対する警鐘を意味しているように思われる。君臣、父母、夫婦とつづく五倫部の話を読むうちに、彼は眠りに落ちる。この話の並びも、ある意味で示唆的である。愛すべき日常生活の象徴が家族であるならば、このあと彼が見る夢は、その家族の紐帯に亀裂が生じるプロセスなのだから。

このように「死後」の冒頭部、眠りにつく前の彼の周辺を描いた箇所は、以下の夢の内容と対比するために、または夢の内容を暗示するために存在する。その夢の中では、まず生に対する「僕」の執着心のなさが強調される。この夢は、死んだ「僕」がSとの対話の後に自宅を訪問し、彼の死後に再婚したと思われる妻を罵倒する話だが、三四歳で死んだという「僕」は「格別死んだことを残念に思ってはいな」い。「長いものを少し書きかけていた」という仕事にも、妻子に対しても執着はないという。それなのにSと別れた後、いつしか彼は「僕の家の門の前に佇んでい」る。

この間の描写は、いわゆる「夢の文法」に忠実である。空間的な整序は無視される。当然のように「僕」は、Sの感情がすべて認知できる。ふだんは気にもならない細部に目がとまる。横町の角の飾り窓に据えてある、オルガンの中身が透けて見える。こうした諸要素は、夢独自のリアリティを形成する。時空間の混乱、意識の混乱は、夢の中の彼の境遇にも反映している。彼はどこからやってきてSと歩いているのか、わからない。また自宅の前に来て「門の上の葉桜の枝さえきのう見た時の通り」とあるが、その「きのう」の時点で彼は生者だったのか、それともすでに死者だったのか、はっきりしない。そして何よりも、自宅の表札が櫛部寓に変わっていることを確認するまで、彼自身が自らの死に対して半信半疑である。

このような夢の表現方法という点では、夢の中で妻を怒鳴りつけた彼が「いつか書斎でも何でもない、枳殻垣に沿った道を歩」く場面に注目しておこう。暮れかかる日、濡れそぼった道、どこまでもつづく垣根。生と死、夢と日常の境界領域を歩んでいるかのような描写は、志賀直哉「イヅク川」(明44・2、「白樺」)、内田百閒「冥途」(大

10・1、「新小説」）他の諸短篇など、芥川の推奨した夢小説に通じるものがある。

こうした表現に取り巻かれながら、物語は彼の死に対する無頓着さがもろくも崩れていく場面に至り着く。自宅での場面には、彼と妻しかいない。子供と彼の伯母、母は鵠沼に出かけており、父親は外出している。夢の中の登場人物は、注意深く限定されている。家族の大部分が排除され、問題は妻の再婚という一点に絞られている。この妻との対話で彼が衝撃を受けるのは、彼女の再婚相手が「ちゃんとした人じゃない」ことであり、さらに妻がその相手の「卑しいところに返って気安さを見出している」ことである。目覚めた彼は、自らの夢をふりかえる。

僕は妻に対しては恐しい利己主義者になっている。殊に僕自身を夢の中の僕と同一人格と考えれば、一層恐しい利己主義者になっている。しかも僕自身は夢の中の僕と必しも同じでないことはない。フロイドは――僕は一つには睡眠を得る為に、又一つには病的に良心の昂進するのを避けるために○・五瓦のアダリン錠を嚥み、昏々とした眠りに沈んでしまった。……(4)

彼の夢分析は、自らの「利己主義者」ぶりに対する驚きを表示する。「病的に良心の昂進するのを避けるために○・五瓦のアダリン錠を嚥み、昏々とした眠りに沈んでしまった」という末尾の描写は、夢の中の自己に対する嫌悪感を強調してやまない。そして、この夢を読み解く重要な解釈コードとして提示されているのが「フロイド」なのである。フロイトの名前が明示されることで、物語の解釈コードは一元化されたかに見える。そしてそれは、当時の読者にもある程度受けとめうる読解コードだったはずだ(5)。

先に述べたとおり、大正中期には、フロイトの夢に関する言及は一般社会で知られ始めていた。例えば小熊虎之助『夢の心理』（大7・9、江原書店）には、次の一節がある。「諸君の夢を暫時語れ然らば諸君の人格の本質を判断しようと、新らしい現代の夢の心理学者は主張するのである」。同書によるフロイト理解を要約すれば、夢とは次のようなものになる。まず夢の内容は、抑圧された願望の象徴である。それは圧縮、転移など、さまざまな変形を強いられている。一切の夢には、夢の顕在内容を象徴とした、潜在思想が存在している。ゆえに、夢の内容がそのまま現実の感情と一致するわけではない。

藪下明博は「死後」を「芥川の作品中最も夢のリアリティーを醸し出した作品」「それまでの夢の手法を芥川なりに駆使した集大成」と位置づけ、その夢語りの特徴として、次の四点をあげている。まず夢を物語の挿話として扱っていること。次に、夢の筋に何の脈絡もないエピソードを挿入していること。三つ目に、夢の描写を会話中心で表現していること。最後に、夢の内容がエゴイズムを中心にしていること。(6) 藪下は夢の中の脈絡のないエピソードを、フロイト精神分析でいう「置換」と捉え、そこには潜在意識がほのめかされていると言う。また夢の内容がエゴイズムに集約される点も、同じく潜在意識の表出を意識させる。

「僕」の夢では、確かに妻に対する彼のエゴイズムが強調されている。しかしフロイトによれば、それがすぐさま彼の「人格の本質」を表現しているわけではない。夢はさまざまに加工されている。したがって、この夢の中で彼が感じた「肚の底から」の「不快」とは、妻の再婚相手という形で突きつけられた卑俗な自己に対する不快であり、妻の再婚という夢の枠組みは、その不快を表記するための道具立てに過ぎない。要するにこの物語は、家族や自己の生に対する無責任なほどの執着のなさを問題にする以前に、何よりも彼自身の自己否定を現前化している、という解釈も成り立つ。

だが、この「フロイド」という固有名詞の意味が理解されなければ、物語はあまりに明快に読まれかねない。その場合「死後」は、家族に対する否定と執着というアンビヴァレントな感情をストレートに反映した物語と受け取られる危険が生じる。このとき「死後」は、まさに芥川が遺書で危惧したとおり、妻の感情を慮って全集収録を断念せざるを得ない作品となるのである。

しかし芥川の遺書は、全集編纂者によって、二重の意味で裏切られることとなった。「未定稿」扱いにせよ全集に「死後」が収録されたこと。もうひとつは、本文から「フロイド」が消去されたこと。

4　芥川と「無意識」

誤解のないように言い添えておけば、ここで問題にしたいのは全集編纂者の無理解ではない。この一連の事態が示唆しているのは、大正末期から昭和初期にかけての、日本における精神分析受容の様態である。それは特に、テクストに籠められた「フロイド」の意味をめぐるさまざまな歪みとして顕在化していた。

そして、ことは同時代における日本社会＝読者の理解の地平にとどまらない。実は芥川の文学的営為の中には、「無意識」をめぐる読みを誘発する、多様な要素を見いだすことができる。その意味で彼の残してきた軌跡は、同時代の文学が「無意識」をどのように摂取し、どのような物語を紡ぎ出したのか、その先駆的なサンプルと考えられるだろう。以下の章で確認していくのは、夢と「無意識」をめぐる彼の方法論的な格闘の痕跡であり、「無意識」と接続する心霊学、探偵小説などとの接触の様相である。

第7章　夢を書く
──「奇怪な再会」まで──

1　夢を書くこと

前章でもその一端に触れたとおり、大正期の作家のなかでも、芥川は夢を小説に取り込む方法について、きわめて意識的な作家のひとりだった。彼の夢をめぐる考察は、やがて「無意識」をめぐる問題群にアクセスすることとなる。本章では芥川の夢に対する認識の変化を追い、あわせてその小説への適用の様相を確認してみたい。
さて、芥川の夢に対する関心は、例えば「「ケルトの薄明」より」（1914＝大3・4、「新思潮」）の一節に、早くも象徴的に示されているように思われる。次の箇所である。

其曖昧たると、歴々たるとを問わず、夢は常に其赴くが儘に赴いて、我意力は之に対して殆ど其一割を変ずるの機能すらも有していない。夢は夢自らの意志を持って居る。そして彼方此方と揺曳して、其意志の命ずるまゝに、われとわが姿を変えるのである。(1)

自己の意識ではほとんど修正がきかない、それ自体が意志をもっているかのような夢。そして時に、夢の意識は自己のありようにさえも影響を与えてしまう。イエーツ「ケルトの薄明」に示された夢認識は、その後の芥川の言説のなかに揺曳しつづけた。例えば、夢とも現ともつかない「恍惚とした心もちの底へ」沈み、魂が虱の体へ入り込んで初めて「細君の肉体の美しさ」を発見する「女体」（大6・10、「帝国文学」）、ひとときの夢で一生を経験し、なお「あの夢のさめたように、この夢もさめる時が来るでしょう。その時が来るまでの間、私は真に生きたと云える程生きたいのです」と訴える「黄粱夢」（大6・10、「中央文学」）などの作品からは、夢がもつ独自の性質に対する芥川の関心がうかがわれる。

芥川は「雑筆」中「夢」（大10・1、「人間」）で、「神秘的な」小説を書くつもりなら「時々の夢を記して於くが好い」と述べている。そして「自分なぞはそれも怠っているが」と言いながらも、彼の日記、書簡、小品、随筆には、彼自身が見たと思われる夢の内容が数多く記されている。書簡ならば、早くは大正三年十二月二一日付の井川恭宛書簡をはじめ、少なくとも十一通に夢の記述が存在する。(2) ちなみにこの井川宛書簡に記された夢は、次のようなものだった。

上野の音楽会の切符を三枚もらったから君と僕と僕の弟と三人できに行った楽堂の一番高い所にすわってまっていると合唱がはじまった非常に調子はずれな合唱である誰かがあれは学習院の生徒の合唱だからあまずいんだと云った　そのうちに妙な女が出て来た桃色のジュポンをはいて緑色のリボンをつけている　其女が「私は井上の家内であります」といった　ははあ俳優井上の細君だなと思っていると女は「これから催眠術を御らんに入れまする」と「る」に力を入れて云うかと思うと妙な手つきをして体操みたいな事をやりはじめたよくみると女のうしろの台の上に小さな女の子が二人　礫のように両手をひらいて立っている　それが女の手を動かすにつれて眠るらしいそのうちに何時の間にか僕の弟が段を下りて女のそばへ行って一緒になって妙な

手つきをしている何故だかしらないが「これはいかんあの女は井上の家内だなんて云って実は九尾の狐なんだ」と考えたから君にどうしたらいいだろうと相談した　其答が甚奇抜である「狐と云うものは元来臆病なもんだから二人で一度に帽子をぶつけてわっと云えばにげるにきまっている」と云うのであるそこで其通りに実行した　すると果して女は白い南京鼠程な狐になってストーブの下へきえてしまったそれで目がさめた　近来にない愚劣な夢である(3)

この夢の記述には、第I部で確認した催眠術と夢の関係が示唆されているように思える。明治期に流行した催眠術ショーの光景（図10）を髣髴とさせるというだけでなく、夢の中に催眠術が登場するという舞台設定によって、夢を通じて顕在化する「無意識」と、催眠術によって自由意思を奪われることで剝き出しになる「無意識」とが重なって見えるからである。特異な所作によって暗示をかけ、被術者を思いのままに動かす様子は、容易に明治期の通俗的な催眠術書に頻出する、催眠術の基本的な記述を想起させるだろう。

図10　催眠術実験の光景（大正6年）

この他にも芥川の夢に関する言説は、晩年に至るまであらゆるジャンルに見いだすことができる。随筆、小品ならば、夢で森鷗外『かげ草』を読む「本の事」中「かげ草」（大11・1、「明星」）、漱石と書幅を見ながらその作者について言葉を交わす夢を描いた「子供の病気——一遊亭に——」（大12・8、「局外」）、夢で島木赤彦の葬式に参列する「島木赤彦氏」（大15・10、「アララギ」）、子供の時から色彩のある夢を見、夢の中でも歌や発句を作っていると語る「夢」（大15・11、「婦人公論」）などがある。

また、芥川の夢に対する関心は、しばしば夢を小説内に持ち込むさいの、方法論の問題として語られている。例えば「片恋」（大6・10、「文章世界」）には、次のような言及がある。

> あれは不思議だね。夢の話と色恋の話位、聞いていてつまらないものはない。
> （そこで自分は、『それは当人以外に、面白さが通じないからだよ。』と云った。『じゃ小説に書くのにも、夢と色恋とはむずかしい訳だね。』『少くとも夢なんぞは感覚的なだけに、猶そうらしいね。小説の中に出てくる夢で、ほんとうの夢らしいのは殆一つもない位だ。』〔以下略〕）[4]

大正十年前後までの芥川は、夏目漱石「夢十夜」（明41・7・25〜8・5、東京朝日新聞、同7・26〜8・5、大阪朝日新聞）、内田百閒「冥途」（大10・1、「新小説」）などを視野に収めながら、夢を小説に取り込む方法的な実験を繰り返していた。しかしこれらのさまざまな試みも、「海のほとり」（大14・9、「中央公論」）に至って異なる展開を見せはじめる。彼の夢への関心は、「無意識」下に隠蔽された自己を顕在化させる、特異なテクストとしての夢の様態へと向かうのである。

芥川が残した、夢をめぐる思考の変遷は、しばしば指摘される「芸術その他」（大8・11、「新潮」）に見られる意識的芸術活動の優位を説いた時期から、「「話」らしい話のない小説」（「文芸的な、余りに文芸的な」、昭2・4、「改造」）の提唱に示されるような私小説へと傾斜していくとされる芥川の軌跡とほぼ対応している。[5] 彼にとっての夢は、「芸術上の理想」（「芸術その他」）を実現するための、表現レベルにおける前衛的な言語実験の対象から、自己の内部を開示する特異な場へと変容していった。芥川における夢認識の変化とは、ある意味で、彼の自己凝視の眼差しの変化に他ならない。こうした変化の様相について、本章では「奇怪な再会」（大10・1・5〜2・2、大阪毎日新聞）に至るまでの、芥川の夢の言説について検討する。

2 芥川と夢

「雑筆」中「夢」において、芥川は夢を小説の中で描くことの困難さについて語っている。

世間の小説に出てくる夢は、どうも夢らしい心もちがせぬ。大抵は作為が見え透くのである。「罪と罰」の中の困馬の夢でも、やはりこの意味ではまことらしくない。夢のような話なぞと云うが、夢を夢らしく書きこなす事は、好い加減な現実の描写よりも、返って周到な用意が入る。何故かと云うと夢中の出来事は、時間も空間も因果の関係も、現実とは全然違っている。しかもその違い方が、到底型には嵌むる事が出来ぬ。だから実際見た夢でも写さない限り、夢らしい夢を書く事は、殆不可能と云う外はない。[6]

このあと芥川は、「夢らしい夢を書く」ためには「実際見た夢から、逆に小説を作り出す」しかなく、その時に「往々神秘的な作品が出来る」として、前章でも言及した志賀直哉「イヅク川」（明44・2、「白樺」）を挙げている。

周知のごとく、志賀もまた夢に対して、きわめて意識的な作家だった。高橋英夫は志賀を「「記述する」ことによってはじめて夢であるという夢の特性を了解していた」作家であり「おそらく近代が夢の記述によって肉体に復帰することに気づいた最初の典型であった」と評している。[7] 夢が神の世界に通じるルートとして神話化されていた時代から、肉体の現象へと還元されていく過程のなかで、「記述する」ことは不定形な夢のありようを物質世界に定着させる有効な手段として認識されていく。志賀は、この作業を進めうる、強靭な視力と筆力の持ち主だった。

とはいえ、小説内に夢を取り込む作業は困難を極める。後年の志賀は「夢からヒントを得て、夢を夢でなしに扱」った自らの作品について、次のように発言している。「夢の世界と現実の世界とは全然別なのを、そのヘンな世界を現実の世界へ持ち込むと変なことになる。変な厭なものが残る。……〔中略〕……僕は割に夢を書くんだ。初めから夢として書くなら、何だって構わないけれど、夢から得たものを現実的に変貌させるのはいけないことだと思うね[8]」。

このような志賀の問題意識は、芥川のそれと重なっている。夢はそれ自体が、現実世界とは異質なテクストである。だからこそ小説内に夢を導入する場合には、夢のリアリティに対する強固な認識が必要なのだ[9]。「雑筆」中「夢」における芥川の言説は、あくまで意識の領野から把握する夢の処理方法の問題に限定されている。夢を小説内において、いかにリアルに再現するか。小説の方法論という視点から夢の把捉を試みる芥川の姿勢が垣間見えて示唆的だが、「夢」とほぼ同時期に発表された「点心」中「冥途」（大10・2、「新潮」）には、次の記述がある。

この頃内田百間《ママ》氏の「冥途」（新小説新年号所載）と云う小品を読んだ。「冥途」「山東京伝」「花火」「件」「土手」「豹」等、悉夢を書いたものである。漱石先生の「夢十夜」のように、夢に仮託した話ではない。見た儘に書いた夢の話である。出来は六篇の小品中、「冥途」が最も見事である。たった三頁ばかりの小品だが、あの中には西洋じみない、気持ちの良い Pathos が流れている[10]。

芥川は、漱石「夢十夜」を「夢に仮託した話[11]」、百閒「冥途」を「見た儘に書いた夢の話」とカテゴライズする。内田道雄が指摘するように、この芥川の『冥途』評は「彼が文学的方法としての夢に特別な関心を持つ作家であったこと」を如実に示している[12]。ここで芥川が言うのは、日常と非日常のあわいに別種の物語を構築するうえで、

「夢十夜」の夢が物語のフレームとして導入されているのに対し、『冥途』や「イヅク川」が夢そのものの不定形なありようをいかにして表現するかという、夢の生理そのものの描写をめざした実験的、方法的小説であることの指摘である。

芥川は続けて、『冥途』の面白さを「現在の文壇の流行なぞに、囚われて居らぬ所」と説明しているが[13]、「何かの拍子に以前出した短篇集を開いて見ると、何処か流行に囚われている」自らと対比しつつ『冥途』の「自由」さを賞賛している点に注目していい。ここで芥川の言う「自由」さには、夢そのものの忠実な描写に挑み、それに成功した『冥途』に対する讃嘆のニュアンスが含まれている。

では、『冥途』や「イヅク川」の表現は、どのように夢の世界を再現しているのだろうか。まずは『冥途』中「冥途」を見てみよう。冒頭部からつづく「暗い土手」「夜」「カンテラの光り」「土手の黒い腹」「白ら白らした腰掛」「淋しい板の光り」といった、明暗のコントラストを意識した描写がまず目につく。やがてそれは「時あってさす光のために、かえって無限の闇の遍在が印象づけられる[14]」ような、すべての色彩が闇へと吸収されるモノトーンの世界を織り成していく。この、夢の世界の基調とも言うべき淀んだ色彩は、物語末尾の「月も星も見えない、空明りさえない暗闇の中」を「土手の上だけ」に流れる「薄白い明り」、または「黒い土手の腹に」「カンテラの光り」によって映し出される「私」の影などの場面に至るまで、一貫している。このようなモノトーンの光景の下、「私」は焦点の定まらない曖昧な世界に投棄されている。

そして「空耳で」聞く客の会話（聴覚の異常）、「ぼんやりしていて解らない」客の様子（視覚の異常）、「思い出せそうな気がしながら」思い出せない「悲しみの源」（記憶の欠落）など、五感の部分的な断絶、記憶の混乱によって「私」の曖昧さが露わにされていく。夢の内部における「私」の違和感が、夢のリアリティを強く印象づけている[15]。

では「イヅク川」はどうか。「濡れて居る道」、「踏む毎に」「枯草や芥ににじむ」水、といった体感表現に始まるこの小文は、以後、めざす池へ向かって歩きつつ、眼に映る風景描写と、そのつど思い浮かぶ思考の表現を交互に繰り返して進行する。作中人物の「歩く」速度と「見る」／「思う」の反復表現が文体のリズムを作り出し、それが夢の生理的リズムとシンクロすることで、夢の不定形な手触りを再現している。この夢の描写には、外在的視点から夢の内部に侵入する試みは一切排除されている。ただひたすら、自己の見た夢の世界と、その夢の内部における自己の思考の忠実な再現をめざしていると言えよう[16]。

一方芥川もまた、さまざまな夢の表現に取り組んでいる。例えば「寒山拾得」（「東洋の秋」草稿）は、「夢十夜」第六夜のパロディの試みである。「久しぶりに漱石先生の所へ行ったら、先生は書斎のまん中に坐って、腕組みをしながら、何か考えていた。「先生、どうしました」と云うと、「今、護国寺の山門で、運慶が仁王を刻んでいるのを見て来た所だよ」と云う返事があった」で始まる短編である。「夢十夜」のスタイル（「こんな夢を見た」ではじまる「夢に仮託した話」）を踏まえた作品としては、他にも「着物」（初出未詳、『点心』所収、大11・5、金星堂）がある。

登場人物たちが身にまとっている着物を、各々の作家の作風に比して「勝手な品評を試みている」様子を戯画的に風刺する。あわせて自宅の「階上にも階下にも、いろいろな着物が吊り下げてある」家の中で「傲慢不遜なあぐらを掻く」作者と思しき「妙な痩せ男」の姿を描き、さまざまな小説のパターンを豊富に持ち合わせている作者の自負心を示す。

この作品は、痩せ男が煙草をふかし始めた時「何か云ったように思うが、生憎眼のさめた今は覚えていない。折角夢の話を書きながら、その一句を忘れてしまった事は、返す返すも遺憾である」と結ばれ、現実とは異なる夢ならではの特性を強調する。だが、その夢の描写は現実に対する比喩のレベルを超えていない。そのため、「夢十夜」において漱石も十分意識的だったと思われる、夢の多義的な象徴機能は作動していない。「奇遇」（大10・4、「中央公論」）における、王生の夢の中の恋もまた、夢と現実を往還する異界の物語の体裁を取りながら、実は王生が彼女と結婚するためにでっちあげた嘘に過ぎなかったという、編集者から見たら「蛇足」の域にとどまっていた。

これらの作品群に共通しているのは、夢の多義的な象徴性に対する関心の希薄さである。ここでの夢は、現実を夢の世界へ、または夢の世界を現実に置き換えて語り直すための装置に過ぎない。

ただし芥川には、『冥途』や「イヅク川」と同様、夢の生理の再現をめざしたと思われる作品もある。例えば、「饒舌」（大7・1・3、「時事新報」）に描かれた夢の表現は『冥途』の文体を連想させるものがある。その冒頭部を引用してみよう。

始皇帝がどう思ったか、本を皆焼いてしまったので、神田の古本屋が職を失ったと新聞に出ているから、ひどい事をしたもんだと思って、その本の焼けたあとを見に丸ノ内へ行こうとすると、銀座尾張町の四つ角で、交番の前に人が山のようにたかっている。[17]

次に、百閒「支那人」（大10・5、「新小説」）の冒頭部を紹介する。

賑やかな街を歩いていたら、大きな支那人が出て来て、五十銭貸してくれと云った。私は厭だから、謝ろうと思ったんだけれど、その時うっかり片手を懐に入れて、蝦蟇口を握った手もとを、つい支那人に見られたものだから、とうとう貸してしまった。[18]

百閒の「自分の印象を自分の言葉で、しかも動きのとれないように表白しようと勉め」ているような文体[19]、俳句的な、夾雑物を一切そぎ落とした的確かつ端的な文体の特徴については早くから指摘されるところだが[20]、「饒舌」の夢の描写は百閒のそれに酷似している。

だが「饒舌」の夢も、後半部になってからは「着物」と同様、比喩による現実の置換装置と化すことで、前半部の夢らしいぼんやりとした表現効果を維持できていない。「一度新技巧派と云う名が出来ると、その名をどこまでも人に押しかぶせて、それで胡麻をする時は胡麻をするし、退治する時は退治しようとするんですからな」と語る書生の言葉は、「着物」の場合と同じく、当時の新技巧派／自然主義という文壇内の対立関係の中に自らを位置づけようとする動きへの、芥川の反発を読み取らざるを得ない。それは夢の世界を現実の一元的な意味の場へ回収することとなり、結果的に前半部の夢の表出効果は意味をなさなくなる。

文体実験としての夢の描写が比喩レベルでの現実把握のヴァリエーションへと置換されていく様は、芥川の、一元的な意味の場へ回収させずにはおかない夢の方法を示唆して興味深いものの、作品内における夢の機能を考える場合、「饒舌」もまた、しょせん寄木細工にとどまるという印象を拭い去れない。

今まで見てきた作品以外に、大正十年までで夢の言説を含む芥川の作品としては、「地獄変」(大7・5・1～22、大阪毎日新聞、5・2～22、東京日日新聞)、「邪宗門」(大7・10・23～12・13、大阪毎日新聞、10・24～12・18、東京日日新聞)、「素戔嗚尊」「老いたる素戔嗚尊」(大9・3・30～6・6、大阪毎日新聞、3・30～6・7、東京日日新聞)、「南京の基督」(大9・3、「中央公論」)などがある。

「地獄変」では、堀川の大殿から地獄絵の制作を命じられた良秀が、午睡のたびに悪夢を見る。何者かが彼に「奈落へ来い。炎熱地獄へ来い」とささやく。奈落には良秀の娘が待っていると言う。「待っているから、この車へ乗って来い。――この車へ乗って、奈落へ来い――」。あたかも良秀の「無意識」下の願望が、夢の形で示されているように見える。炎熱地獄に良秀の娘、そして車。これらは後の悲劇を形作る重要な構成要素である。だとすれば、夢の中で良秀を誘う何者かとは、堀川の大殿ではなく、画家としての本性が凝固した良秀自身と読むべきだろう。地獄絵を描きはじめてから「妙に涙脆くなって、人のいない所では時々独りで泣いていた」という良秀からは、引き裂かれた自我の苦悩が看取できる。ここでの夢は、後の悲劇を暗示する物語の読解コードとして機能している。

「邪宗門」では、堀川の大殿の死を暗示する夢告として、ある女房の見た夢が描かれている。「良秀の娘の乗ったような、炎々と火の燃えしきる車が一輛、人面の獣に曳かれながら、天から下りて来たと思いますと、その車の中からやさしい声がして、「大殿様をこれへ御迎え申せ。」と呼ばわった」という。摩里信乃法師が見た夢も、夢告の一種とされている。彼の枕元に歩み寄った姫君の回りに、無数の「水子程の怪しげなものが」蠢いているというものである。この夢について法師は、怪しげなものとは妖魔であり「天上皇帝は、堕獄の業を負わせられた姫君を憐れと見そなわして、予に教化を施せと霊夢を賜ったのに相違ない」と解釈する。日本古典における夢の文法が、ここでは採用されている。

「素戔嗚尊」にあっては、素戔嗚尊が山上から追放された高天原の景色を見つめ、寂しさのあまり号泣する夢を見る。また、火雷神が剣を大木の根元に刺し、それを抜くように促す夢も見る。神の啓示である。一方「老いたる素戔嗚尊」では、かつて彼が体験した殺伐とした争闘の世界を夢に見る。しかし目覚めた後には妻や部落のことに思いをめぐらせ、夢は忘れ去られてしまう。さらにもうひとつ、葦原醜男に頭の虱取りを命じたさいに見る夢が描かれている。高天原を追われた彼は、憤りつつ険しい山道を登る。そのさい、大岩に置かれた白銅鏡を覗くと、そこに映っている顔は若き素戔嗚ではなく、葦原醜男だった。近代的な夢解釈の可能性を残しつつ、ここでの夢は神話的な物語世界の範疇に収まっている。

また「南京の基督」では、梅毒に冒された宋金花がイエス・キリストに似た外国人の客と一夜をともにしたさい、夢を見る。「昔の西洋の伝説のような夢」である。彼女は「天国の町にある、基督の家」でご馳走に囲まれて、箸を取っている。さらに彼女の元には「湯気の立つ大皿」が運ばれてくる。そこで「円光を頂いた外国人」は言う。「それを食べるとお前の病気が、今夜の内によくなるから」。そして目覚めた彼女は、病が一夜のうちに癒されたことに気づく。彼女の夢が自らの身体に影響を与え、現実を改変した一瞬である。

こうした作品群から垣間見られる、方法としての夢をめぐる芥川の模索は、「奇怪な再会」でひとつの頂点に達する。現実／幻想の架け橋としての夢に注目し、夢の描写を通して、二つの世界の差異が現実内で判別できなくなる、つまりは狂気を描くものである。執筆時期も、芥川が夢の方法についてきわめて自覚的だった「夢」「冥途」の執筆時期に前後している。(21) 以下、「奇怪な再会」における夢の方法について、検討を進める。

3　「奇怪な再会」における夢

「奇怪な再会」執筆中に、芥川は中西秀男宛書簡に「小生は今大阪毎日新聞に「奇怪な再会」と云う怪談を書いています」と記した。(22)「奇怪な再会」を「怪談」と呼ぶ芥川の発言の背景には、おそらく志賀直哉の初期作品に触れた、次のような言説を意識する必要がある。

神秘が、古の希臘の神々のように、森からも海からも遂におわれて、人々の心理のうちに、隠れたのは、今更らここに云う迄もない。――神秘を解こうとした作家は、日本にも、少くない。しかし、彼等の多くは笑う可き「怪談」を繰返すか、さもなければ、幼稚なるカテゴリィの中に徘徊するか、その二途を出ずにいたのである。翻って、「濁った頭」にはじまる作品の series を見ると、ここに描かれた神秘は、いづれも殆直下に、常人の世界に迫ってくる神秘である。「濁った頭」の末節に於て、津田の見た林間の幻影の如きは、明に「怪談」を離れた神品であった。そうして、その方面に於て、美しい成功を示した、最もすぐれた例として、「范の犯罪」をあげるのに、躊躇しない[23]。

また「近頃の幽霊」(大10・1、「新家庭」)では「一般に近頃の小説では、幽霊──或は妖怪の書き方が、余程科学的になっている」と述べた後、例としてブラックウッド「双子」を挙げ「外界には何も起らずに、内界に不思議な変化の起る所が、頗る巧妙に書いてある」と評している。

神秘はもはや、外界に現前しない。それは心理学や精神分析、または心霊学といった近代的なアプローチによって「人々の心理」から掘り起こす対象となった。しかしこうしたアプローチは、しばしば「幼稚なるカテゴリィ」の内部で処理されてしまい、本来の神秘にはたどり着けない。そうでなければ、もはや古典的な怪談を語るしかない。だとすれば、「奇怪な再会」執筆にあたって芥川の語る「怪談」とは、近代的な解釈格子を経由しつつそれと悟られない「神秘」の表現として捉えるべきだろう。その貴重なアイテムとして用いられているのが、夢の描写である。

ただしその一方で、「奇怪な再会」の舞台は本所お竹倉そば、横網町の、五位鷺が鳴く場所に設定されている。本所が江戸時代は「御朱引外」の異界であり、明治の世になっても「本所の七不思議」が色濃い影を落としていたことは、芥川自身が「追憶」(大15・11、「文芸春秋」)や「本所両国」(昭2・5・6〜22、東京日日新聞)などで触れているとおりである。また五位鷺は「夢十夜」第三夜を想起させるが、鷺は古来から魔の鳥であったという[24]。

現代の「怪談」を描くにあたって、江戸時代の怪談を連想させる空間を物語の舞台とする手法は、第11章で検討する「妖婆」(大8・9〜10、「中央公論」)にも見られる。「奇怪な再会」における舞台設定の意味について、婆さんの存在に注目したのは孔月である。婆さんは「奇怪な再会」にあって、お蓮の動向を直接知る唯一の情報提供者である。彼女は、二度にわたって怪異を目撃したという。怪異は、婆さんを経由して現前する。この物語に古典的な

「怪談」のニュアンスを付加し得るのは婆さんの解釈のみであり、その解釈を支えているのは、彼女の内部に蓄積されてきた前時代からの文化的文脈である。そして、この文脈を支えるものこそが、江戸時代からの怪異の影を残す本所横網町なのである(25)。

このように「奇怪な再会」は、作品の舞台としては、江戸時代から連なる怪談の文脈を後景に置き、物語としては、お蓮の精神崩壊に至る心理的なプロセスを焦点化する。そのなかで注目すべきは、イメージ連鎖と語りの入れ子構造である。

最初に、イメージ連鎖について確認しよう。物語内のイメージ連鎖は、金さんと白い犬の連結を軸に進行する。まず、お蓮の夢に「別れた男」(金さん)が現れる。次の場面である。

> お蓮は何時か大勢の旅客と、薄暗い船室に乗り合っている。円い窓から外を見ると、黒い波の重なった向こうに、月だか太陽だか判然しない、妙に赤光のする球があった。乗り合いの連中はどうした訳か、皆影の中に坐った儘、一人も口を開くものがない。お蓮はだんだんこの沈黙が、恐しいような気がし出した。その内に誰かが彼女の後ろへ、歩み寄ったらしいけはいがする。彼女は思わず振り向いた。すると後ろには別れた男が、悲しそうな微笑を浮かべながら、じっと彼女を見下している(26)。

明治二八年初冬、陸軍一等主計の牧野によって威海衛の妓館から日本に連れてこられ、彼の妾として日々を過ごしているお蓮(孟恵蓮)が、明け方に見た夢である。夢の世界は彼女が日本に渡ったさいの船中の様子を思わせるが、この世界は暗く、死の気配に満ちている。「別れた男」もまた、この世界の住人として登場する。彼女はこの「別れた男」の生死を、またもし男が生きているなら、ふたたび会うことができるかどうかを知るために、玄象道人の占いをうける。しかし「東京が森にでもならないかぎり、彼には会えない」と告げられてしまう。この占託は、すぐさま彼女の夢に反映する。第二の夢の内容は、次のとおりである。

お蓮は嗽いを使いながら、今までは全然忘れていた昨夜の夢を思い出した。それは彼女がたった一人、暗い藪だか林だかの中を歩き廻っている夢だった。彼女は細い道を辿りながら、「とうとう私の念力が届いた。東京はもう見渡す限り、人気のない森に変っている。きっと今に金さんにも、遇う事が出来るのに違いない。――そんな事を思い続けていた。すると少時歩いている内に、大砲の音や小銃の音が、何処とも知らず聞え出した。と同時に木々の空が、まるで火事でも映すように、だんだん赤濁りを帯び始めた。「戦争だ。戦争だ。」――彼女はそう思いながら、一生懸命に走ろうとした。が、いくら気負って見ても、何故か一向走れなかった。[27]

夢の中で東京は森になっているにもかかわらず、彼女は金さんに会えていない。のみならずそこでは戦争が勃発し、しかも彼女の足は動かない。彼女の金さんに対する愛着の高まりはすでに夢で処理できるものではなくなっているものの、彼女には、牧野によって与えられた現在の生活から抜け出す力はない。「私の国の人間は、みんな諦めが好いんです」と牧野に呟く彼女は、そのことを自覚している。現実では実現不可能な願望が夢から溢れ出てきたとき、現実世界における彼女の精神的な破綻はすでに不可避のものになっている。そのプロセスを明示するうえで、子犬の果たす役割は大きい。

そもそもこの子犬は、彼女が中国で飼っていた犬のことを思い出し、淋しさを紛らわすために飼いはじめたのだった。やがて子犬は、彼女の中国での思い出、その中核にある金さんの記憶と重ねられていく。しかし、この犬は病死する。それが、彼女が発病するスイッチとなる。直接の契機は、鏡に写った犬の死体の鼻先が赤色に変わっていたことだった。彼女が中国で飼っていた犬の鼻先は、赤かった。このとき犬は、彼女にとって消え去ってしまった中国、ひいては金さんの思い出を引き寄せるメタファーとなる。それは彼女の幻想内部における犬と金さんの一体化を促す。以後、幻覚は次の順に現れる。まず、床へ入った彼女が眠りにつく直前、死んだ犬の重みを感じる。次に「白いもの」が鏡にのみ写る。往来から彼女を呼ぶ金さんの声が聞こえる。それはいつの間にか「風に吹き散らされる犬の声」に変わる。そして、彼女と同じ床に金さんが眠っている。

幻覚は、まず死んだはずの犬が現前する形で始まり、やがてその犬が金さんへと置換されていく。このように犬と金さんの一体化が進行するにつれて、お蓮の内部における幻想と現実の曖昧化も進んでいく。牧野の妻が来訪する場面には、彼女の変調が見事に示されている。「実は近々に東京中が、森になるそうでございますから、その節はどうか牧野同様、私も御宅へ御置き下さいまし」という牧野の妻の訴えに対して「気狂いじみている」「すべてが悪夢のような、気味の悪い心地」と違和感を覚えながら、すぐさま「やっと金さんにも遇える時が来たのだ。嬉しい。嬉しい」と、自らの幻想が見せた虚構を、現実として易々と受容してしまうのである。もちろんこの記憶の書き換えも、金さんの死を受容したくないがゆえの自己防衛なのだが、のちに金さんの死がほのめかされることで、彼女の現実との接点は消滅する。

酒席で「君のように暗打ちなんぞは食わせない」と友人に指摘され「色を変えた牧野」に対して、お蓮は「無気味な程、じっと彼を見つめたぎり、手をだそうとはしなかった」。ここで彼女は、金さんの死を確信する。それは、彼女の狂気を決定的にする。

夜半、牧野を殺そうと剃刀を手に取った彼女に、幻聴が聞こえる。それは時計の振り子のリズムに連動するリフレインとして描写されている。「御止し。御止し。御止し」「誰だい?」「私。私だよ。私」。長い沈黙の間にも休みなく鳴りつづける振り子の音は、現実と幻想の狭間を暗示して印象的である。この幻聴のなかで、金さんが生きていて、明日の晩弥勒寺橋に来ると告げられたお蓮は、橋のたもとに急ぐ。そして「森になったんだねえ。とうとう

山田昭廣著

シェイクスピア時代の読者と観客

A5判・338頁・5800円

劇場へと通い、書物をめくる人々——。英国史上未曾有の「演劇熱」を、推定観客数や戯曲の刊行点数などから捉えるとともに、当時の戯曲本への書き込みを読み解き、読者のリアルな反応を探る。文化史および社会史の両面から、読者と観客の生きた姿に迫る労作。

978-4-8158-0748-1

稲賀繁美著

絵画の臨界

—近代東アジア美術史の桎梏と命運—

A5判・786頁・9500円

「海賊史観」による世界美術史に向けて——。近代以降の地政学的変動のなかで、絵画はいかなる役割を背負い、どのような運命に翻弄されてきたのか。浮世絵から植民地藝術、現代美術まで、「日本美術」「東洋美術」の輪郭を歴史的に捉え、国境を跨ぐイメージと文化の相互作用を考察。

978-4-8158-0749-8

中野知律著

プルーストと創造の時間

A5判・492頁・6600円

それが存在しない世界に——。科学的な実証知が勃興し、旧来の人文教養が失墜した世紀末の憂鬱の只中で、それでも「文学に賭ける」決断を下したプルースト。作家が格闘した、『失われた時を求めて』誕生以前の文の地形を明らかにすることを通して、その出現の意味を探る労作。

978-4-8158-0754-2

橋本周子著

美食家の誕生

—グリモと〈食〉のフランス革命—

A5判・408頁・5600円

食卓のユートピアへ。大革命後のフランス美食文化の飛躍をもたらした〈食べ手〉による美食批評は、レストランガイドの起源となる一方、それにとどまらない深遠な美食観を宿していた。『美食家年鑑』の著者グリモを通して、〈よく食べる〉とはどのようなことかを探究した美味しい力作。

978-4-8158-0755-9

桝屋友子著

イスラームの写本絵画

B5判・372頁・9200円

書物の文化とともにさまざまな地域・王朝で花開き、驚くべき美の表現を達成してきたイスラームの写本絵画。その多様なる作品世界はどのように読み解くことができるのか。科学書から歴史書・文学書まで、色彩豊かな図版を多数掲載し、イスラーム地域の絵画芸術を基礎から本格的に解説。

978-4-8158-0760-3

東京も森になったんだねえ」と呟きつづけ、走り寄ってきた白い子犬を抱き上げる。牧野になだめられ、子犬を連れて帰宅したお蓮の前で、犬は金さんに姿を変え、彼は「御覧。東京はもうあの通り、何処を見ても森ばかりだよ」と告げる。かくして、犬から金さんへの置換は、東京が森になることによって、彼女の中で完成する。夢の世界のなかでさえ彼に会うことがかなわなかったお蓮は、現実世界それ自体の位相を変えることで、自らの願いを成就させたのだ。

ただし、このような彼女が幻想世界の住人に至るプロセスは、何層もの語りによって不確実性のエクリチュールとも言うべきヴェールに包まれている。物語は、事件から約一年後、精神科の医師であるKから「私」が脳病院の一患者の話を聞き、その話を患者（お蓮）の視点から小説化したという構成をとる。この「私」がまとめた物語には、婆さんの語り、Kの語りが任意に挿入されている。婆さんの語りは三箇所、Kの語りは二箇所ある。ただし、婆さんがKにもたらしたお蓮に関する情報のすべてを、Kが「私」に提供しているとは限らない。またKの語りの中には、牧野からの情報、または物語に登場しない第三者からの情報も含まれている可能性がある。さらにKの語りは、物語の記述者である「私」によって情報の取捨選択がおこなわれていると考えてよい。

つまり、記述する「私」／Kの語り／婆さんの語りという入れ子型の三重構造のなかで、下位から上位へ向かう階梯での情報選択の有無、記述の基準がはっきりしていないため、本来三重の語りによって焦点を結ぶべきお蓮の姿は、さまざまな不確定要素によって迷宮のエクリチュールに閉じこめられたまま放置されているはずなのだ。「語りの不安定こそが、モードとしての幻想の核に置かれている」とするローズマリー・ジャクソンの定義にしたがえば[28]、この「奇怪な再会」は典型的な幻想文学と呼ぶことができるだろう。

しかし、語りの構造が織り成している不安定な書法とは裏腹に、お蓮を追う「私」の確信的な描写によって、さらには記述する「私」の上位的視点からKの語りと婆さんの語りが並列的に配置されることで、お蓮の姿は明快な

「実像」として立ち現れてしまう。読者に何らかの惑乱を引き起こすべく語りの多重構造が設定されたとすれば、それが有効に機能しているとは言い難い。[29]「幻覚と病的な神経とが、狂気に駆りやる径路を描き」ながら「あまりにも理知的なスタイルや文章が、物凄い筈の感覚や情景をも妙に割り切ったものにしている」という吉田精一の指摘[30]、また「作の興味は狂ってゆく女の哀れよりも、狂女の心象がかもしだす奇怪な幻影をうつすことにある」のだが「芥川固有の技巧主義はかならずしもこの種の作品を成功させていない」とする三好行雄の批評も、この点からいえば首肯できる。[31]

だが、芥川の小説内部における夢の処理という観点からみれば、「奇怪な再会」は夢を媒介とする「神秘」の表出に取り組んだ、意義深い作品といえる。夢はお蓮の不安と願望を明示する。最初の夢は死の気配に包まれ、彼女の「後ろ」に立つ男は「悲しそうな微笑を浮かべてい」る。彼女の直観は、当初から金さんの死を認識していたようにも思われる。そして第二の夢は「東京が森になる」という、あり得ない設定の実現を彼女に促す。以後の物語は、これらの夢の暗示に翻弄される彼女の姿を描いたものと言えよう。夢は現実へと溢れ出し、実現不可能な願望を彼女に強制することで、彼女を幻想世界へと誘うのだ。

おわりに

芥川が「奇怪な再会」で試みた「神秘」の表出は、現実と幻想の狭間を撃つ夢の機能に注目した試みだった。ここでの夢は、現実から幻想へ至るさまざまな機能を内包するとともに、自己幻想としての彼女の〈現実〉に侵入していく諸要素を提示する場として存在している。こうした「奇怪な再会」に至るまでの芥川の夢をめぐる軌跡は、主に夢の言説を小説内の一元的なコードへどのように包含するか、意識の領域で処理し得る言説として、いかに統御するか、といった問題を踏まえつつ展開していたように思われる。

以後、芥川の夢に関わる言説は「本の事」中「かげ草」、「子供の病気——一遊亭に——」と続く。夢の内容が機能的に物語を紡いでいくような、小説手法としての夢のあり方は、このあたりから影を潜めていく。芥川の夢に対する関心は、この後、夢の内部に現れる「無意識」へと向かいはじめるのである。「海のほとり」(大14・9、「中央公論」)に登場する「識域下の自己」という概念は、小説手法としての夢に対する、芥川の意識の変化を示すものとして考えられるだろう。

第8章　「無意識」という物語
——「海のほとり」を中心に——

はじめに

当初、芥川が夢に対して抱いていた関心が、小説の中でいかにリアルな夢を再現するかという「意識的芸術活動」の一環として現れていたことは、前章で確認したとおりである。しかし晩年の芥川は、夢を「無意識」へ向かう通路と考え、夢の中に意識では統御し得ない「私」の存在を見いだしていたように思われる。

例えば「彼　第二」（1927＝昭2・1、「新潮」）の「夢の中に眠った僕が現在に目を醒ましているのはどうも無気味でならなかった」という心情の表出には、死のメタファーとしての夢に対する恐怖の念が示されており、後年の芥川の夢に対する感覚の変化を物語っている。また「あらゆる芸術的活動を意識の閾の中に置いたのは十年前の僕である」という「文芸的な、余りに文芸的な」（昭2・4、「改造」）の一節は、言外に「意識の閾の」外の存在を窺わせる。さらに「闇中問答」（昭2・9、「文芸春秋」）の「僕の意識しているのは僕の魂の一部分だけだ。僕の意識していない部分は、——僕の魂のアフリカはどこまでも茫々と広がっている。僕はそれを恐れているのだ。光の中には怪物は棲まない。しかし無辺の闇の中には何かがまだ眠っている」といった言説は、無限に広がる「無意識」の闇に対する恐怖を語って余りある。それは、意識する「私」に対する、根源的な懐疑の念と重なっている。野口武彦が指摘するように、晩年の芥川における「無意識」の発見とは、自己の内部に存在する「意識が統御できない虚無の部分を直視すること」だった。だが、それは「虚無の部分を直視する」意識それ自体についての、深刻な疑いを呼び起こす。[1] 作品に君臨する神として屹立していたはずの「私」。しかしその「私」に対する絶対的な信頼が揺らぎはじめた時、「私」は「私」を「私」たらしむる何かを探し求めずにはいられない。

その意味では「大道寺信輔の半生」(大14・1、「中央公論」)で「直面している自己の精神の在りよう」を「積極的に虚構を利用しながら」描こうとした芥川が、実質的な次作になる「海のほとり」(大14・9、「中央公論」)で、あえて「閾域下の我」をモチーフに選んだとする三島譲の指摘は重い。[2]「私」の奥底にあるものを認識するための場として、つまり「無意識」そのものを意識しうる唯一の方法として芥川が夢を捉えていたとすれば、あらためて晩年の芥川テクストにおける夢の手法がクローズアップされねばならない。

1 夢の女をめぐって

夢を経由して浮上する「無意識」のパターン化された画像があるとするならば、芥川の場合は次の描写が該当するのではないか。

僕は時々幻のように僕の母とも姉ともつかない四十恰好の女人が一人、どこかから僕の一生を見守っているように感じている。これは珈琲や煙草に疲れた僕の神経の仕業であろうか？ それとも又何かの機会に実在の世界へも面かげを見せる超自然の力の仕業であろうか？[3]

幻想のなかに揺曳する特異な女性の姿。この女性のイメージが芥川の原風景のひとつであるとするならば、それは本質的な部分で、彼の次の回想と結びついているように思われる。

僕の記憶に残っているのは僕が最後にひきつけた九歳のことである。僕は熱もあったから、床の中に横たわったまま、伯母の髪を結うのを眺めていた。そのうちにいつかひきつけたと見え、寂しい海辺を歩いていた。その又海辺には人間よりも化物に近い女が一人、腰巻き一つになったなり、身投げをする為に合掌していた。それは「妙々車」と云う草双紙の中の挿絵だったらしい。この夢うつつの中の景色だけは未だにはっきりと覚えている。正気になった時のことは覚えていない。[4]

「僕の一生を見守っている」女と、海辺に立つ化け物じみた女。この両者に共通した何かを感受してしまうのは、芥川が実母に対して抱いていた、アンビヴァレントな感情を読み取る物語が成立しているためだろう。例えば「識閾下の即自の闇に」沈んだ「自分にだけ必要な母の幻像」と、狂人である現実の母とに引き裂かれた二重性、といった具合に。[5] しかしここで問題にしたいのは、幻想や夢を媒介にして彼女たちが姿を現わす、芥川テクストの定型についてである。ともあれ、まずは先の「妙々車」の挿絵を確認しておこう。

興津要によれば「童謡妙々車」は幕末から明治にかけて刊行された合巻で、未完。全二十五編百巻五十冊。柳下亭種員、三亭春馬、二世柳亭種彦、山々亭有人の四人によって書き継がれたため、まとまりに欠けるものの、幻想的場面を多く含む、幕末合巻の典型的作品とされている。[6]

さて、芥川が未だにはっきり覚えているという場面は、二十一編下にある。遊郭田島楼に売られた美少女玉枝が、十二歳の春に熱病に冒され、醜怪な容貌に変わり果てる。彼女に対する周囲の態度も変わり、ある日の折檻に耐えかねた玉枝は、入水自殺を図ろうとする。しかし、そのとき現れた妙々道人が彼女の命を救う[7]。この玉枝の入水の場面を描いた挿絵が、芥川が見たというものである。画師は梅蝶楼国貞。十八裏十九表に、挿絵がある（図11）。

この挿絵を見る限り、芥川の記憶はきわめて正確である。だがそれよりもここで注意すべきは、この記憶が、ひきつけの中で浮かんだ「夢うつつの中の景色」として記されている点である。彼の意識の最奥部からもたらされた、この女のイメージは何なのか。同様のイメージは、例えば「歯車」三の夢にも現れている。「或寝台の上」で「こちらを向いて横になってい」る「ミイラに近い裸体の女」である。

図11　「童謡妙々車」二十一編下，十八裏十九表

また「歯車」には、この「復讐の神」と対比的な「話していることに或愉快な興奮を感じる」「年をとった女」も登場する。

この「歯車」の女性については、従来「復讐の神」が秀しげ子に、「年をとった女」が片山広子（松村みね子）に比定されてきた。しかし、この「歯車」の描写から看取すべきは、夢の内部にわだかまる、恐怖の表象たる「女」の姿である。三嶋譲はこの夢について、次のように指摘している。「「希臘神話」の一節から、「絶えず僕をつけ狙ってゐる復讐の神」を想起した「僕」は（第二章）、その「復讐の神」の正体が実は「僕」の識閾下に潜む「或狂人の娘」であったことを、夢のかたちで知らされる。「僕」の罪障意識の根底にはそれがあり、そのことが「僕」が住むこの世界を「地獄」にしているのである[8]」。

「点鬼簿」「夢中遊行」を執筆した大正十五（一九二六）年。その十一月に、芥川は斎藤茂吉、佐々木茂索宛書簡で、死んだ母に往来で出会った旨を記している。実は他人だったのだが、驚きのあまり、同道者の腕を思わずつかんでしまったという。彼はそれを、自らの神経衰弱がもたらした幻覚の一例と解釈している。しかしそれは、夢の女が現実世界に姿を現したことを否定するものではない。「無意識」にわだかまっていたはずの存在が、意識のレベルにまで浮上してくること。それはそのまま、夢を媒介した「無意識」の言説化という、小説の方法論の問題とパラレルな関係を結ぶ。芥川が生前最後に刊行した短篇集『湖南の扇』（昭2・6、文芸春秋社出版部）には、この問題が色濃く投影されている。

2　『湖南の扇』と「無意識」

『湖南の扇』は全十八篇の作品から成る。そのうち「塵労」（大9・8、「電気と文芸」）を除いた十七篇は、大正十四（一九二五）年から昭和二（一九二七）年にかけて発表されたものである。同時期には「大道寺信輔の半生」「玄鶴山房」（昭2・1、「中央公論」）などの話題作が発表されているにもかかわらず、『湖南の扇』には収録されていない。そのせいもあって、この作品集は従来あまり顧みられてこなかった。

そのなかで福田恆存は、この作品集に収録された作品群の特徴を「「話」らしい話のない小説になっている」点に求め、さらに作者が作品に対して注いでいる視線に「死」を感受し、「死という絶壁にぶつかって、うしろをふりむいたものにのみ、はじめて現れてくる生の全貌」を読み取っている(9)。一方、渡部芳紀は芥川が「意識的に、自己の死の影をほのめかすような作品を排除している」とし、その結果『湖南の扇』は「死の影をややとどめてはい

るものの、すっきりした、一つの澄明な世界を生み出して」いるとする。(10)

『湖南の扇』の諸作品は、発表年代順に並べられているわけではない。また先に触れたように、同時期に発表されたいくつかの作品は収録されていない。こうした例は他の短篇集には見られず、出版に至る経緯については、よくわかっていない。そのなかで特に注目したいのは、『湖南の扇』末尾にまとめられた「年末の一日」（大15・1、「新潮」）、「海のほとり」、「蜃気楼」（昭2・3、「婦人公論」）の三作品である。これらの作品ではすべて夢が記述され、その夢の内容が物語上で大きな役割を果たしている。そこには「無意識」に対する独自の視点が仮託されているように思われる。(11)

また『湖南の扇』には、いくつかの印象的な「水」に関わる描写がある。先の三作もそうだが、それ以外にも「湖南の扇」（大15・1～2、「中央公論」）の「次第に迫って来る暮色の影響」による「無気味」な長沙の光景、または「彼」（昭2・1、「女性」）の、海辺の砂の中に手を差し入れて気味悪く感じる場面、そしてその背景に広がる「黒ぐろと和んでいた太平洋」など、死の象徴表現としての「海」を思わせる表現をしばしば見いだすことができる。『湖南の扇』の末尾を飾る「蜃気楼」は、その意味では「海」＝死のイメージを定着させた作品とも言える。(12)

こうしたイメージは、晩年の芥川の夢に関する言説とも連動する。「年末の一日」「海のほとり」「蜃気楼」に関しては後述するとして、それ以外にも「夢」（大15・11、「婦人公論」）では「僕はこの間も夢の中の海水浴場に詩人のH・K君とめぐり合った」とあるし、「歯車」（昭2・10、「文芸春秋」）には「僕は夢の中に或プールを眺めていた」とある。夢に登場する海ないし広い河、湖は「無意識」を意味し「無意識が（男性の場合とくに）意識の母ないし母胎と考えられるかぎりで、水が持つ母の面は無意識の性質と一致する」と主張したのはC・G・ユングである。(13) 晩年の芥川テクストの夢に頻出する「水」もまた、母への憧憬を表徴すると同時に、「無意識」への、または睡眠や死といった一種の「無」的な状態への接近を示しているようにも見える。

すでに第Ⅰ部で検討したとおり、大正末期までにフロイト精神分析は、心理学アカデミズムを経由してかなり浸透しつつあった。文学関連では、厨川白村「苦悶の象徴」（大10・1、「改造」）がフロイトを援用したロマン主義的な文学論を展開し、大きな反響を得ている。同論文はのちに『苦悶の象徴』（大13・2、改造社）に収められ、同書は二ヵ月で五十版を重ねた。ただし、厨川にとってのフロイト精神分析は「神秘的な思索的な、そしてまた随分浪漫的な色彩を帯びた」学説であって、彼の象徴主義的な文学観の文脈にもとづく理解にとどまる。(14) この後、精神分析が日本において文学と直結するのは、新感覚派を経て新心理主義文学が登場する時期である。(15) この間、昭和四年から五年にかけてアルスから『フロイド精神分析大系』が、また春陽堂からは『フロイド精神分析学全集』が相次いで刊行され、フロイト・ブームはピークを迎えている。

芥川の言説にも、フロイトへの接近をうかがわせるものはある。例えば、大正十年三月七日の恒藤恭《つねとうきょう》宛書簡には「厨川白村の論文など仕方がないじゃないかこちらでは皆軽蔑している」とある。ここで言う厨川の論文とは、時期的に言って「苦悶の象徴」である可能性が高い。また、第6章で見たように、芥川が「海のほとり」などで一連の夢小説に取り組んでいた時期と執筆時期が重なる「死後」（大14・9、「改造」）には「フロイド」の名前が登場する。(16) こうした文脈を意識しつつ、以下、「年末の一日」「海のほとり」「蜃気楼」における特異な夢の様態を追ってみよう。

3　「無意識」という物語——「年末の一日」「海のほとり」「蜃気楼」

まず「年末の一日」。物語は冒頭から「僕」の見た夢を記述する。

……僕は何でも雑木の生えた、寂しい崖の上を歩いて行った。崖の下はすぐに沼になっていた。その又沼の岸寄りには水鳥が二羽泳いでいた。どちらも薄い苔の生えた石の色に近い水鳥だった。僕は格別その水鳥に珍しい感じは持たなかった。が、余り翼などの鮮かに見えるのは無気味だった。──[17]

この夢は上下に分割された空間構造をもち、上から下を見下ろす「僕」の眼差しによって世界が相対化されている。この上下の二分化は、「寂しい」「僕」が「意識」の崖の上（識閾）に立ち、「沼」として表象された「無意識」へ向けて測鉛を下ろしている様態を示す。水鳥は、形の定かでない「無意識」への足掛かりとして「僕」の眼差しのターゲットになっているに過ぎない。水鳥の色彩が「薄い苔の生えた石の色に近い」と表現されているように、この鳥もまた「沼」の一部である。だからこそ、水鳥の翼が鮮やかに見えすぎることが「僕」を不安にさせる。それは、水鳥の形に凝縮された「無意識」の接近に対する恐怖の念を示しているとも考えられる。つまりこの夢は、意識と「無意識」の急速な接近の様相を示すとともに、そうした「無意識」へと引き寄せられていく「僕」の困惑、もしくは畏怖の念を表徴していると思われる。

海老井英次はこの夢を「作品の基調である、くすんだ色彩を示し」たものとし、沼の上に浮いている水鳥に「存在の基底に澱む疲労に身を浸し」た当時の芥川自身の表象を読み取っている。[18] ただし、物語の内的構造から言えば、この夢は、以後の物語の枠組みそれ自体の暗喩として、冒頭に置かれている。その物語とは、意識と「無意識」、もしくは日常と非日常の混交と、両者の間を往還する「僕」の精神の軌跡の物語である。

「便器に向いながら、今日はふだんより寒いぞと思」う「僕」のありふれた心情や、「座敷の縁側にせっせと硝子戸を磨いてい」る「伯母や妻」といった日常の何気ない光景は、Kを伴い漱石の墓参りへ向かう途次、突如として暗転する。「電車の中ほどの電球が一つ、偶然抜け落ちてこなごなになった」のは、物語内論理としては、決して偶然ではない。それは、日常に一瞬走った亀裂そのものである。電球が床に落ちる際に前髪をかすめ、そのことで車中の人々の関心を惹こうとする女に対して、誰もが冷淡だったにもかかわらず、「僕」だけはその光景から目をそらさない。

この事件は「僕」にとって、一種の予兆となる。日常から非日常への移行である。雑司が谷の墓地で漱石の墓が見当たらずさまよい歩く「僕」の行程は、「無意識」へと向かう迷宮に喩えることができるかもしれない。山口幸祐は「年末の一日」を「死者を訪ねる《墓参小説》である」とし、この墓参は「死者の鎮魂のための墓参ではなくして、極めて寓意的に、墓に到るまでの道のりは錯綜しており、遙かに遠い道程であるのだ、と語っている」と指摘する。(19)「僕」はなぜ先生の墓が見つからないのかと「苛ら苛ら」しつつ「妙に侘しい心もち」になり、「前にもこう言う心もちを知っていたことを思い出」す。それは「僕」のある少年時代の思い出につながる。ガキ大将に苛められ、我慢して泣かずに帰った記憶。過去への遡行は、現実の「今・ここ」から「僕」を引き離す。

ようやく墓参りをすませてKと別れた後、動坂の墓地裏、八幡坂の下で箱車を引く男に出会った「僕」は、男に声をかけ、後ろからその車を押してやる。「北風は長い坂の上から時々まっ直に吹き下ろして来た。墓地の樹木もその度にさあっと葉の落ちた梢を鳴らした。僕はこう言う薄暗がりの中に妙な興奮を感じながら、まるで僕自身と闘うように一心に箱車を押しつづけて行った」。この箱車には「東京胞衣会社」と書いてある。胞衣が胎児、または新生児のメタファーであるならば、ここで彼が押し上げようとしているのは、たとえ「胞衣」がすでに生の抜殻だったとしても、「生」そのものであることに変わりはない。(20)

そもそもこの場面は、冒頭の夢の描写における上下のアングルに連動している。夢の中では上から見下ろしていた「僕」の視線が、ここでは下から上へ向かっている。意識から「無意識」へ、そしてそこから脱して意識へと戻る様態が、この場面には暗示されている。墓地（死）＝「無意識」に接近したがゆえの「妙な興奮」を感じつつ、

「無意識」が指向する過去への回帰、死への誘惑に抵抗し、そこから脱出するために「僕」は、くすんだ生のメタファーたる箱車を「一心に」押しつづけるのである。

このような、物語全体を規制する夢のコンテクストの設定は、「海のほとり」においても見られる。単なる暗示にとどまらない、夢のコンテクストによって統御された「日常」の物語。「海のほとり」もまた、その夢に付与された意味は重い(21)。「年末の一日」と同じく、まずは「海のほとり」の夢の内容を確認する。次の夢である。

——それは何でも夜更けらしかった。僕は兎に角雨戸をしめた座敷にたった一人横になっていた。すると誰か戸を叩いて「もし、もし」と僕に声をかけた。僕はその雨戸の向うに池のあることを承知していた。しかし僕に声をかけたのは誰だか少しもわからなかった。

「もし、もし、お願いがあるのですが、……」

雨戸の外の声はこう言った。僕はその言葉を聞いたとき、「ははあ、Kのやつだな」と思った。Kと言うのは僕等よりも一年後の哲学科にいた、箸にも棒にもかからぬ男だった。僕は横になったまま、可也大声に返事をした。

「哀れっぽい声を出したって駄目だよ。又君、金のことだろう?」

「いいえ、金のことじゃありません。唯わたしの友だちに合わせたい女があるんですが、……」

その声はどうもKらしくなかった。のみならず誰か僕のことを心配してくれる人らしかった。僕は急にわくわくしながら、雨戸をあけに飛び起きて行った。実際庭は縁先からずっと広い池になっていた。けれどもそこにはKは勿論、誰も人かげは見えなかった。

僕は暫く月の映った池の上を眺めていた。池は海草の流れているのを見ると、潮入りになっているらしかった。そのうちに僕はすぐ目の前にさざ波のきらきら立っているのを見つけた。さざ波は足もとへ寄って来るにつれ、だんだん一匹の鮒になった。鮒は水の澄んだ中に悠々と尾鰭を動かしていた。

「ああ、鮒が声をかけたんだ。」

僕はこう思って安心した。——(22)

この後、夢から目覚めた「僕」は「つまりあの夢の中の鮒は識閾下の我と言うやつなんだ」と考えるに至る。

さて、この夢は雨戸によって屋敷と池が分割された空間構造をとっている。また、この池には海草が流れていて、そこから「僕」が「潮入り」なのだと判断しているように、海と繫がっている。したがって「僕」と「鮒」(「識閾下の我」)の関係は、座敷と池(海)という、雨戸を「識閾」とする空間的な区分と対応している。

この夢の言説は、意識と「無意識」という二元的な世界のもとに構成されている。と同時に「わたしの友だちに合わせたい女があるんですが」という言説の多義性に象徴されるように(はたしてこのセリフは「わたしの友だちであるあなたに、合わせたい女」なのか、「わたしの友だちの中で、あなたに合わせたい女」なのか、それとも「僕」とは全く無関係な「わたしの友だち」に「合わせたい女」なのだろうか)、鮒の言葉は、意識の側にも「無意識」の側にも収斂しえない不定形な言説として放置されている。この夢の言説は、意識と「無意識」の狭間に漂っているのだ。またはこの夢は、鮒が「僕」に合わせたいと言う女、つまりは「無意識」の底に蟠っている「女」の存在を強調するものとも考えられる。

こうした夢の世界が示すさまざまな指標が、「海のほとり」の以後の物語を規制し、「現実」を再構成していく。または、夢の内部で示された「海」(「無意識」)の暗喩によって、「海のほとり」という物語のすべてが、「僕」の「無意識」の変奏であるとも考えられる。その意味では、「海のほとり」というこの物語の表題そのものが、「識閾」

（意識と「無意識」の境界）の別名に他ならない。

この夢の描写以降、物語は海辺でのエピソードを断片的に綴っていく。しかしこのエピソードの羅列は、決してアトランダムに並べられたものではない。「水母」「虎魚」「海蛇」「蝦」といった海辺の小動物群と呼応する「女」たちによって、個々のエピソードは連動していく。「同年輩の二人の少女」の登場は「水母」の出現と前後し、「家付の細君」に逃げられたNさんの話は「水泳中に虎魚に刺された東京の株屋」の話から「ながらみ取りの幽霊」に関わる「達磨茶屋の女」の話へと繋がっていく。二人のながらみ取りの男と散歩の途中に出会い「ああ言う商売もやり切れないな」という発言から、「僕」は「僕自身もながらみ取りになり兼ねない」気がする。

このとき「僕」が抱いた感情は、自分の漠然とした将来に対する不安から生まれたものであると同時に、「僕」とながらみ取りのイメージ連鎖によって、この後に登場するながらみ取りのエピソードを「僕」の側へ引き寄せる。蝦だらけになって上がったながらみ取りの死骸。そして、彼の墓を毎晩訪れるうちに幽霊と間違えられた達磨茶屋の女。この「女」が導く死のイメージが、「僕」との接点として浮上する。

このように見てくると、夢の提示以降の、一見エピソードの羅列のように感じられる物語は、夢の中の「女」に具体的なイメージを付加するための、コード設定として捉えることができる。夢の内容は、日常生活の内部に拡散し、浮遊する。それはある種の象徴機能を帯びたイメージ群として、現実の内部に確かな印を刻み込む。[23] 言い換えれば、日常生活の内部に拡散したかに見える夢のイメージ群が、夢（「無意識」）の現実内部における意味を明らかにするのだ。

「海のほとり」において、さまざまなエピソードが収斂する背景、「見渡す限り、はるかに弧を描いた波打ち際に一すじの小沫を残したまま、一面に黒ぐろと暮れかか」る海は、識閾の底に潜む「無意識」の暗い部分を示唆して象徴的である。[24] 少女たちが遊び戯れる海辺の明るい光景から、夕闇の立ち込める黒々とした海への変化。意識から

「無意識」への焦点移動。

物語の末尾、「僕等ももう東京へ引き上げようか?」という「僕」の発言は、彼の背後に広がる「海」と響き合いながらも、Mの「気軽そうにティッペラリイの口笛を吹」く姿と好対照をなしている。その意味では「僕」の発言は独白にとどまり、「僕」の気分がMと重なることはない。この独白は、「僕」が、傍らにいるMとは切り離された個の内部に留まっていることを示す。東京への撤退を促す「僕」の言説は、「僕」の「海」からの逃避を宣言することで、自己の「無意識」からの撤退をも表徴する。その意味でこの独白は、「海のほとり」が、あくまで「僕」の閉じられた精神世界の物語であることを暗示してもいる。

では「蜃気楼」はどうか。「海のほとり」という表題に、意識と「無意識」の境界という意味がこめられていたのと同じく、「蜃気楼」という表題もまた、意識と「無意識」の間の、朦朧とした定かでない世界を暗示するものとして機能している。「日常と非日常、生と死の微妙なはざまで作品の世界は成立している」と平岡敏夫が指摘するように[25]、「蜃気楼」の物語世界は、「無意識」下に潜む何ものかが日常世界に侵犯してくることの恐怖を描いている。

また「年末の一日」「海のほとり」との連続性で考えれば、「蜃気楼」では、夢そのものに内在する物語のシステムというよりも、夢と連動する「海」の象徴機能にこそ注目すべきだろう。「年末の一日」「海のほとり」の夢にこめられていたような、物語全体に波及する象徴性は、「蜃気楼」の夢には存在しない。「蜃気楼」が「続海のほとり」の副題を持つのは、「海のほとり」と同水準で用いられている「海」の象徴機能の共通性に負うところも大きいはずである。

菊池弘は「蜃気楼」について「生の実相を、自然主義の方法でなく、暗合連想によって様式化した小説方法——リアリズム——によって表現したもの」であるとし「その描写されたさまざまな相は芥川の固有の虚構によるもので、単純な、私的、心境的なものの再現ではない」と指摘している。[26]さまざまな「暗合連想」を生み出す母胎(=「無意識」)として物語内に埋め込まれているのが「海」であり、その点で「海のほとり」と「蜃気楼」は同一の枠組みを持っているのだ。

「蜃気楼」の第一章は「広い砂浜の向うに深い藍色に晴れ渡って」いる海と「家々や樹木も何か憂鬱に曇ってい」る江の島の姿を対比的に描く。しかしこの対比は「水葬した死骸についていた」と思われる木札を発見することで「日の光の中に感じる筈のない無気味さ」の感情に染め上げられていく。さらに第二章の海は「どこを見てもまっ暗だった」というように、視覚では感知できない。「浪の音は勿論絶えなかった。が、波打ち際へ近づくにつれ、だんだん磯臭さも強まり出した。それは海そのものよりも僕等の足もとに打ち上げられた海草や汐木の匂らしかった。僕はなぜかこの匂を鼻の外にも皮膚の上に感じた」とあるように、それは臭覚や触覚によって暗示された海である。臭覚や触覚によってのみ認識可能な、しかも海草や汐木といった媒介物によって間接的にしか感受できない「海」の表象は、「僕」が見た夢を分析したさいの「何だか意識の閾の外にもいろんなものがあるような気がして」という「僕」の呟きと響きあう。[27]

闇によって視覚を封印されながらも、海草などの媒介物を通じて臭覚や触覚経由でその存在をほのめかす夜の「海」。それは、夢という媒介を通じて浮上する「意識の識閾の外」=「無意識」の象徴として物語内にある。坪井秀人は「海のほとり」に繋がる「水死」のイメージから、「蜃気楼」における特異な「海」と「母」の関係性に鋭く言及しているが[28]、「海」それ自体が「無意識」の表象と化しているなかでは、その内部から「母」なるものが浮上することは、ある意味では必然と言えよう。

また「何だか意識の閾の外にもいろんなものがあるような気がして」に続く「つまりマッチへ火をつけて見ると、いろんなものが見えるようなものだな」という言説は、逆説的に言えば、マッチに火をつけるという何らかの行為をしなければ、何も見えないということだ。先に指摘した「海」の象徴機能との関係から言えば、「マッチに火をつける」という行為が意味するものは、視覚によって「海」を認識することに他ならない。しかしそれは、瞬時に消え去ってしまう。だからこそ、臭覚や触覚を研ぎ澄まさなければならない。しかし「僕」において、それは恐怖をともなった「錯覚」しか生み出さない。「僕」にとっての鋭敏な感覚とは、「無意識」に対する恐怖を、より先鋭に顕在化するものでしかない。

4　「無意識」という恐怖

「蜃気楼」によって定着する『湖南の扇』内の「海」は、「海のほとり」では、死の気分に彩られた「無意識」の欲望を顕在化させる表象として意味づけられている。「海のほとり」とは、「海」がもたらす恐怖から身を翻すに至る「僕」の意識の推移を、夢を契機に解きほぐしてみせた作品なのである。また、意識によって再構成された「無意識」の物語とも言うべき「海のほとり」は、意識と「無意識」の狭間を往還することで、重層化された「女」のイメージを打ち出し、「無意識」下に潜む何ものかの姿を強く印象づけてもいた。

芥川のテクストに残された夢のコンテクストを意識するとき、「海のほとり」は明確な転換点と見ることができる。また「私」に依拠しながら意識と「無意識」の裂け目を描いた「海のほとり」の試みは、「海」に潜む「無意識」の欲望の覚醒にまで至っている。その意味で、「蜃気楼」に繋がる「海」の表象は、芥川テクストにおける「私」の決定的な破綻を刻印するメタファーであるとともに、芥川による「無意識」の言説化の、ひとつの到達点であると言えよう。

第9章　最後の夢小説

――「夢」と「人を殺したかしら？」と――

はじめに

内田百閒に、最晩年の芥川に関する次の回想がある。

私は芥川君の死ぬ二日前に会っている。その時は麻薬の量が足りなくて、また目をさましていたところなのであった。勿論私はそう云う事を知らないから、お酒の酔っ払いの様で、べろべろして、変な芥川だと思った。その何日か前に会った時、芥川君は私に、自分の腹案を話した事がある。聞いた当時は、大体私の頭の中に筋も通り、脈絡もあったので、今から思うと、どんなに拙くとも、私の文でそれを書き上げておけばよかったと後悔する。日暮里の焼場で、久米正雄君に、芥川から腹案を聞いていると云う事を告げた。詳しく話す暇もなかったので、それっきりになってしまったが、せめて久米君にその話を伝えておけば、まだしもよかったと残念に思う。

絨毯、モデルの女、画工、夢の中の殺人、モデルの失踪、私の記憶に残っている要項はそれだけである。尤もこれだけの示唆によって、今私の文に纏めようと思えば出来ない事もなさそうである。ただ、今日となっては、故人の意図したところと違う物が出来上がるのを恐れて、中中手を著ける気になれない。(1)

ここで百閒の言う芥川の「腹案」は、終に生前発表されることはなかった。しかし、この「腹案」が反映された何種類かの草稿の存在が指摘されている。葛巻義敏にしたがって整理すれば、その草稿とは初期断片の「題未定」(2)、「二 昼」、この二つの発展形である「夢」、「夢」の増補改訂版「人を殺したかしら?――或画家の話――」の四種類である。(3)

葛巻はこの草稿群について、次のように説明している。まず「題未定」「二 昼」は、複数の作品をまとめてひとつの作品にする構想の下に書かれたと考えられ、「題未定」が「一」、「二 昼」が「二」に相当する。しかしすぐにその構想は破棄され、ついで「二 昼」を発展させた「夢」として書き進められる。さらに「夢」は「人を殺したかしら?」に形を変えて書き続けられたものの、最終的に破棄された。これらの原稿は、昭和二年七月二四日の朝、つまり芥川自死の直後、「破棄」と書かれた原稿用紙を一番上にした束の形で、芥川の書斎前の廊下に出されていた。これらの草稿をもとにして原型を復元、編集し、未定稿「夢」として昭和二年版全集に収録した。しかし葛巻が『芥川龍之介未定稿集』を編むにあたって「夢」の結末部分と思われる原稿を発見、あわせて未定稿「夢」の欠陥も見いだした。おそらく「夢」には二種類の草稿が混在しており、そのために未定稿「夢」に種々の矛盾する描写が生まれてしまったのだと。(4)

この葛巻の言説からもうかがえるとおり、『全集』『未定稿集』に収録された「夢」をめぐる草稿群には問題が多々あり、素直に受容できない状況にある。よく知られていることだが、例えば『未定稿集』の編者が凡例で「集中幾篇か、断片を合成編集したものもあるので、その場合は編者の見解によって文章を訂した」「本文のルビはすべて芥川の附けたものであるが、仮名づかいの誤りは正した」と記しているように、『未定稿集』には編者の恣意的な断片の再構成、文章の変更などが存在する。その意味で『未定稿集』収録作品を、そのまま「原」芥川テクストとみなすことはできない。これらのテクストは、葛巻の推測によって再構成された断片の集積である以上、厳密には「草稿」としての資料価値さえないとも言える。

ただしこれらの草稿群は、不定形であるにせよ、後にひとつのテクストに収斂される可能性をもったサブテクストの集積である。したがって、たとえ物語の順序、細部の描写などに問題を残していても、これらサブテクスト群の分析によって、テクストの核に据えられたであろう部分（それは百閒が指摘していた、いくつかの物語の「要項」と重なる）を抽出することは可能である。ここでは、これら草稿群を、とりあえず「草稿」と認知する。そのうえで、前章で見た芥川の後期夢小説との関連を押さえつつ、あるテクストに収斂されたであろうモチーフの内容を探ってみたい(5)。

1　神経・風景・夢

まず、各々の「草稿」について検討を進めたい。まずは断片群である「題未定」と「二　昼」である。この二つの断片に共通するのは「憂鬱」（「題未定」）「苛いら」（「二　昼」）といった「僕」の気分である。両断片の主人公「僕」は、自らの精神的疲労を強調してやまない。また「題未定」では、「逞しい生活力に漲ってい」る若者が書いた「子供を殺そうとする或貧しい自作農の心もちや所業を描いた短篇」を読み、「今更のように憂鬱」になる「僕」の心情が示される。彼と話していると、いつも「僕」は「野蛮」な気分になる。ここに表徴されているのは、野生と神経の対比である。このような神経症的な主人公と「野生」「肉体」の対比というモチーフは、モデルの豊満な肉体に圧迫感を覚える主人公を描いた「夢」「人を殺したかしら?」に繋がる。

また「題未定」では、この青年を、当初は生命力溢れる椎の木に喩えている。しかし、彼を見送ろうとする「僕」の目の前にある椎の木は「若芽や新芽を盛り上げた中に枯れ葉も可也まじえてい」た。この椎の木のメタファーには、生命力溢れるなかに滅びの予兆も暗示されている。そして「夢」「人を殺したかしら?」では、憂鬱な主人公が眺める「憂鬱そのもの」の景色の一部に、椎の木が組み込まれている。また「二 昼」は、モデルを使って絵を描いている友人の下宿を「僕」が訪ねるというものだが、画家を登場人物とする点で「夢」「人を殺したかしら?」と共通する。

ついで「夢」と「人を殺したかしら?」。この二つの「草稿」に共通するプロットは、以下のとおりである。まず、精神的に疲労しきっている主人公の状態を、彼の見る夢の内容などを例にあげながら説明する、物語の冒頭部分。ついで、主人公がモデルを雇って仕事を始めるものの、彼女の肉体に圧迫感を覚え、ついに彼女を殺害する夢を見る部分。そして、夢を見た明くる日、アトリエに姿を見せない彼女に不安を感じ、自分の過去に記憶のない時間があったことを思い出していよいよ不安になった主人公が、彼女の下宿を捜し歩く部分。そのさいに彼は、彼女を訪ね歩くプロセスのすべてが、かつて見た夢と全く同じであることに気づく。いま現在体験していること、そこまでは夢の内容を覚えている、しかしそこから先の夢は記憶していない、だが、いま何か起これば、それもたちまち夢の中の出来事になりそうな気がする、と考える部分。

こうした共通するプロットの部分では、二つの夢の描写が主人公の精神の様態と深く関連している。また彼の精神は、彼の眼差しに映し出された風景の描写によって明示されている。「夢」「人を殺したかしら?」というタイトル自体が指示しているように、この二つの「草稿」の主要なモチーフは、二つの夢によって暗示された、主人公の鬱屈した精神のありようへと収斂していく(6)。

この点で「人を殺したかしら?」は「夢」に比べて、主人公の精神の変化をたどるコンテクストがより豊富に設定されている。例えば、精神的に不安定な主人公が執拗に「赤い絨毯」を求めて、日本橋から銀座、京橋、芝をさまよい歩く場面が書き足されており、この場面以降、赤い絨毯は主人公の病んだ精神の象徴として、繰り返し強調される(7)。この赤色は「夢」と同様、絨毯の色だけでなく、モデルの住む「薄赤いペンキ塗りの西洋洗濯屋」にも投影される。赤に対する「わたし」の執拗なほどのこだわりは、神経症の典型的な症状を連想させるだろう。彼は「この絨毯の色は何色だったかしら?」と、色彩に対して恐怖をともなった眼差しを向けている。

物語の末尾では、神経症から回復した主人公にとって、すでに不要の存在になったかのごとく「薄赤い絨毯」はアトリエの隅に片づけられている。ここでの絨毯は、明らかに彼の精神の動きを示している。他にも、モデルと変死について会話を交わす場面、絵の具屋の女店員の態度に過剰なまでに反応し「不快」に思う場面などが、このコードを補強する。

しかし、この二つの「草稿」は、ある点で決定的に異なる。「夢」では、モデルを殺した夢に脅えて彼女を訪ね歩くうちに、そのプロセスのすべてがかつて見た夢と同じであることに気づくという、いわば主人公の病んだ精神のピークを物語の結末に置いている。それに対して「人を殺したかしら?」は、この場面の後に、それから一年後、神経症から回復して、今は「或郊外」に妻と平穏に暮らしている主人公の姿が描かれている。つまり物語の外枠として、「正常」な視点が導入されているわけだ。

このように「題未定」では椎の木のメタファーと肉体による精神への脅迫の表徴が、また「二　昼」では画家とモデルという人物設定が、それぞれ「夢」「人を殺したかしら?」と共通する。また「夢」「人を殺したかしら?」は、主人公の神経・風景・夢をめぐる部分に基本的なプロットが設定されている。ついで、このプロットの核になっている二つの夢と、その夢が生み出すさまざまなコンテクストについて検討を進めよう。

2　二つの夢

「夢」と「人を殺したかしら?」では、主人公の気分を表す用語として「憂鬱」「無気味」「不安」が頻繁に使用されている。これらの表現に具体的なイメージを提供しているのは、主人公の眼差しに映る風景である。例えばこの二つの「草稿」の冒頭部には、次のような描写がある。「わたしは憂鬱になって来ると、下宿の裏から土手の上にあがり、省線電車の線路を見おろしたりした。線路は油や金錆に染った砂利の上に何本も光っていた。それから向うの土手の上には何か椎らしい木が一本斜めに枝を伸ばしていた。それは憂鬱そのものと言っても、少しも差支えない景色だった。しかし銀座や浅草よりもわたしの心もちにぴったりしていた」。

ここでは「わたし」が自分の憂鬱な気分にしたがって、それにふさわしい光景を選んでいるように見える。しかし物語内の論理から言えば、風景は「わたし」の眼差しを経由することによって、彼の内面を読解するためのテクストとして翻訳=言説化されている。ここでの風景は、「わたし」の内面の映像化=言説化なのだ。同様のことは、最初の夢の描写についても言える。

わたしは或友だちと一しょに或場末のカッフェらしい硝子戸の中へはいって行った。その又埃じみた硝子戸の外は丁度柳の新芽をふいた汽車の踏み切りになっていた。わたしたちは隅のテエブルに座り、何か椀に入れた料理を食った。が、食ってしまって見ると、椀の底に残っているのは一寸ほどの蛇の頭だった。(8)

この夢が、「わたし」の神経の異常を「無意識」の領域から示すために設定されているとすれば、「わたし」の眼差しを通して映し出された風景もまた、「わたし」の夢の再編成であると言える。いや、草稿「夢」の結末を意識するならば、テクストを構成している現実そのものが、実は転倒された夢なのだ。

テクスト内の夢の機能については後に論ずるとして、まず先に「わたし」の神経を圧迫する「肉体」について確認しておきたい。憂鬱な「わたし」は、内部から高まりだした「制作欲」に唯一の救いを求めてモデルを雇う。だが「わたし」は徐々に「彼女の姿に或妙な圧迫を感じ」はじめる。「そのうちにわたしは彼女の体に前よりも圧迫を感じ出した。それには又彼女の健康に対する羨しさもあったのに違いなかった」。「わたし」は彼女に「動物」を連想し、その「野蛮な力」に圧倒されはじめる。この肉体の圧迫感は、例えば「黒色人種の皮膚の臭気」、「キャベツの芽のほぐれかかったのに近い」大きくなった乳首の「気味の悪い美しさ」などと表現されている。

他者の肉体による圧迫感については、すでに「題未定」にも描かれていた。ここでの肉体は、椎の木のメタファーによって、生命の象徴であると同時に滅びの予兆を暗示するものだった。二つの「草稿」に見られる肉体もまた、同様である。モデルの肉体には、すでに滅びの予兆が内在している。例えばそれは、モデルの乳首の美しさを「気味の悪い」と形容する部分、またはモデルとの会話に登場する「胞衣塚」に象徴されるような死のイメージによって確認できる。ちなみに「人を殺したかしら？」では、モデルとの会話にさらに「変死」の話題を付け加え、死のコードをより強調していた。椎の木は、憂鬱な風景の一部として「夢」「人を殺したかしら？」にも持ち込まれているが、そこで椎の木が担っていたメタファーは、モデルの「肉体」へと置換されている[9]。

さて、モデルの肉体に内在したさまざまなコードは、「わたし」の見る夢によって顕在化する。次の夢である。

わたしはこの部屋のまん中に立ち、片手に彼女を絞め殺そうとしていた。（しかもその夢であることははっきりわたし自身にもわかっていた。）彼女はやや顔を仰向け、やはり何の表情もなしにだんだん目をつぶって行った。同時に又彼女の乳房はまるまると綺麗にふくらんで行った。それはかすかに静脈を浮かせた、薄光りのしている乳房だった。わたしは彼女を絞め殺すことに何のこだわりも感じなかった。いや、寧ろ当然のことを仕遂げる快さに近いものを感じていた。彼女はとうとう目をつぶったまま、如何にも静かに死んだらしかった。——(10)

ここで「わたし」が彼女を殺すことに「何のこだわりも感じない」どころか「自然のこと」をしているにすぎないと考えるのは、このモデルに「わたし」が嗅ぎ取っていた生命の力と滅びの予兆を払拭することで自らの救済を図る、そのための、いわば当然の行為として認識されていたからとも解読できる。その意味では「わたし」もまた、自らの「野蛮な力」＝生の本能に従ったにすぎない。しかし、死に脅える「わたし」の眼差しによって構成された神経症的な世界にあっては、モデルという他者もまた、「わたし」の感情を投影した鏡である。したがって、夢の中のモデルもまた「わたし」の影と言える。だとすれば、「わたし」は、「わたし」の滅びへの誘いに自ら応じ得たがゆえの「快さ」、もしくはモデルという他者を設定することによって自身の欲望を達成させた「快さ」を感じているとも考えられる。

ただし、こうした「わたし」の感情は、あくまで夢の領域に限定されたものである。夢から覚めた「わたし」は、「わたし」の意識（憂鬱）／「意識の外」（快さ）を想起することで、現実と夢の違いをあらためて認識し、安堵する。この枠組みが明示されているからこそ、現実と夢の急速な接近の様態が際立つのだ。

自己の影として夢の中で造形されていたモデルの突然の失踪によって、夢の中で他者の像を借りながら達成されたはずの欲望が、現実の「わたし」に急接近する、その危うさの表出。夢の中の虚構として許容されるはずだった殺人は、夢の一部が現実と重なり合うことで、にわかに危うさを増しはじめる。夢の中の欲望が、現実内におけるリアリティを獲得するのである。かくして「無意識」下の欲望が、現実内に逆流する危機を孕みつつ物語内に浮上してくることになる。

モデルが現れないことの不安は、彼に「十二三年前の出来事」を思い出させる。少年の頃のある日暮れ、彼は田舎の家の縁先で線香花火に火をつけていた。ところが、誰かに声をかけられて我に返ったときには「家の後ろにある葱畑の前にしゃがんだまま、せっせと葱に火をつけていた」。「わたしの生活にはわたし自身の少しも知らない時間のあること」を彼が思い出したとき、物語内の現実は一気にその固定性、自明性を失い、浮遊しはじめる。彼の中で夢と現実の区別が曖昧になり、現実に対して不信感が芽生えることで、夢は現実と地続きになる。

一方、この世界は「わたし」の眼差しによってしか保証されていない。風景に「わたし」の内面が投影されていた冒頭部から、この物語における現実は「わたし」の内的風景と化していた。さらにこの時点では、「わたし」の自意識を保証してきた客体としての現実が、夢の浸食によってその存在を揺さぶられている。

また、ここで「わたし」が想起する自己忘却の認識は、ドッペルゲンガー（二重分身）とも結びついている。川本三郎は言う。「ドッペルゲンゲルとは冷静に考えれば、本人がある瞬間だけ自分であることを忘れてしまうためにまるで自分が二人いるかもしれないように感じるだけのことだが、それが妄想として実体を持つようになるのは、彼自身が自己の同一性を確信できなくなり、自分が誰なのかわからないという不安が常態化していくためである[11]」。この川本の指摘にしたがえば、「わたし」が少年時代の記憶として思い起こす自己忘却の恐怖とは、ドッペルゲンガーの前提に他ならない。

例えば川本もあげているように、芥川「影」（大9・9、「改造」）における中国人貿易商の自己分裂の物語は、実は「私」が見ていた映画の内容だったと、いったん否定された後、さらに同伴の女性からそうではないと再び否定され、では夢だったのかと思い悩む、といった具合に、何重もの幻想のヴェールによって「現実」を覆い隠していくという構造を取る。ドッペルゲンガーによる現実の相対化という手法は、ここでは自己忘却の恐怖に形を変えて、遠く響きあっているのである。

草稿「夢」は、彼女を捜し歩く「わたし」の次の思いを記述して終了する。

わたしは割にしもた家の多い東片町の往来を歩いているうちにふといつか夢の中にこんなことに出合ったのを思い出した。ペンキ塗りの西洋洗濯屋も、顔色の悪い職人も、火を透かしたアイロンも——いや、彼女を尋ねて行ったことも確かにわたしには何箇月か前の（或は又何年か前の）夢の中に見たのと変らなかった。のみならずわたしはその夢の中でもやはり洗濯屋を後ろにした後、こう云う寂しい往来をたった一人歩いていたらしかった。それから、——それから先の夢の記憶は少しもわたしには残っていなかった。けれども今何か起れば、それも忽ちその夢の中の出来事になり兼ねない心もちもした。……[12]

既視体験（デジャヴュ）による、夢と現実の奇妙な混交感覚。第12章でも検討するように、芥川には、ドッペルゲンガーによる日常と非日常の混交を描いた作品として、先にあげた「影」以外にも「二つの手紙」（大6・9、「黒潮」）、「妙な話」（大10・1、「現代」）などがあり、特に晩年には頻出するモチーフとなっていた。既視体験もまた、世界を相対化する点で、ドッペルゲンガーと類似の現象である。果てしない自己分裂の認識は、日常の統一的な把握を阻害し、自己忘却、夢などを媒介にして、日常を無限に分裂させていく。

篠田知和基は既視感について「現実には体験したことのないはずの風景を既知のものと認めることは、現在の自分を自分の外にある意識が客体視して眺めて、それを過去の感覚に移すこと」であるとし、「行為にあたって意志が分裂すれば既視感のかわりに二重視が起こる」と言う。[13] ただし草稿「夢」の最後の場面は、夢＝「わたし」の眼差しが生み出す世界、という関係が成立する一瞬の表象である。その結果、ここまで語られてきた現実のすべてが、一気に夢の枠内に吸収される。「わたし」の夢こそが、世界そのものなのだ。

こうした夢のシステムの物語からは、例えば高橋英夫が内田百閒を論じた「『冥途』と『旅順入城式』は百閒の内なる夢物語であり、夢の諸情景が彼自身の内的風景としてえがき出されている」「人生のすべてが夢であり、夢以外に何も存在しないという、一種の夢の普遍性が百閒の文学的出発を形づくっていた」といった指摘が想起される(14)。ここまで三つの章で芥川の夢に関する認識と小説での言説化の試みをたどってきたが、芥川の最後の夢小説になるはずだったこの草稿群は、たしかに彼が模索してきた夢のエクリチュールの、ひとつの達成を示していると言えよう。

第10章　メーテルリンクの季節
――芥川と武者小路実篤のあいだ――

はじめに

「その頃は武者小路実篤氏が、将にパルナスの頂上へ立とうとしている頃だった。従って我々の間でも、屡氏の作品やその主張が話題に上った。我々は大抵、武者小路氏が文壇の天蓋を開け放って、爽な空気を入れた事を愉快に感じているものだった」とは、大正四（一九一五）年冬、第四次「新思潮」創刊前夜のころを回想した芥川「あの頃の自分の事」（大8・1、「中央公論」）における、武者小路実篤の文壇登場時の衝撃を語った有名な一節である。

高等学校卒業後「志賀直哉、武者小路実篤を全部読んだ」といった芥川の発言を意識するかぎり[1]、芥川に対する武者小路の影響は無視できない。ただし「作家としての氏を見る眼と、思想家としての氏を見る眼と――この二つの間には、又自らな相違があった。作家としての武者小路氏は、作品の完成を期する上に、余りに性急な憾があった」「自分の如く世間からは、氏と全然反対の傾向にある作家の一人に数えられている人間」（ともに「あの頃の自分の事」）といった芥川の自己認識から言えば、彼と武者小路との距離は決定的であるようにも思える。

事実、芥川の書簡に見られる武者小路作品の評価は、概して高くない[2]。「芥川の武者小路評価は作家としてのそれよりも思想家としての評価に重心がある」とする鷺只雄の指摘(3)、また「武者小路の創作手法には満足しなかった、しかしその高邁な理想主義、あるいは人道主義には啓発された」とする大津山国夫の指摘(4)は、その意味でも首肯できる。

また松本健一は、武者小路に見られる楽天的理想主義とは最後まで無縁だった芥川と、芥川のような研ぎ澄まされた自意識はついに見られなかった武者小路を対比しつつ「芥川がこの自意識によって、時代に強いられている自己の限界を自身で先駆けて演じてみるしかなくなるのに対して、武者小路はその個人主義の底に、社会性や時代性を透視しないことによって、時代の流れのままに流されてゆく」と評していた(5)。

ただし松本は、一方で両者が共有した同時代の知性の質にも目を向けている。両者の乃木将軍観に見られる「明治」という時代の評価に、松本は両者の共通項を見いだす。「時代」に対する共有と違和。ある時代を貫く主要な文化コードに対する距離感を意識することで、両者の位置はあらためて相対化される。

本章では、大正期の主要な思想的潮流のひとつである生命主義、なかでもメーテルリンクの受容状況に注目する。武者小路の思想形成においてメーテルリンクの果たした役割についてはよく知られているが、芥川においても、メーテルリンクの影響は看過できない。大正期の、いわゆる「メーテルリンクの季節」のなかでの両者の位相を探ることで、芥川と武者小路をめぐる問題群について考えてみたい。それは同時に、芥川の夢と「無意識」に対する関心を支えた同時代の思想状況、特に「霊」をめぐるいくつかの流れとの関連を考察する契機となるだろう。

1　「メーテルリンクの季節」のなかで

戯曲「青い鳥」(1908) などで知られ、一九一一年にノーベル文学賞を受賞したベルギーの詩人、劇作家モーリス・メーテルリンク。日本では上田敏が精力的に紹介し、広く知られるに至った。メーテルリンクは幻想的な象徴詩人として、または神秘主義的、理想主義的な思想家、小説家、戯曲家として、明治末期以降の日本の文学にさまざまな形で影響を与えた。その影響範囲は広汎であり、森鷗外、木下杢太郎らをはじめとする新浪漫主義の戯曲の登場、自然主義の文脈から派生した岩野泡鳴らの象徴詩運動、また宮沢賢治への思想的波及など、多岐にわたっている。[6] 大正九〜十一（一九二〇〜二二）年に冬夏社から鷲尾浩訳『マーテルリンク全集』全八巻が刊行されるなど、大正期には多くのメーテルリンクの著作が翻訳された。

このような受容形態の広がりを示す一例として、芥川「手巾」(大5・10、「中央公論」) の一節、「先生の薫陶を受けている学生の中には、イブセンとか、ストリントベルクとか、乃至メエテルリンクとかの評論を書く学生が、いるばかりでなく、進んでは、そう云う近代の戯曲家の跡を追って、作劇を一生の仕事にしようとする、熱心家さえいる」を想起してもいいだろう。

芥川自身、明治四三（一九一〇）年四月二三日付山本喜誉司宛書簡でメーテルリンク「青い鳥」に言及し「深奥な自然観の片鱗が御伽芝居の中にちらばっているのを見ても単なる御伽芝居でなくシムボリカルな所の多いのがわかります」と記し、同四五年四月には「青い鳥」の英訳本を二日で読了している。また大正二年には畔柳都太郎(芥舟) の勉強会でメーテルリンクを学び、同三年三月には井川恭に「此頃別様の興味を以てメーテルリンクの戯曲がよめるようになった」と書き送っている。

一方、武者小路がトルストイからメーテルリンクへと劇的な思想的展開を果たし、「自己の力」への信頼を獲得するに至ったプロセスについては、「「自己の為」及びその他について」（明45・2、「白樺」）に詳しい。

マーテルリンクは「自己の如く隣人を愛すると云ったって第一自己を愛することを知らなければ始まらない。又自己の如く隣人の《ママ》愛するのでは未だたらぬ。他人の内の自己を愛するのでなければ」と云うようなことを「智恵と運命」の内に申しておりましたようです。この言葉を今より五六年前に読んだ時私には天啓のように響きました。

私がトルストイ主義に反抗しだしたのはこの時に始まっているような気がしています。……〔中略〕……私はマーテルリンクによって「自分の力」だけのことをしなければいけないこと、そうして「自分の力」をだんだん養ってゆくこと、又、「自己」と云うものの深さのわからない代物だと云うことを教えられました。(7)

かくして武者小路は「真の利己」を尊重し「真の利己」に立脚することが、すなわち人類全体の問題につながるという自己伸張的理想主義へと踏み出していくこととなる。ただしそれは、もちろん彼がメーテルリンクの思想を全的に理解したという意味ではない。例えば「「自己の為」及び其他について」における、メーテルリンク『智恵と運命』の解釈。大正期に刊行された『智恵と運命』の翻訳者のひとりである栗原古城は、同書を「彼の懐疑的態度と、疑惑を解決する明智とを、最もよく示せるものであ」るとしたうえで「万人を幸福ならしむるの道は、所詮其人の智恵を磨くの外に無い。智恵が開ければ其人の心が改善される。即ち自己の心を以て心を処理することであ」り、「人間の心を改善する其智恵の源」こそが愛であると、その内容を要約している。(8)

後に武者小路は「雑感」（大2・6、「白樺」）で「メーテルリンクを戯曲家として、思想家として自分は大なる尊敬を払うと共に、この自分の心持を真に味わって、それをつきぬけて新らしい確信に入り、その確信に従って生きている氏をなつかしく思っている。しかし自分は氏と性格を異にしている。自分のゆく道は氏のゆきつつある道よりももっと人類的（氏をもっと自然的と云う意味で）の道をとりそうな気がしている」と語っている。この時点ですでに武者小路は、メーテルリンクから距離をとりつつあった。

もう一点、武者小路とメーテルリンクのズレを把握するうえで注視しておく必要があるのは、武者小路が強い影響を受けた『智恵と運命』以外のメーテルリンクの思想もまた、大正期には広く喧伝されていたことである。自然や生命の奥深くに潜む神秘の実体を探ろうとした『智恵と運命』以降の思想がそれだが、彼のこの思索は一見、心霊学の主張に近接している。

吉江孤雁はメーテルリンクの後期思想について、次のように説明していた。「霊の科学もて、花草に、動物に、昆虫に神秘の生活を見出す如く、彼は、彼の出発点に於てなやまされた「死」という現象に今度はその霊の科学を、叡智の光を投げだした。その結果は、「死後の生活」「未知の賓客」、及び「山道」である」[9]。メーテルリンクの心霊的方面に関する思索について、吉江は「今日いうスピリティスムの研究」であり「科学と哲学と詩との一致した真の霊学である」と評価する。武者小路のメーテルリンク受容に、こうした心霊学的な要素は希薄である。彼がメーテルリンクの後期思想を知る以前にメーテルリンクから離れつつあったせいもあってか、武者小路にとってのメーテルリンクとは、あくまで「今迄の日本人の知らなかった、生命へ行く道」（「「自己の為」及びその他について」）を指示する思想家だったと言えるだろう[10]。

芥川のメーテルリンク受容と武者小路のそれとの決定的な差異は、おそらくこの点にある。芥川の草稿「遺書」（大5頃か）には、次の一節がある。「当時　己の頭脳を支配していた考は　己の死後に関する不安である　死後と云っても　死後の己の生命がどうなるかと云う問題ではない　己がスウェデンボルグやマアテルリンクに最遠い人間である事は　君もよく知っているだろう」「己の感じた不安と云うは　全然己の死後己を知っていた周囲が如何に己を評価するかと云う問題にかかっていた」。

「死後の生命」をめぐる問題は、明治末年以降、西欧心霊学の移入にともなって、あらためて宗教とは異なる文脈から議論の対象となっていた。その背景には、第Ⅰ部で触れた生命主義の潮流が存在する。近代合理主義、理性主義に対して自然の本能を重視し、生の創造を主張した生命主義とは立場が異なるにせよ、スウェーデンボルグもまた、霊の永遠性を主張して唯物論的世界観に異を唱えた思想家だった。

スウェーデンが生んだ万能の科学者にして哲学者であるスウェーデンボルグは、聖書を徹底的に読み込み、神の聖なる言葉の秘密を解くために、独自の呼吸法によって仮死状態となり、光に満ちた天界へ旅立ったという。そこで見聞した世界の様相を記述したという『天界と地獄』をはじめ、彼の著作は、明治後期には鈴木大拙の翻訳によって日本でも知られはじめている。近代オカルティズムの源流のひとつであるスウェーデンボルグ神学は、天界と地獄の具体的かつ客観的なイメージを提供し、十九世紀末の心霊学の時代にあって、多くの人々に目指すべき道のりを示した(11)。また大拙は大正二(一九一三)年五月に彼の生涯とその思想を概説した『スエデンボルグ』をまとめ、後には『日本的霊性』(昭19・12)を世に問うている。

なお、マーテルリンク著、栗原古城訳『死後は如何』(玄黄社)の刊行は、大正五年四月。さらに付け加えておくなら、大正十二年五月にはモーリス・メーテルリンク原著、水野葉舟訳『心霊問題叢書　第二巻　生と死』(新光社)も出版される。芥川「遺書」の一節は、こうした文脈を明らかに意識している。

栗原は『死後は如何』について、次のように説明している。「彼は最初『死』と題して之を公刊し、後、英米に盛んに行わるる心霊研究、交霊術等の現象に接するに及び、深くそれに動かされたものと見え、自分の之れに対する研究を増補して、『永久の生』と題して之を公刊した」「マーテルリンクは、心霊研究や交霊術に関してこそまだ疑っているが、人間死後の運命及び宇宙観を述べた後章……〔中略〕……に於て、彼が既成宗教を離れて人間の理智と直覚との至り得る最後の段階に迫り、殆んど神を認め、信仰に入らんとする戸口まで進んでいることを筆者は感ずるのである」[12]。

一方、水野は『生と死』を次のごとく解説する。「この書は、この種の書の中で、『芸術の人、哲学者の一人が、この神秘と言われている問題、現象、それよりも、その境に対してメディタション』として見る可きものと思われる。研究の書よりも、むしろ一歩離れて実際にそれらの事実に対し、烈しく心を動かし、魂がある定まった一点を発見する為め、むしろその境に踏み入って、その中で目を見開こうとして、求めている人の、強い瞑想を、自身明かにしようとする上の産物であると見る事が正当だと思う。そしてそれが、心霊問題の、ある茫漠とした、闇のような、不可解に対して、或る強い暗示を私達の心に印する力となる。そこにこの書の重い価値があると思われる。スウェデンボルグよりも、一層吾々に近い心の持ち主で、そして「科学的」であるこの書は、恐らくすべての人に「特殊な神秘力を持った人」よりも、一層明かに、この問題を説明し、了解せざる力があると思われる」。

メーテルリンクの『死後は如何』における主張、例えば「死は吾々の間へ降りて来て、生命の居る場所を変化させ、或は生命の形態を変えるだけなのだ」「宇宙間に一の不可解な疑問も無く、解釈し難い謎も無いならば、『無限』其者はもう無限ではない。而して其暁には、吾々は必ずや吾々の智恵相当な宇宙に生まれて来た自分の運命を呪うに相違無い。即ち其場合には、一切の蛮勇は悉く門の無い牢獄も同様で、矯正し難い害悪と過誤との聚団である。不可知と云うことは、吾々の幸福の為めには現に必要であり、又将来も必要なことなのだ」といった言説を見るかぎり[13]、栗原や水野の解説に偏りがないわけではない。メーテルリンクの哲学的な思索は、たしかに心霊学の考察対象と重なっている。しかし、当時の心霊学が追及していた、科学による霊や霊界の実在証明といった具体的な問題設定とは、思考の水準が異なっている。

水野にすれば「スウェデンボルグよりも、一層吾々に近い心の持ち主で、そして「科学的」である」点に価値を認めているのだろうが、心霊問題叢書の一巻をメーテルリンクにあてていることも含めて、彼らはかなり強引に、メーテルリンクの思想を心霊学の領域へ接合しようと試みているようにみえる。

にもかかわらず大正期のメーテルリンク受容には、この栗原、水野の言説に代表されるような理解のありようが確実に浸透していた。日本の心霊学サイドは、こうしたメーテルリンクの一面を、後には積極的に強調してさえいる。「現今霊の研究者で名高い者は英国のクルコーホーフ氏ルーイス氏などであろう。又死後の霊に関して研究した人は今日までに可成沢山ある。マーテルリンクが死後の研究と云う書を発表し、ポクソン博士は巫女に就いて死んだ人の霊を研究した等もその一である」といった具合に。[14]

そして、メーテルリンクの心霊的側面への眼差しは、白樺派の周辺にもたしかに存在していた。この点について池内輝雄は、メーテルリンク『智恵と運命』の「霊」把握が白樺派にもたらした影響に言及し、その方向性を二点にまとめている。ひとつは、武者小路に見られる「真の利己」の問題を「人類」全体の問題へ直結させるという方向、そしてもうひとつは、志賀直哉に代表される「人の無意識という神秘的な領域に測鉛を下ろし、それを対象化するという方向」である。[15] この後者の方向性は、明らかに芥川とリンクしている。

志賀に見られる「無意識」への注目という要素は、例えば「焚火」(大9・4、「改造」)などに顕著だが、この「焚火」を高く評価して、第8章で検討した「海のほとり」(大14・9、「中央公論」)などの作品に反映させたのが、芥川だった。「描写上のリアリズム」に流し込まれた「東洋的伝統の上に立った詩的精神」を「焚火」に見いだす芥川は、[16]「意識の閾」の外側へ向けられた志賀の神秘に対するスタンスをも、強く意識していたのである。

2　メーテルリンク受容の光と影

大正期のメーテルリンク受容が、生に対する肯定的な理想主義と、心霊学に隣接した独自の神秘主義的アプローチの両極のあいだで展開されたとすれば、武者小路と芥川は、結果的にこの各々の極からメーテルリンクにアクセスしたと言えよう。

武者小路がメーテルリンクの思想を格好の跳躍板としてその「唯我独尊」思想を獲得し、自然という靭帯の下に自己と他者、そして人類を円環的に脈絡づける思考の場を得たとすれば[17]、芥川は心霊学をはじめとする大正期の神秘主義的なコンテクストのなかで、夢や「無意識」への関心を強めていった。白樺派にも内在していたこの神秘への関心は、芥川と志賀の共有する基盤をクローズアップさせるだろう。もちろん彼らの、夢を媒介とした「無意識」への深い関心を、メーテルリンクの思想を内包する大正生命主義が顕在化させた一現象として把握することもできるはずだ。

しかし、メーテルリンクの「霊智」は、芥川にとってはついに「他者」でしかなかった。「侏儒の言葉」（昭2・10、「文芸春秋」）の「我我は我我自身すら知らない。況や我我の知ったことを行に移すのは困難である。「知恵と運命」を書いたメエテルリンクも知恵や運命を知らなかった」という一節は、武者小路の思想を評価しつつ、その思想に同化し得なかった芥川の姿を、図らずも示している。この芥川のスタンスについては、次章でもさらに検討してみたい。

第11章　怪異と神経
――「妖婆」という場所――

はじめに

芥川の「妖婆」(1919＝大8・9〜10、「中央公論」)は、長く不遇なまま放置されてきた作品である。「妖婆」前半部の発表時点で早くも佐藤春夫から失敗作の烙印を押され、[1] またのちに芥川自身「妖婆」を「アグニの神」(大10・1、「赤い鳥」)に書き換え、さらに遺書では全集収録を拒んだこともあって、総じてその評価は高くない。

そのなかで宮坂覚は「妖婆」執筆前後における芥川の変化を丹念に辿りながら作品を読み込み「余りに実験性が先行し、トータルに評価して決して成功作とは言えない」が、当時の芥川が抱いていた「文学理念への限界に敢えて挑戦したことは評価してよい」とし、小道具の効果、プロットの面白さなどに注目して「妖婆」再評価への道を開いた。[2]

たしかに宮坂が言うように、現代日本にポーやホフマンの小説に匹敵するような怪異を描こうとした芥川の意志が「妖婆」において結実したとは言い難い。ただし、日常の内部に潜む非日常を現出させるために悪戦苦闘を強いられた、芥川の軌跡が透けてみえるという意味も含めて、「妖婆」にはさまざまな問題が内包されている。

また「超常現象自体を主要なモチーフとして物語が進行することが、芥川にとっては重要なことであった」とは、「妖婆」に対する井上諭一の的確な指摘である。[3] 宮坂もまた、芥川の「興味の大半は怪異の〈アトモスフエア〉構築にあった」と述べている。[4] 言い換えればそれは、「妖婆」が同時代の怪異に対してきわめて鋭敏な作品だったことを示している。

ここでは主として、「妖婆」という特異な物語において「神下ろし」という霊能祈禱師を物語の中核に据えた意味、また「イタコ」や「カミサマ」を連想させる民間霊能者を、西欧経由のフレームで表現しようとした試みの是非について考察することで、民俗と心霊学と「神経」が交差する場所から見えてくるものを明らかにしたい。

1 怪異の場

「妖婆」冒頭部におけるいくつかの怪異の羅列は、現代の東京にあっても超自然が日常の隙間から顔を覗かせていることの例証となっているが、これらの怪異は「自然の夜の側面」という表現に集約されている。「所謂「自然の夜の側面」は、丁度美しい蛾の飛び交うように、この繁華な東京の町々にも、絶え間なく姿を現しているのです」の箇所である。この「自然の夜の側面」とは、「二つの手紙」（大6・9、「黒潮」）でも使用されていたキャサリン・クロウ "The Night Side of Nature"（1848）を踏まえている。たしかに「妖婆」の冒頭部は、心霊学というフレームの存在をうかがわせると同時に、ポー、ホフマンら近代幻想文学の系譜を髣髴とさせるものがある。

こうした要素は、芥川の手帳に記された「妖婆」のプロットのなかの「magician」「trance」といった用語として明記されている。これらの用語は、西欧幻想文学における「魔術師」＝動物磁気催眠術師のイメージを想起させる。

第2章でも触れたように、メスメリズムに始まる催眠術の歴史が、オカルトと科学の奇妙な混交物を生み出すに至るプロセスを含み、それゆえにスピリチュアリズムへの急速な接近を促したことを想い起こせば、[5]「妖婆」冒頭部の記述は、心霊学を踏まえることで「科学」的なリアリティの提示を宣言したものだったと言えるだろう。例えばお島が居ながらにして男の身投げを感知する場面、また「千里眼同様な婆の眼」といった表現は、こうしたフレームによって「科学」的なリアリティを引き寄せるはずだ。明治末年の千里眼事件を経由することで人口に膾炙した「千里眼」という語は、すでに独自の意味を有していた。

一方、このようなリアリティをより直截に示しているのは、同時代の怪異の影である。大正七、八年の夏、宇田川町（現在の浜松町一丁目）に、赤電車の幽霊という怪談がもちあがっている。銀座方面から来る宇田川町どまりの市電に一人の老婆が乗っていて、車掌が切符を集めにいくと忽然と消えてしまうという話だ。この怪談が評判になり、宇田川町の停留所には連日、祭りのように幽霊見物の人々が集まって、問題の赤電車も新橋あたりから満員になるのが常だったという。[6]

電車をめぐる一種の都市伝説が、すでに大正期の日本に発生していることは興味深い。日本における最初の営業用電車の開通は、明治二八（一八九五）年の京都。東京では明治三六年八月の品川八つ山―新橋間の営業を嚆矢とする。明治四十年代の東京では、すでに電車は市民の足となっていた。[7]それから約十年。幽霊は電車の中に住み着いたのである。

近代化、科学化の象徴が霊と結びつく例は、明治初期から数多く見られる。専門家でなければ理解できないような「科学」の産物は、それ自体がしばしば異界に変容する。近代的に合理化された社会にあっては、最先端技術の内部にこそ霊が宿る。新蔵が泰さんと電話で相談しているさなか「悪あがきは思い止らっしゃれや」という声が混入するという怪異の描写もまた、この範疇に該当する。乗る人もいない停留所で車掌が電車を止めてしまうという

「妖婆」のエピソードもまた、同様である。

「妖婆」は「鶴屋南北以来の焼酎火の匂」を排し、「ポオやホフマンの小説にでもありそうな、気味の悪い事件」の表出を目指している。そのためには、何が必要か。後に芥川は「短篇作家としてのポオ」（大10・2・5、東京帝国大学における講演の草稿）で「romantic 殊に fantastic ナル材料ヲ小説的ニ取扱う上には realistic ナル手法ヲ最モ必要トス」「Poe が短篇作家トシテノ成長ハコノ realistic method と romantic material との調和ニアリシト云ウモ過言ニアラズ。換言スレバ彼ハ彼ノ analytical intellect ト poetic temperament トノ錬金術ニ苦労シタ作家ナリ」と記している。このポーに対する芥川の言及は、そのまま「妖婆」読解に必要なインデックスのひとつとなるはずだ。またこうした手法は、後に「河童」（昭2・3、「改造」）でも実行されている。

ただし、技法レベルの問題はともかくとして、クロウに代表されるような心霊学を媒介にしたリアリティの構築方法が、あくまで西欧経由のフレームに則ったものであることも確認しておく必要がある。これまでにも触れたように、大正期に心霊学が広く思想のレベルで日本でも知られるようになっていたことは事実だが[8]、かといって、それがすぐさま現代日本に同様のリアリティを感受させたとは考えにくい。そこで舞台として選ばれたのが、「神下ろし」という日本独自の場だったと思われる。だが、逆にこの場の設定が、批判の対象になったことも事実である。例えば先の佐藤春夫は、すべての話が大時代なものであって新鮮な興味を全くおこさせない、お島の台詞も「見台の音がする」と述べているし[9]、また小林和子は「私」の語るエピソードと新蔵の語る怪異譚との落差を指摘しつつ、怪異譚の古くささ、前時代性を「妖婆」の失敗の原因としている[10]。

しかし、「私」の語る現代の不思議と妖婆の話との間には、実は複数のコードが設定されている。それらのコードがこの物語の、同時代におけるリアリティを支えていたのである。まずは、同時代の「神下ろし」の様相から確認してみよう。

2　大正期日本の「神下ろし」

大正中期の日本では、大本教、太霊道などの新宗教や霊術団体が活性化していた（図12）。明治二五（一八九二）年に神がかりした出口なおと出口王仁三郎を教祖とする大本教は、大正期には「立替え立直し」をスローガンに、一気に教勢を拡大していた。一方太霊道は、創始者の田中守平が唱えた「霊子」概念を核とする一元論哲学に独自性があり、十万人の会員を有すると豪語した（図13）。霊能祈禱師は明治以降、長きにわたって抑圧されてきたのだが、その霊能祈禱師に一定のリアリティを感受させる環境が、この時期には現出していたのである。

池上良正は大正時代の東奥日報に掲載された民間巫者関連の記事を分析し、この時期の特徴として、霊術ブームの波及、大本教の影響などを指摘している[11]。「イタコ」や「カミサマ」が今なお息づく青森県の状況を主な分析対象にしているという留保がつくものの、大正期にあって「神下ろし」がきわめてリアルな存在であったことをうかがわせる。そして、こうした状況が都市部にも見いだせることを示す逸話として、浅野和三郎のエピソードがある。

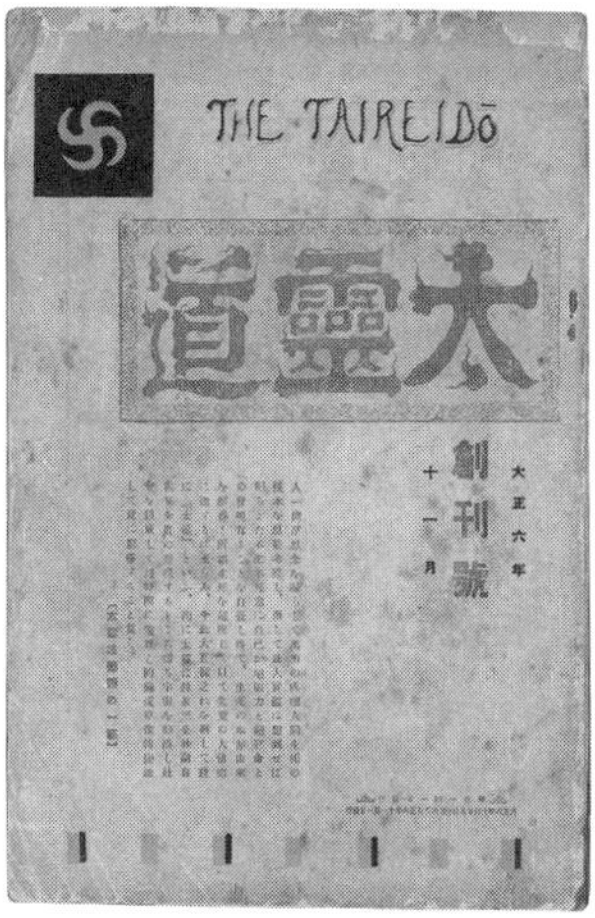

図12　雑誌「太霊道」

「妖婆」の執筆は、芥川が海軍機関学校教官を辞職した直後である。芥川は、浅野の後任として海軍機関学校に奉職していた。浅野が辞職した直接の理由は大本教に参入するためだったが、そのきっかけとなったのは、ある霊能祈禱師の存在だった。大正四年の春、浅野の三男が原因不明の病気に苦しんでいた時、その病を癒したのが、横須賀三峰山の女行者、石井ふゆだったのだ。浅

図13　田中守平

野によれば、彼女は「もと海軍工廠の職工の女房であるが、いつしか其一種の霊術が呼び物になり、殊に病気直し、当て物等には不思議な力量を具え、其実例は無数にあるとの事で」、千里眼、透視能力にも優れていたという。彼女が祀っていたのは二神で、ともに三峰山の「お狗さま」だった。[12]

石井の自宅は「米ケ浜祖師堂の附近の奥まりたる路次の突当りにある、割合にさっぱりした普通の平屋」だった。石井のもとに赴いた浅野は「行者巫女などいうものが、日本人の内部生命に向って中々重要な役割を演じて居ること」に驚愕する。やがて彼は、次のように考えるに至る。「要するに現代の科学、心理学、哲学等の大部分を超越し、何うしても捕え難く、如何とも為難き霊妙不可思議な或物に対する疑問、憧憬が是等の体験により頗る根強く自分の胸奥に刻つけられて了ったのであった」。

この浅野のエピソードは、奇妙な符合をともないつつ「妖婆」のリアリティを保証している。佐藤春夫は、お島の住居を「活動写真小屋の隣り」にすべきだったと言う。[13]だが物語では、本所一つ目あたりの横町にある、じめじめした「庇の低い平屋」を彼女の家とした。たしかに、モダンな大正日本に幻想を構築するための手法を重視すれば、佐藤の言うとおりだ。例えば、浅草公園の喧噪のなかに特異な幻想世界を立ち上げた、谷崎潤一郎「魔術師」（大6・1、「新小説」）などの作品をここで想起してもいい。しかし、大正日本の現実が佐藤の認識を裏切っていたことも、また事実なのだ。

浅野の「自分は従来十幾年も横須賀に住み乍ら、裏面にかかる一種の社会の存在して居ることを更に知らずに暮して来たのであった。が、これは自分のみでなく学校出の人間などは日本の社会の表通りのみを見て、簡単明瞭に暮して居って、社会の裏通りが種々の葛藤に充ち、奇々怪々な事件に富んで居るのを知らぬが多い」といった感慨は、「妖婆」の背景にも確実に響いている。

では、芥川は浅野の逸話を知っていたのだろうか。「保吉の手帳から」草稿の「式」には、浅井教授という人物が登場する。海軍機関学校の始業式の光景を描いたこの小文には「浅井氏は保吉の就任と共に、辞任することになっていた」「浅井氏は夙に「クリスマス・キャロル」や「スケッチ・ブック」などを翻訳した、英吉利文学の紹介に貢献の多い篤学」とあり、浅井が浅野を指しているのは明らかである。

このなかで式に退屈しきった保吉は浅井に「川村さんと云うのですか、武官教官の首席にいるのは？」と尋ねる。すると浅井は「ええ、川村君。しかしありゃ狐ですよ」と応える。この発言について保吉は「浅井氏は出口王仁三郎の創めた大本教の信者だった。大本教の説によれば、我我俗人は天狗を始め、狐や狸にとり憑かれている」と説明を加えている。少なくとも芥川は、この草稿執筆時点で浅野の信仰を知っていた。浅野は「人文」（大5・10）に「余が信仰の径路と大本教」を発表している。この「人文」には芥川も関わっており、あるいは浅野のこの一文にも目を通していたかもしれない。

以上のように、芥川が「妖婆」を執筆するにあたって、浅野の大本教入信時のエピソードを意識していた可能性はある。ちなみに、晩年の芥川に深く関わった平松ます子の父、福三郎が弁護士職を投げ捨てて大本教に入信し、東京支部長となったのは「妖婆」発表と同じ大正八年のことである。(14)

さて、浅野の体験は、同時代にあってそれほど特異なものではない。この時期には霊術家、霊能祈禱師などの活動が社会問題化していた。また大本教には、多くの知識人が関心を寄せていた。こうした状況に対する批判としては、例えば中村古峡の「心霊問題の研究が勃興するに従い、それを機として、無暗に名ばかりを大にした、贋様師的の怪しげな学会（?）が、あちらにも此方にも出て来るようになりましたのは、寧ろ寒心に堪えない次第であります」、「彼等贋様師」は「行者、修験者、口寄せ、所謂精神療法家、所謂気合術師、所謂催眠術師、並に自称哲学博士等の諸子が、その大多数を占めているようであります」といった発言に集約されているだろう。[15] 雑誌「変態心理」は、中村の「大本教の迷信を論ず」（大8・9）などで、早くから大本教の教勢拡大を警戒していた。その「変態心理」が「大本教追撃号」と銘打って一大特集を組んだのは、大正九（一九二〇）年十二月である。

西山茂は、近代化の停滞期には狭い意味での宗教に限らず、「非合理の復権」とも言うべき神秘・呪術ブームが社会全体に広範囲に見られ、こうした風潮が呪術的志向性を強くもつ新宗教の台頭を支える「信憑性構造」を形成すると言う。[16] 浅野のエピソードは西山の指摘の具体例ともいえるケースであり、こうした「信憑性構造」こそが、霊能祈禱師という存在のリアリティを支えていたと言えよう。[17]

ちなみに、こうした同時代の認識基盤とは直接関わらない民俗的な次元においても、お島という存在には相応の「リアル」が付与されている。例えば、お島の横腹には魚の鱗が生えているというお敏の父の言及。身体に鱗をもつという伝承は、九州の緒方氏などにある。この氏族は奈良の三輪神社に連なり、蛇を祖とする三輪山式の伝説を伝承する。その家長はすべて、背中に鱗があるとされる。[18] 蛇神との強固なつながりと、それゆえの聖別の印が「鱗」である。このような民俗的なコンテクストに従えば、お島の鱗もまた、何らかの水神との強固なつながりを暗示する聖痕ということになるだろう。

婆娑羅神が水神であるとは「産土神の天満宮の神主」の推測である。お島はこの神のために、毎夜水垢離をしている。その姿は、あたかも「人面の獺《かわうそ》」のようであるという。浅香久敬『四不語録』（正徳六（一七一六）年自序）には、老女に化けた獺が若衆を食い殺した話が収録されている。この話などは、お島のイメージに近い。獺は河童と並ぶ代表的な水妖であり、佐渡、愛媛、広島など、地方によっては両者はしばしば混同される。老いた獺が変じて河童になるという伝承もある。また河童はしばしば水神と同一視されたり、水神の配下とされる。[19] 「水虎相伝妙薬まじない」（図14）は江戸時代に配布された、各地に伝わる河童相伝の薬のパンフレットだが、ここに描かれている河童は多様な形態をとる。江戸期に、河童に関する大量の情報が発信された結果である。

水神を招来するお島に獺のイメージが重ねられているのは、民俗的な次元のイメージ把握として、卓抜である。恒藤恭が「妖怪に関する古今東西の文献を夙くからあさった彼は、屢々私に彼の蘊蓄の一端をもらした。諸国の河童の話などは毎々聞かされた」と回想する、芥川ならでは、と言うべきか。[20]

また、かつて口寄せの巫女をしていたものの、現在は婆娑羅神の力を借りて加持や占い、時には呪殺をおこなっているというお島の来歴も、民俗的なリアリティに貫かれている。そもそも口寄せの巫女とは、精霊を自らの身体に憑入させて直接話法で神意を伝達する者である。[21] しかしどうやら、現在のお島は、その能力を失っている。

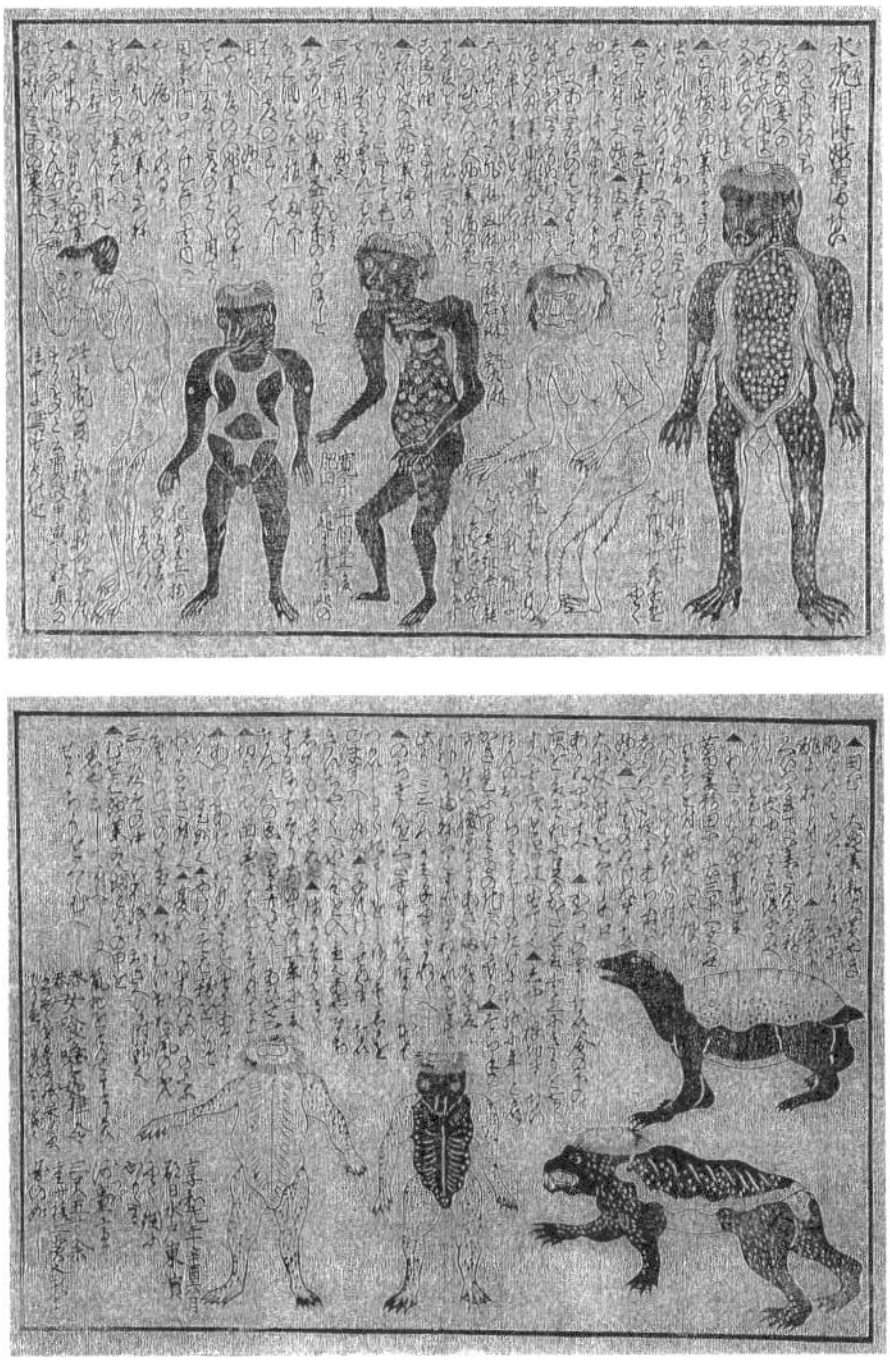

図14　「水虎相伝妙薬まじない」

このあたりの事情について「妖婆」には「夢とも現ともつかない恍惚の境にはいったものは、その間こそ人の知らない世界の消息にも通じるものの、醒めたが最後、その間の事はすっかり忘れてしまいますから、仕方がなくお敏に神を下して、その言葉を聞くのだとか云う事でした」と記されている。ならばお島は、口寄せの巫女をしていたころから霊媒型巫女を使っていたのか。「昔から口寄せの巫女をしていた」が「お敏が知ってからは、もう例の婆娑羅の大神と云う、怪しい物の力を借りて、加持や占をしていた」というのは、口寄せの巫女から現在に至るどこかで変化があったことを物語る。その屈折点は、おそらくお島が自らの身体内で神と対話する能力を失った時点である。それゆえに彼女には婆娑羅神が必要となり、霊媒型巫女が必要になったのではないか。

当初お島は、お敏の母の姪にあたる娘を養女とし、霊媒型巫女に使っていた。しかしこの娘が自殺したため、お敏をとりこむ。彼女はお島の姪にあたる。もしお島が血縁にこだわっているとすれば、その背景には、日本の巫女における血縁継承制の存在があるように思われる。[22] またお敏が霊媒型巫女として働いているとき、お島は自らが操作する神霊、婆娑羅神を巫女に憑入させる精霊統御者となっている。平安初期には、すでにこのような組み合わせが存在する。加持僧や験者と巫女の組み合わせである。お島とお敏の場合、さらにここに血縁関係が重なる。これはさらに強力な場を作る機能たり得る。

さらに、「飯綱でも使うのかと思う程、霊顕がある」と語られるような、憑物信仰的な要素も物語に登場する。新蔵がお敏の身の上を案じ、お島によって「座敷の古柱へ、ぐるぐる巻に括りつけられて、松葉燻し位」されているのではないかと心配する場面には、憑き物落としのイメージが用いられている。また、お島の容貌が「蟇」に喩えられ、逃亡を図るお敏を蛇が見張っている点などは、陰陽道系呪術の影が落ちているようにも思える。[23]

加持僧や験者と巫女の組み合わせに見られるような型は、修験道の憑祈禱として近代以降も継承されている。そして、ほぼ同様のシステムが大本教の鎮魂帰神法にも見られる。それは、審神者と寄巫のセットによる方法である。大本教に入信した浅野は「往古禁廷の神伝秘法」たる鎮魂帰神の理論化に取り組んでいるが、[24] 彼の活動も含めて、大正期には広く大本教の鎮魂帰神が宣伝されていたことは上述のとおりである。

3　消失する「神経」

このように「妖婆」には、当初採用された心霊学というフレームの脆弱さを補うために、民俗的な次元の「リアル」とともに、同時代の霊術ブームというコードが埋め込まれていた。そして、これらのコードを束ねて一貫させる機能を委ねられたのが、「神経」というコードである。

後に芥川は「近頃の幽霊」（大10・1、「新家庭」）で「一般に近頃の小説では、幽霊―或は妖怪の書き方が、余程科学的になっている。決してゴシック式の怪談のように、無暗に血だらけな幽霊が出たり骸骨が踊りを踊ったりしない。殊に輓近の心霊学の進歩は、小説の中の幽霊に驚くべき変化を与えたようです。キップリング、ブラックウッド、ビイアスと数えて来るとどうも皆其机の抽斗には心霊学会の研究報告がはいっていそうな心もちがする」と語っていた。

エリック・S・ラプキンは、後期ゴシック小説の特徴として超自然の合理化をあげ、さらに次のように指摘している。「(引用者注：ゴシック小説の) 読者のいくらかは本流ゴシックの約束事に飽き、同じ情動や、急速に科学に征服されつつある世界からの同じ甘美な逃避を味わうために、もっと幻想度の強い作品を要求したと推測してよい。超自然に科学を注入するのはそうした幻想的逆転になるが、その逆転そのもののために超自然が科学と絶縁することが回避されている。こうした過程によって、合理化ゴシックの新ジャンルが誕生し、本流ゴシックと平行して発展していったのである[25]」。

ラプキンの言う超自然の合理化は、スピリチュアリズムによる理論構築の試みに結実する。芥川の言う「心霊学会の研究報告」とは、その象徴である。超自然と科学との隠微な結びつきは、スピリチュアリズムという思想を生み出した。やがてスピリチュアリズムは、超自然に独自のリアリティを提供しはじめる。[26]

もちろんそのリアリティは、「血だらけな幽霊」や骸骨の踊りによって表出されるものではない。スピリチュアリズムは超常現象に対する科学的アプローチへの道を切り開いたが、それは結果的に、超常現象を感知する人間の心理作用をクローズアップした。日常にまぎれこんだ異常事態を察知する、鋭敏な感受性。また、その異常事態に日常と非日常を貫通する「意味」を見いだしうる翻訳能力。そこにこそ、新たな恐怖の源泉がある。

この物語における怪異の主な受信者、新蔵は、これらの条件を満たしている。ビールを注いだコップの中に妙な顔を発見した彼は、同席していた泰さんから「君の神経のせいじゃないか」とたしなめられる。[27]また、次々に起きる怪異によって、彼は「烈しい頭痛」に苦しめられる。そして最後には、落雷の衝撃で「恋人と友人とに抱かれたまま、昏々として気を失」う。このように、新蔵が鋭敏な神経の持ち主であることは、随所で強調されている。それは、新蔵に関わるいくつかの怪異が錯覚、幻覚である可能性を示唆する。さらに泰さんが新蔵と対照的な性格の持ち主として描かれることで、新蔵の「神経」は突出してみえる。

ただし、この「神経」は、最後までできわめて不安定なコードにとどまる。そもそも、新蔵に襲いかかるさまざまな怪異を客体視できるはずの泰さんが、その役割を担えない。彼は語り手同様、超常現象の存在を最初から疑っていない。物語の登場人物たちにとって、怪異は自明の現象であり、彼らによって個々の現象の事実確認がおこなわれることはない。一方、心霊学のフレームも物語の表面には浮上せず、背後から物語を支えるにとどまっている。

たしかにお島の犯罪に対する外部の反応は記述されている。社会の世論が「哂うべき迷信として、不問に附されてしまうでしょう」「現代の青年には、荒唐無稽としか思われない」といった箇所である。実際、大正八年には精神医学の立場からの「神下ろし」批判の言説が登場している。例えば森田正馬は、降神術について「降神術には行者自身に降神するのと、所謂加持台、寄合、巫女、又西洋では『メジウム』即ち霊媒などと称するものを置いて、之に降神せしむるものとがある」と述べ「其法は先ず降神せしめんとするものの雑念を奪い、精神を統一せしむる手段を取り、例えば三壇五壇の祭壇を飾り、護摩を焚くとか、薄暗き室に神鏡を立て神燈を照すとか、兎も角尊厳な有様を示」すなどと、「妖婆」の内容とも合致する解説を施しつつ、その病理について人格変換、祈禱性精神病などの観点から分析を加えている。[28] 第1章で触れたベルツの「狐憑き」の解釈に見られるような、科学による怪異の合理化である。

しかし「妖婆」が目指していたのは、精神医学といった「客観的」な解釈格子をかいくぐっていく怪異の表出であり、そのためにいちどは怪異をフレームの中に潜らせる作業が不可欠となる。その役割を果たすべく、冒頭に置かれたフレームこそが心霊学だった。そして、このフレームが物語内にあって、怪異に「科学」的なリアリティを引き寄せるはずだった。にもかかわらず物語はこれ以降、同時代的―民俗的なリアリティの構築に終始する。物語のフレームはこれらのリアリティに支えられており、部分的にこれらのリアリティを補強することはあっても、それ以上でもそれ以下でもない。だからこそ、新蔵の「神経」も実際には突出しない。

それが真の怪異なのか、それとも神経がもたらした幻覚なのか。こうした問題設定自体が無効化している以上、物語は怪異それ自体を中心化するしかない。仮にそれが芥川の意図に沿ったものだったとしても、結果的に「realistic method と romantic material との調和」が図られているとは言い難い。かくして物語の「リアル」はきわめて限定された範囲にとどめ置かれ、それに呼応するかのごとく、新蔵の「神経」は物語内に埋没していく。

このように「妖婆」には、さまざまな要素が内部矛盾を孕みながらひしめきあっている。「妖婆」で注目すべきは、おそらくその点にある。物語の内部に働く諸力の不均衡、アンバランス。そこで表出されようとした曖昧模糊たるものにこそ、「妖婆」の魅力はある。

第12章　さまよえるドッペルゲンガー
――「二つの手紙」と探偵小説――

はじめに

芥川龍之介、谷崎潤一郎、佐藤春夫と並べれば、大正文壇のトップランナーたちとまとめてみたくなるが、彼らは同時に探偵小説中興の祖でもあった。例えば江戸川乱歩は、谷崎の一九一七〜二〇年に発表された諸作品をあげながら「私はこれらの作を憑かれたるが如く愛読した記憶がある。そして私の初期の怪奇小説はやはりその影響を受けているし、横溝君なども谷崎文学の心酔者であっ」たと述べ「谷崎潤一郎についでこの種の作風に優れた作家は芥川龍之介と佐藤春夫であった」と指摘していた。さらに乱歩は、大正文壇における探偵小説への関心を象徴する企画として「中央公論」大正七（一九一八）年七月臨時増刊号の「秘密と開放」特集をあげる。その創作欄には「芸術的新探偵小説」と銘打って、谷崎潤一郎「二人の芸術家の話」、佐藤春夫「指紋」、芥川龍之介「開化の殺人」、里見弴「刑事の家」の四編が収録された。(1) 以後、探偵小説史の文脈において、谷崎、佐藤、芥川の三人は特別な地位を与えられ、今日に至っている。(2)

しかし芥川の作品で、いわゆる「探偵」が登場するのは「未定稿」（大9・4、「新小説」）をのぞけば存在しない。

しかもこの作品は、文字どおり完結していない。にもかかわらず芥川が探偵小説の文脈で評価される所以については、芥川の「探偵小説と目される作品に名探偵が謎を解くものは皆無だが、探偵小説を意外性の文学とすれば、切支丹ものの『奉教人の死』（一九一八年発表）など、作品の多くがその範疇に含まれる」とする横井司の指摘[3]や、芥川の作品には「今日で言うミステリーに含まれるような作品が少なくない」ものの、それらの作品は謎解きミステリーというよりも「本格推理小説的なゲーム性から逸脱し、犯罪者や被害者の異常な心理や幻想怪奇な雰囲気に力点を置いたものが多い」とする吉田司雄の指摘[4]が重要な意味をもつ。

横井、吉田がその発言の前提にしているのは、「探偵小説」というジャンルの歴史性である。よく知られているように、英米における detective story が探偵による謎の解明を主とした小説を意味していたのに対し、日本ではいわゆる怪奇・幻想小説、科学小説、犯罪小説なども「探偵小説」の範疇に収められた。のちに甲賀三郎によって謎解き系が「本格」、怪奇・幻想系が「変格」と分類され、やがて後者の代表的作家として小酒井不木、海野十三、夢野久作らがあげられるようになるが、こうした分類が必要になるほど、戦前の探偵小説のフレームは広かった。したがって芥川を「変格」探偵小説の文脈に位置づけることも、なんら不自然ではない、ということになる。

しかし、芥川が日本の探偵小説の歴史のなかで特異な光を放っているのは、こうした意味においてだけではない。内田隆三が言うように「探偵小説という言説が近代社会の大衆の不安に関係しており、またその言説が近代的な大都市の文化感性を表現する」ならば[5]、芥川のいくつかの作品は、きわめて象徴的な意味を内包している。

探偵小説は、犯罪者が身を潜める大都市の成立、彼らを追う科学的な警察制度の確立、犯罪事件をセンセーショナルに報じるメディアの発達、その読者たる大衆の登場、などの諸要素を前提とする、きわめて近代的なテクストである。また探偵小説では、シャーロック・ホームズに代表されるような名探偵が理解不能な事件に直面するものの、卓越した科学的推理によって見事に謎を解き明かす。論理的な推理の絶対性という意味で、まさに探偵小説は

「科学の時代」たる近代の産物である。科学はすべてを解析する。科学は間違わない。

だが、やがて探偵小説は深刻な難問に突き当たる。犯罪者の「心」の闇という、迷宮である。そこではしばしば論理の整合性が失われ、謎が謎のまま放置される。この点について、紅野謙介は次のように述べている。「名探偵が事実の堆積の中からいくつかの指標をとりだしてある一定の意味を示す構図を描き出すことに力点を置いていたときはまだしも、大都市の闇の領域に対応する人間関係の不合理な領域を発見し、人間の心理的迷妄を相手にしなければならなくなったとき、逆に迷探偵に堕する危険もまた生じてきたのである。さらには論理を絶対視していた探偵が論理そのものの持つ相対性を自覚したらどうなるのか」「ここにあくまでも論理の絶対性を前提とする本格派探偵小説の限界が浮き彫りにされる。この自覚は探偵としてある種の眩暈に陥らせ、やがて現実の不可視の領域へ踏み込ませる端緒となるだろう(6)」。

ヴァルター・ベンヤミンは「探偵小説の根元的な社会的内容は、大都市の群衆のなかで個人の痕跡が消えることである」と言った(7)。群衆に埋没し、他者から切り離され、文字どおり抹消される個人。探偵小説は都市の闇に目を向け、その奥にうごめく人々の関係性の不安にまで到達してしまった。そこでは、「科学」に対する盲目的な信頼によって成立する「論理」の絶対性が無化される。空しく犯人の動機を類推する探偵の目に映るのは、自己でさえも統一的、論理的な把持が不可能となった「近代」の闇である。

芥川のいくつかの作品に見られる自己の揺らぎの表現が、夢を通じて「無意識」の言説化に至っていたことはすでに見てきた通りだが、こうしたプロセスは、必然的に「探偵小説」のアポリアを招き寄せる。この場合の核となるのは、都市と人間との関わりである。そこで芥川的な表象として注目すべきは、ドッペルゲンガーだろう。晩年の芥川に見られるドッペルゲンガーへのこだわりは、しばしば語られるとおりだ(8)。そしてドッペルゲンガーは、探偵小説の本質的問題とも深く関わっている。

とはいえひとまずは、これらの問題を整理するためにも、芥川と探偵小説に関するいくつかのトピックについて触れておこう。

1 芥川と探偵小説

芥川の「探偵小説」「探偵」に関する言及は断片的な上に、それほど多くはない。そのなかで「一人一語」(大14・4、「文芸春秋」)は、彼が探偵小説について語った、おそらくもっともまとまった発言である。次に、全文を引用する。

僕は探偵小説では最も古いガボリオに最も親しみを持っている。ガボリオの名探偵ルコックはシャアロック・ホオムズやアルセエヌ・リュパンのように人間離れのした所を持っていない。のみならずガボリオの描いた巴里は近代の探偵小説家の描いた都会、——たとえばマッカレエの紐育などよりも余程風流に出来上っている。ガボリオは僕にはポオよりも好い。勿論評判のルヴェエルよりも好い。因に言う。名探偵中ではルコックの外にポオのデュパンも嫌いではない。が、ソオンダイクやケネデイイになると、——殊にケネデイイの莫迦さ加減は殆ど神聖に達している。あんな主人公は描こうとしても、到底人間業には描けるものではない。(9)

芥川の探偵小説に対するスタンスをうかがうことができるとともに、簡便な日本探偵小説翻訳史としても読めそうな言説である。例えば、芥川が最も親しみを感じているというエミール・ガボリオは「現代の推理文学きっての先駆者」「父親」と評され、彼の小説に登場するルコックは、その後続々と登場する「名探偵」たちの祖型になったといわれる。[10]日本においても、ガボリオ原作「有罪無罪」（明22・9・9〜11・28、絵入自由新聞）連載にあたっての凡例で、訳者の黒岩涙香による「西洋にて探偵小説（デテクチヴ、ストーリー）と称する者の類なり」の一文が「探偵小説」という用語の初使用例とみなされているように、ガボリオは早くから日本でも紹介されていた。彼の作品は黒岩涙香をはじめ、丸亭素人、水田南陽らによって、たびたび翻訳されている。涙香の創作探偵小説『無惨』（明治22・9、小説館）では、登場人物の一人である大鞆刑事が「東洋のルコック」と評されてもいる。[11]

また芥川がガボリオを高く評価する理由として、パリという大都市の表現方法、ルコックが「超人」として描かれていない点をあげているのは注目すべきだろう。[12]探偵小説の舞台となる都市の迷宮性、また科学的推理を第一義とする探偵の本質について、芥川が意識していたと思われるからである。事実、芥川唯一の「探偵」小説である「未定稿」の舞台は明治の大都市、東京であるし、主人公の本多保は「或結果だけ与えられて、それから逆に原因へと溯って行く」「鋭敏な分析的推理力」で知られる「素人探偵」だった。

ただし、ミステリーの世界に初めて本格的な科学捜査や法医学を取り入れたことで知られるR・オースティン・フリーマンのソーンダイク博士や、同じくアーサー・B・リーヴの生み出した科学探偵ケネディに対する評価の低さからは、トリックや謎解き以前に、その人物造形を重視する芥川の眼差しを感知すべきなのかもしれない。

一方、ルコックとともに評価されているエドガー・アラン・ポーのデュパンだが、芥川はポーについてさまざまな場で多くの発言を残しているにもかかわらず、探偵小説という観点からポーに言及した例は見あたらない。どうやら芥川のポーに対する関心は、物語構成、文章の表現技法といったテクニカルな面に集中していたようだ。[13]

さて、都市の表現という点でガボリオと比較されているのは、ジョンストン・マッカレーである。「地下鉄サム」シリーズで知られるこの作家については、「一人一語」執筆と同年の大正十四年二月十四日付和気律次郎宛書簡にある、次の一文に注目しておこう。「この間は又「双生児の復讐」を難有うあの続篇は出さずに行くのですか」。

このマッカレー作『双生児の復讐』は、前年に博文館から刊行された探偵傑作叢書の第二五巻をさすと思われる。叢書版の翻訳者は、和気である。和気は大阪毎日新聞社員。翻訳家としても活躍し、主に英米文学を扱った。芥川は古本屋で和気の本を購入し、それを契機に交際がはじまったという。[14] 探偵傑作叢書は大正十年から十三年の間にルブラン、ドイル、マッカレー、ガボリオらの小説を刊行しており、あるいは芥川も、これらに目を通していたかもしれない。ちなみに『芥川龍之介文庫目録』(77・7、日本近代文学館)からは、ガボリオの"Monsieur Lecoq"、アーサー・B・リーヴの"The best ghost stories"などを見いだすことができる。

さて、芥川の探偵に関する言説は、かなり早い時期から存在する。例えば回覧雑誌「日の出界」第三編(明35・5)に掲載されたと推定されている「冒険小説　不思議(小説)」には、「いそぎとり上げみれば我親友しかも探偵社会に名をしられたる早瀬鬼探偵よりの手紙だ」「おーい大探偵大山がきた僕がきたッ」の一節がある。押川春浪に代表される冒険小説ブームの影が色濃い断片だが、同時に探偵小説・探偵実話ブームの影響も無視できないように思われる。

また「探偵小説」という用語が芥川の書簡内に頻出するのは、大正六年から七年にかけてである。大正六年には松岡譲宛書簡で「ボクは新年号に探偵小説を書いている最後の賃仕事と云う気がするから大に与太をとばしているが内心は少しはらはらしているよあんまり与太すぎるからねしかし一寸面白い事は面白い」(十一月十七日付)、「これんど新小説へ「開化の殺人」と云うものを書く　一種の探偵小説じみたものだ」(十一月二四日付)とある。翌七年六月十八日付池崎忠孝宛書簡では「今大へんな探偵小説を書いている」と記し、その翌日の六月十九日付松岡譲宛書簡では「中央公論に探偵小説を書く約束をしたのでいやいやへんなものを書いている　どうも才能をプロステイテユウトするような気がして心細くっていけない　それに探偵小説のつもりで書いていても探偵小説でなくなりそうなのだ」とある。「賃仕事」、才能の「プロステイテユウト」といった表現から探偵小説に対する蔑視は疑いようがないものの、同時に探偵小説の定型に対する意識もうかがわれる。

ここで言及されている作品は「開化の殺人」(大7・7、「中央公論」臨時増刊)、およびその原型であるとされる「未定稿」と考えられている。おそらく大正六年に書かれていたものが「未定稿」、その発展形として執筆されたものが「開化の殺人」ということになるのだろう。[15] しかし「開化の殺人」では「未定稿」の本多に該当する探偵は登場せず、主要な視点は犯罪者の心情吐露に置かれている。自然死に見せかけた殺人事件と、自殺した犯人による真実の提示という形式は探偵小説の定型を踏まえているものの、心理小説の要素が勝る作品と言える。[16]

他にも、芥川と探偵小説の関係を考えるうえで、興味深い言説はいくつかある。「骨董羹」(大9・4、「人間」)にはルブランのリュパンが柔術に通じていることが紹介され、「十円札」(大13・9、「改造」)では「悠々とモリス・ルブランの探偵小説を読み耽っている」粟野の姿が描かれている。大正十三年には『モリス・ルブラン全集』(随筆社)が刊行されているが、芥川はその監修者の一人だった。[17]

また同じ年に、芥川が小酒井不木から本の贈呈を受けていることも気になる。「過日は高著を頂戴いたし難有く存じます又拙作をおよみ下さるよし御厚志を忝く存じます伊藤女史より御病臥のむね伺いましたが気候不順の節どうか一層御大事にお体をおいたわり下さいとうに御礼の手紙をさし上げる筈の所、ついつい延引し申訣ありません小生も持病の胃腸を患い、床の上に日を送っている始末であります」というものだ(九月二五日付)。この書簡の内容に合致しそうな不木の著書は『西洋医談』(大13・7、克誠堂)、『科学探偵』(大13・8、春陽堂)、『殺人論』(大13・9、京文社)である。可能性の高いのは『科学探偵』だが、特定はできない。

さらに「文芸的な、余りに文芸的な」(昭2・4~6、8、「改造」)には、通俗小説の定義をめぐる議論のなかに「但しこの所謂通俗小説は探偵小説や大衆文芸を含んでいない」とあり、「家庭に於ける文芸書の選択について」(大13・3、「女性改造」)にも「通俗小説が向上するには、どうしても文壇のレベルが高くならないといけない」

「文壇のレベルが非常に高くなれば、随って通俗小説も高くなる」「私のレベルが高くなればといったのは一般にというのです。そうなれば相当の才人も探偵小説や中間読物を書くようになると思うのですが」といった発言がある。探偵小説をめぐる言及としては、「芸術小説の将来に就いて語る」（昭2・8、「新潮」）にも「僕の云うのは必しも詩的でない人物を比較的詩的に書いたものが芸術小説と云うのです。探偵小説でもその区別があると思う」とある。一方、「手帳2　見開き7」には「〇探偵／〇聯想実験法の衝突する例」という興味深いメモがある。江戸川乱歩の初期小説を髣髴とさせる発想である。

以上、いくつかのトピックを取り上げてきた。芥川の探偵小説に対する言説が長期にわたって存在することは確認できたものの、これらの情報はあまりに断片的で、探偵小説をめぐる芥川の軌跡を明瞭に描くまでには至らない。だが、先に掲げた「一人一語」のように、ある種のメッセージを看取し得る言説もある。

都市とそこに住む人間への眼差しは、近代探偵小説の基本的な視座である。しかもこの視座は、科学的な論理追及の精神にもとづく「謎」の解明が、都市居住者の「心」の闇という不条理に遭遇したとき、論理そのものが成立しなくなるぎりぎりの地点にまで読者を誘う。論理的に構築された「犯罪」という物語においては、その犯罪を組み立てた犯人のロジックが焦点化される。だが、自己の不定形性が露呈され、その結果、論理を生み出す犯人の自己同一性そのものが揺らいでしまったとき、犯罪の「謎」は、その動機のレベルで迷宮に陥らざるを得ない。

こうした視点は、自己に対する深い懐疑の念を主題化し、「無意識」を焦点化した芥川の作品群と容易に重なり合う。そして、都市生活者における神経の揺らぎ、自己に対する根本的な不信感のメタファーとして、芥川のテクストに頻出するのが、ドッペルゲンガーである。このメタファーは、「都市の孤独」という探偵小説のトピックを示す表象として、きわめて興味深い分析対象であると言える。大正期には、自己分裂をめぐる眼差しが広く共有されていた。例えば谷崎「人面疽」（大7・3、「新小説」）、佐藤「指紋」からは、ともに自己分裂という芥川と共有されたテーマを見いだすことができるだろう。[18]
次節では、ドッペルゲンガーと探偵小説との屈折した接触の様態を見いだすことができる芥川「二つの手紙」（大6・9、「黒潮」）について、あらためて考えてみたい。

2 「二つの手紙」――ドッペルゲンガーと探偵小説

先にあげた「開化の殺人」が探偵小説の構成要素を踏まえた心理小説であるとすれば、「二つの手紙」は、探偵小説の定型を押さえながら、それをずらし、転倒させた探偵小説のパロディである。

某警察署長の許へ送られてきた二通の手紙を「予」が入手し、それを読者の前に披露するという形式をとる「二つの手紙」は、典型的な枠小説である。この枠の内部＝第一の手紙では、ある犯罪が告発され、被害者の保護が訴えられる。加害者は「世間」。犯罪内容は、被害者夫婦に対する嫌がらせ。動機は、妻の不倫。だがこの犯罪の告発者は、冤罪であると言う。世間が妻の不倫を疑うのは、他の理由からだと言う。その理由について論理的な説明を試み、警察署長を納得させて夫婦の保護を願うこの第一の手紙は、妻の不倫を世間が疑うのはなぜか、という「謎」の解明をめざしているという意味で、探偵小説の文脈に近接する。ここでの探偵とは、手紙の書き手たる被害者の夫、「私」＝佐々木信一郎である。だがこの探偵は、もう一人の探偵によってその論理が相対化される。手紙の紹介者たる「予」である。そして、この二人の探偵の見解は、明らかに食い違っている。

「名探偵のあるべき性格造形とは何か。枝葉を捨てて一言にして言えば、読みの困難なものを解読可能なものに、過剰な根茎《リゾーム》上の混沌を要するにテクストに変えていく能力の体現者と言うに尽きるだろう」とは高山宏の言だが、[19]

第一の手紙を読むかぎり、少なくとも佐々木の内部にあって混沌たる事件のテクスト化が完了していることは、間違いない。しかしそのテクストは、第二の探偵たる「予」によってはっきりと否定されている。「予」が指示するこのテクストの解釈は、佐々木の狂気である。

「予」は第二の手紙を紹介するにあたって、その責任を全うしない。妻の失踪と自殺の不安を訴え、勤務していた大学を辞して今後は超自然現象の研究に従事するという佐々木の言説は、やがて警察に対する不信感に及ぶが、「それから、先は、殆意味をなさない、哲学じみた事が、長々と書いてある。これは不必要だから、ここには省く事にした」という「予」の判断によって封印される。つまり佐々木の提示したテクストは、彼の内部でのみ整合性を有するもので、外部に対してはなんの説得力ももたないと「予」は判断しているのだ。

こうした「予」の判断の根拠は、すでに第一の手紙のなかに内包されているようにみえる。まず、佐々木が自らの論理を開示する前提として、自らの「正気」を認定してほしい、なぜならば、今回の謎を解明するためには「超自然」の領域に属する「創造的精力の奇怪な作用」「不可思議な性質が加わっている」現象たる、ドッペルゲンガーの存在を認めなければならないからだ、と訴えていること自体が、探偵小説としてはすでに不自然である。

推理を開陳する前提として、自らの「正気」を主張すること。それは近代探偵小説の主幹たる論理的、科学的推理からの逸脱を予感させる。思考する機械たる探偵の論理性が保証されないならば、そこで展開される論理はすぐさま妄想の世界に移行してしまう。このとき「二つの手紙」は、探偵小説の異様なパロディと化す。科学的推理の賜物たる探偵。その推理は、科学の領域における論理的階梯の結果として生じる。だが、推理主体たる探偵が、その論理構築のプロセスに「超自然」を介入させたらどうなるのか。あらかじめ「超自然」を科学の領域に組み込むようなコード設定がなされていないかぎり、そこに姿を現すのは狂気の氾濫でしかない。

事実、佐々木が受けたという「世間の迫害」は「私の同僚の一人は故に大きな声を出して、新聞に出ている姦通事件を、私の目の前で喋々して聞かせました。私の先輩の一人は、私に手紙をよこして、妻の不品行を諷すると同時に、それとなく離婚を勧めてくれました。それから又、私の教えている学生は、私の講義を真面目に聴かなくなったばかりでなく、私の教室の黒板に、私と妻とのカリカテユアを描いて、その下に「めでたしめでたし」と書いて置きました」などと記されるが、これらも佐々木の狂気を前提として読めば、典型的な被害妄想の言説となるだろう。

しかし、物語はたやすく狂気の色に染まらない。それは、佐々木の提示した解釈格子が正気／狂気の境界線に君臨する強力なメタファー、ドッペルゲンガーだったからである。

フランスのソリエは一九〇三年、自分がもう一人の自分に遭遇する現象を「自己像幻視」と名付け、精神医学の領域から「自分自身の身体が外部の視界に投影されて見える、複合的な心理＝感覚的幻覚である」と初めて定義した。以降、ドッペルゲンガーは異常心理的な側面から精神病理学の現象として論じられるようになる。一方、十九世紀ヨーロッパのロマン派文学以降、ドッペルゲンガーは多様な文学作品、映画メディアなどでも取り上げられている。日本においても大正期には、多くのドッペルゲンガー小説が登場した[20]。それはドッペルゲンガーが、近代化への道を猛烈な速度で走りつづける時代と社会によって引き裂かれた魂の優れた表象であり、近代特有の病として取り上げられてきたからに他ならない。佐々木が事件よりもドッペルゲンガーという現象に異様なほどのこだわりを見せるのは、その意味でも興味深い。

さて、すでに今野喜和人の詳細な検討があるとおり[21]、第一の手紙のなかで示される、ドッペルゲンガーに関する数多くの実例は、すべてキャサリン・クロウの"The Night Side of Nature"(1848)の第八章、"Doppelgangers, or Doubles"から引用されている。この原典名は作中でも「『自然の暗黒面』の著者が挙げて居ります H 某と云う科学者で芸術家だった男が」という形でそれとなく示されている。また引用された実例は慎重に吟味され、その配列、提示順序にも配慮されている。

クロウはイギリスの作家。生涯にわたってスピリチュアリズム、黒魔術に関心を抱きつづけ、超常現象研究家としても知られる。同書は、著者自身が「英語による幽霊話を集めた本の中ではおそらく最高のもの」と評したとおり多くの版を重ね、今日においても第一級の幽霊実話集として、また欧米スピリチュアリズム・ブームの先駆的な業績として、高く評価されている。[22] 同書が「妖婆」(大8・9〜10、「中央公論」)においても効果的に使用されていることは、前章で見たとおりである。近代スピリチュアリズム＝心霊学が心霊の科学的解明をその目的のひとつとしていたように、クロウの書もまた、同時代にあって一定の科学的地平を有していた。

例えば、佐々木は妻のヒステリーをドッペルゲンガー発現の一因と考えているが、その根拠としてクロウ書から引用された例を示す。動物磁気催眠研究の文脈では、ヒステリーは夢遊病の変質した発作とみなされており、さらに夢遊病＝「分別性催眠」に陥ると精神力が増大し、特異な超自然的能力を発揮すると考えられていた。[23] こうした見解は近代以降も催眠心理学研究に引き継がれており、かなり後まで心理学アカデミズムの問題領域として認識されていた。その意味では、ヒステリーとドッペルゲンガーの関係を問う佐々木、そして佐々木の背後に存在するクロウ書の視点が当時の「科学」的眼差しを逸脱しているとは言い難い。

また、明治後期に日本に移入された心霊学の概説書では、死を間近に控えた人間が別の場所に姿を現わす例としてドッペルゲンガーの関係が論じられている。例えば高橋五郎『霊怪の研究』(明44・7、嵩山房)。ここには次のような一節がある。「霊魂が現わるるは、単に死後のみに非ず、生前にありても特殊の場合に於ては、或は単に複体《ダブル》として遊行し或は活霊《いきりょう》として怪異の行をなす者とす、殊に今世を去んとする間際に往々人は霊遊をなすあり、之を俗に Illusions or Phantasms of the living と称す、之を元は幻妄視したる也。然れども其実は是れ決して幻妄にあらず、霊魂の正に出遊する者とす。モルトケ将軍(Marshal Moltke)が其歿する二三時間前に病中の服装にて飄然門を出で、今落成に垂《なんな》んとせる自分記念の『モルトケ橋』さして歩み去りたる如き、是れ複体《ダブル》の著るしき者とす。独逸語に之を重行者 Doppel-Gaenger と云う」。

初期心霊学研究の成果とされるガーニー、マイヤーズ、ポドモア『生者の幻像』(1886) を援用しつつ、『霊怪の研究』では肉体から抜け出した霊魂の動きを、実体化したドッペルゲンガーとして把握している。当時、心霊学がアカデミズムから「新科学」として注目を集めていたことを考えれば、ここにも一定の説得的なコンテクストが生じてくる。心霊学の広範な影響範囲に関しては、十九世紀末から欧米の怪奇小説に登場する、いわゆるゴーストハンターの存在が象徴的だろう。アルジャノン・ブラックウッド『妖怪博士ジョン・サイレンス』(1908)、ウィリアム・ホープ・ホジスン『幽霊狩人カーナッキ』(1914) など、この時期には多くの心霊探偵小説が書かれている[24]。「超自然」的な事件に対し、科学と心霊学にもとづく論理的、実証的な解明をめざす彼らの活躍は、探偵小説の世界に心霊学という解釈コードを持ち込んだ。しかもそれは、科学と固く手を結んでいた。心霊学は科学と連動することで、霊的世界の解明に新たな「合理」の道を開いたとみなされていたのだ。

さらに近代日本においては催眠術による暗示療法が注目されており、大正期にはその発展形ともいうべき霊術が広く受容されていたことも考慮する必要があるだろう。そこでは催眠術による暗示効果が精神力を高め、その作用によってあらゆる病が癒されると説かれていた。また霊術理論におけるヒステリーは、しばしば特異な精神状態に入ったことを示す指標とされた。これらの要素を顧慮すれば、「二つの手紙」発表時に、ヒステリーとドッペルゲンガーをめぐるなんらかの「合理」的な解釈格子が成立していた可能性はある。

もっとも呉秀三「離魂病」(大5・10、「神経学雑誌」)のように「日本支那の書物に多く離魂病のことを載せたり。それには病症らしきもあり。奇怪なるもあり。現今の病理より考うれば離魂病と云わば二重意識症即ち精神的二重生活のこととするが最も妥当なりと思わるるなり」と述べ、複数の中国・日本古典を引用しながら解説を試みている例もあるが[25]、ここで示されているのは自己意識の分裂状況の反映として「離魂病」を捉える試みである。小林敏明が佐々木のドッペルゲンガー体験から「主人公と妻との共生」に対する懐疑、「不貞の疑いによって揺らぐ」「未分化な共生感覚への遡及的憧憬」を読み取っているのは、この呉の指摘の延長上に位置づけられる[26]。

ともあれ、このように見てくれば心霊学、催眠術といった特殊な解釈コードを使用した場合、探偵たる佐々木の主張するドッペルゲンガーの説明は、ある種の論理的説得力をもつことになる。江戸川乱歩は、分身怪談を裏返して合理的説明をつければそれは探偵小説になると語ったが[27]、だとすれば「二つの手紙」は、典型的な分身怪談系探偵小説と言えるだろう。にもかかわらず彼の推理、彼の主張が「予」によって狂気の世界に封印されてしまうのは、クロウ書からの引用例の堅固な記述に比して、佐々木によるドッペルゲンガー体験の記述が、あまりにも揺らいでいるからである。

彼のドッペルゲンガー体験談は、都合三例紹介されている[28]。最初に彼がドッペルゲンガーを見たという有楽座の慈善演芸会では、彼は自分と「同じ服装」「同じ姿勢」の人物が妻の傍らに立っていたことから、その人物を「私自身」と判断しているが、その人物は「後を向いて立ってい」たのであって、その顔を見て確かめたわけではない。

駿河台下における二度目の例では「私と私の妻とが肩を並べながら、睦じそうに立っていた」と記され、しかも目撃した「私」はその時の自分と同じ服装をしていたと言うものの、この目撃直前に大時計の白い盤が動かないことに恐怖を感じていたと述べ、また目撃直後には「幻影は消えていた」と説明する。こうした佐々木の記述は、彼の精神の揺らぎと、その揺らぎに対して彼自身が自覚的だった可能性を示唆する。彼はここでのドッペルゲンガー体験を「幻影」と表現しているが、この「幻影」を文字通り「幻覚」と認識していた可能性である。

また第三の自宅における目撃例にあっても、彼は書斎にいた男女を「第二の私と第二の私の妻」とみなしながら、彼らが振り向いたときには失神したため、彼らの顔を確認していない。しかもこの場面で重要なのは、この男女が

「私がこの奇怪な現象を記録して置いた、私の日記を読んでいる」点である。かくして彼の手紙は、彼の意図を裏切って異なる解釈を浮上させる。佐々木の推理を理解し、その方向に沿ってドッペルゲンガーを演じる妻とその愛人、という解釈である。ドッペルゲンガーの実在を証明するために引用されたクロウ書の記述が、逆に彼自身のドッペルゲンガー体験のブレを浮上させてしまったのだ。

「犯人は、ロマンティックな物語の主人公以上に、働く力であり、探偵は、その軌跡を計算する学者」なのだとすれば[29]、探偵とは、犯罪者によってはじめてその存在価値と自己同一性を与えられ、犯罪者の発想を正確にトレースすることを要求される存在と言えよう。その意味で探偵とは、犯罪者のドッペルゲンガーである。しかしここでは、犯罪者が探偵の意図していたドッペルゲンガーを演じていることになる。犯罪者は探偵の思考をその日記から読み取り、彼の思考を模倣し、反復することで探偵を追い詰めるのだ。このとき「二つの手紙」は、再度探偵小説のパロディと化す。佐々木を不安に陥れたドッペルゲンガーは、二度とその姿を現わすことはないだろう。

おわりに――さまよえるドッペルゲンガー

ドッペルゲンガーは探偵小説とともに、近代のある側面を代表する表象である。急速な都市化にともなう自己喪失の不安がドッペルゲンガーを呼び寄せ、探偵小説を迷宮に誘う。こうして「二つの手紙」は、ドッペルゲンガーという表象に依拠しながら、ついに決定的な「犯人」を提示し得ない、屈折した「探偵小説」となる。

そもそも「二つの手紙」は、語り手の「予」によって規定された枠組みが強く機能している作品である[30]。なぜ「予」は「郵税先払い」で届いたという警察署長宛の手紙を所有しているのか。なぜこの手紙を公開する理由を説明しないのか。なぜ第二の手紙は、意味不明だからという中途半端な理由で途中から省略されているのか。これらの疑問は、この枠組みの設定に関わっている。要するにこの二通の手紙は、「予」の推理にもとづき、狂気の読解コードのみを浮上させるように仕組まれているのだ。佐々木の推理は、最初から「予」によって裁かれている。

だが「超自然的なる一切を否定する」世間に向けて説得を試みる佐々木の言説は、それほど狂気に彩られていただろうか。「人間が如何に知る所の少ないか」を考えるべきだという彼の訴えは、現実世界を科学の領域で処理することによって犯人を追い詰めていく探偵小説に向けられた、強烈なアンチテーゼとも読みとれる。その意味では、「予」の推理もまた相対化を免れない。

笠井潔は探偵小説を「幻想を論理的に現実に解体する結果として、現実それ自体を幻想に変貌させてしまう独創的な小説装置」と定義した。[31]「二つの手紙」は、佐々木と「予」による二重の攪乱によって、すでに現実と幻想の境界を引き得ない。この物語世界が織りなす迷宮は、読者をも巻き込んで新たな不安を呼び起こすだろう。こうしてドッペルゲンガーは、ふたたび蘇える。さまよえるドッペルゲンガーは時代の不安を吸収しつつ、大正期日本の文学シーンに広く浸透していくのである。

補論　「無意識」の行方

——芥川から探偵小説へ——

はじめに

芥川が自らの内部を凝視し、「無意識」に対して過敏に反応していたとすれば、そのような「無意識」を時代のなかでより広く大衆にアピールしていったのは、探偵小説だった。大正後期、江戸川乱歩の登場によって本格的に動きはじめる探偵小説のうねりは、一般社会に心理学の知見を認知させる、原動力のひとつとなった。

心理学を応用した乱歩ミステリーの白眉といえば、「D坂の殺人事件」（1925＝大14・1、「新青年」）、「心理試験」（大14・2、「新青年」）が、すぐさま思い浮かぶ。ともに初期乱歩の本格的探偵小説として名高いが、この二作がとりわけ興味深いのは、探偵小説と「心理」をめぐる当時の多様なコンテクストを感受させる点にある。

安藤宏は「心理試験」について「作中に登場する「連想診断」はフロイト心理学が我が国の文学に本格的に応用されたもっとも早い例でもあり、理性や知性が自らの無意識、深層心理によって覆されていく逆転劇は、まさに時代のテーマに沿うものでもあった」と評している(1)。ここでは、芥川の「手帳2　見開き7」に「○探偵／○聯想実験法の衝突する例」と記されていた事実を想起させる。狂気に対する関心が高まり、雑誌「変態心理」が刊行され、精神分析の紹介が本格化しつつあった大正末期、探偵小説はこうした「心」への眼差しが収斂するひとつの場となっていた。

前章でも触れたとおり、探偵小説は科学的合理精神の結晶である一方、「心」の闇という迷宮を浮かび上がらせる言説装置である。この「心」の闇は、しばしば匿名化された都市住民の孤独に象徴される。こうした視点は、すでに大正後期の言説の中に存在する。例えば千葉亀雄「近代小説の超自然性」(大12・9、「改造」)。このなかで千葉は「探偵小説は、神秘性と科学とが握手して始めてその最高潮なもの、最も新味のあるものが成り立つ」とし、さらに「凡そすべての人間の行為の中で、罪悪ほど人間の心理を強迫するものはない、また真剣なものはない。罪悪は決して遊戯ではない。一歩あやまれば死ぬか生きるかの境だ。だから人間の心理ほど、複雑で、神秘で、内観的なものがなく、またそれだけ外からのぞき悪いものもない」と語っていた。

神秘と科学の融合を理想的な探偵小説の条件とし、さらに犯罪行為を引き起こす人間の心理に究極の神秘を見る千葉の発想は、同時に「外からのぞき悪い」心理を、科学的合理性にもとづいて言説化してみせるという心理学・精神分析の存在をクローズアップする。

探偵小説における心理的要素を強調する発言は、「D坂の殺人事件」「心理試験」の発表に先立つこの時期に、いくつも見いだせる。「探偵小説は、より事件的であるよりも、より心理的である可き」とする加藤武雄「探偵小説雑感」(大13・8、「新青年」夏期増刊号)、または「探偵小説は、人情探偵、科学探偵の怪談を潜って、結局心理探偵におちつくのではあるまいか」(木村毅「探偵小説愛読者手記」、大13・8、「新青年」夏期増刊号)、「心理的の波紋が探偵小説的の興味を味わせます」(内田魯庵「探偵小説の憶出」、大13・8、「新青年」夏期増刊号)などの言説を見るかぎり、「D坂の殺人事件」「心理試験」の高評価は、すでに約束されていたと言えるだろう。

探偵小説において「心理」を重視する声が高まるこの時期に、探偵小説と心理学をめぐって活発な発言を展開していたのは、小酒井不木である。そして彼の発言は、「D坂の殺人事件」「心理試験」に先行して、両作品のガイド・ブック的な役割を果たしているようにみえる。まずは、小酒井の提言に注目してみよう。

1 先導する小酒井不木

小酒井は「心理学的探偵法」(『殺人論』、大13・9、京文社)で「科学的探偵法が比較的完全な発達を遂げたに拘わらず心理学的探偵法があまり発達して居ないということは、頗る遺憾に堪えない」と述べたあと「果して、人間の心が、科学的に即ち客観的に検査し得るものであろうか」と疑問をなげかけ、その答えとして「心は肉体を離れて存在せず、心に起る変化はある程度迄肉体にあらわれるものであり、又心の現象も、自然の現象と同じく、ある程度迄一定の法則に従うものであるから、肉体にあらわるる現象を計測し、又は、心理的現象を精密に観察したならば、心の状態又は隠されたる観念を間接に知ることが出来る」と言う。[2] 科学的探偵法における、心理学の有効性の確認である。

さらに彼は「従来の心理学は主として理論的研究に限られて居たが、輓近実験心理学の発達によって、心理学は教育、工業、商業、医学、芸術等あらゆる実地的方面に応用さるるに至り、探偵術にも等しくその応用を見んとする傾向を示してきた」と語ったのち、心理学的探偵法の具体例として、ヒューゴー・ミュンスターバーグの考案した方法をあげている。「D坂の殺人事件」で明智小五郎がその内容を詳細に説明した『心理学と犯罪』(1908)の著者であり、「心理試験」にも登場していた、応用心理学の開拓者である。

さて、小酒井はミュンスターバーグの提唱した心理学的探偵法を、三種類に分類して説明している。第一に

「心内にあれば色外にあらわる」という諺に示されて居る原理を、実験心理学的に応用したもの」、第二に「観念連合作用即ち連想作用の障害の原理を応用したもの」、第三に「犯罪の行われた現場の光景を記述しその所々を抜いて、嫌疑者に読み聞かせ、一定の時間の後、その嫌疑者をして、聞いた通りの現場の光景の記述を繰返さしむる」もの。この第二の方法が、「心理試験」で使用されたことになる。

なお小酒井は「以上、記述した心理学的探偵法は心理学実験室に於ては確かに成功して居るが、之を実地に応用して、果して間違ないかどうかは頗る疑問とされ、ミュンスターベルグのこの提唱を非難する人が少くない」とも付け加えている。同様の指摘は、「心理試験」にもある。「デ・キロスは心理試験の提唱者ミュンスターベルヒの考を批評して、この方法は拷問に代るべく考案されたものだけれど、その結果は、やはり拷問と同じ様に、無辜のものを罪に陥れ、有罪者を逸することがあるといっていますね」の箇所である。

小酒井によるミュンスターバーグの紹介は「犯罪者の心理を応用した探偵方法」(『科学探偵』、大13・8、春陽堂)にもある。ここでも彼はミュンスターバーグの探偵法を「表情運動を測る方法」「観念連合作用の障害を発見して有罪か否かを決定する方法」「嫌疑者に向って、犯行に関係のある事項の報告を作って読み上げること」と分類し、それぞれ説明を加えていた(3)。

また「犯罪者の心理を応用した探偵方法」の冒頭が、ドストエフスキー『罪と罰』のエピソードから始まっていることも重要である。「ドストエフスキの『罪と罰』を読まれた方は、金貸しの老婆を殺した大学生ラスコリニコフが、罪を自白したがる心を抑えるために如何に苦しい努力をするかを知って居らるるであろう。どんな大切な場合、たとえば、口外して自己の一命が失われるというようなときでも、抑えようとする意志に、少しのゆるみが出来ると、我々の心は直ちに何かの形となって外へ出てしまう」の箇所である(4)。

「この作は、その犯罪の形式から、犯罪者の心理状態、明智との対話等においてドストエフスキーの『罪と罰』

に酷似している」[5]など、「心理試験」の同時代評でもすでに「罪と罰」との類似が指摘されているが、先の小酒井の言説は、「心理試験」に先立つ形で「罪と罰」とミュンスターバーグをめぐる文脈が提示されていたことを示している。

さて、ふたたび「心理学的探偵法」に戻ろう。ここで小酒井はミュンスターバーグの探偵法を紹介したのち「心理学的探偵法といえば単に上記の方法のみならず、かのフロイドの提唱した精神分析法を応用した探偵法なども此のうちに属するものである」と述べ、夢分析について説明している。

のちに小酒井は「夢の鑑定」(『趣味の探偵談』、大14・11、黎明社)でもフロイトに言及し、次のように語っている。「昔の裁判の際、夢判断の応用された場合は決して少くない。科学的探偵法の発達しなかった時代にはこんなことでもして見なければ、手のつけようがなかったのであろう。けれど現今に於ては、夢判断は少くとも裁判所では証拠として通用しない。ところが最近フロイド一派の学者によって精神分析学なるものが発達し、夢も、犯罪探偵上閑却することが出来ないように説かれるに至った」。またここでは、フロイトを引用しつつ「言い損いから犯人を探偵する話」に触れてもいる[6]。

こうした小酒井の言説は、探偵小説における心理的要素の読解コードとして心理学・精神分析が存在することを明瞭にアピールしている。それは「D坂の殺人事件」「心理試験」の評価基準を定位するうえで、重要な役割を果たしたはずだ。なお連想診断については、早く木村久一「精神分析法の話」(明45・8、「心理研究」)に指摘があり、また上野陽一監修・三浦藤作編『輓近心理学大集成』(大8・6、中興館書店)に「近頃連想診断法というて、実験心理学で行う連合の実験を利用して、犯罪の有無を発見しようとする企がある」といった言及がある。こうした心理学サイドの知見は、小酒井らの言説によって探偵小説の問題領域へ接続していったのである。

「探偵は犯罪学、犯罪心理学に通暁して居ると同時にドイツ語の所謂 Menschen Kenner (人間をよく知って居る人)

でなくてはならない」とは小酒井「探偵方法の変遷」(『趣味の探偵談』)の一節である。かくして心理学の知見は、探偵たるものの必須の知のひとつとして常識化されていくこととなる。

では翻って乱歩は、いつごろから心理学・精神分析に関心を抱いたのか。「あの作この作」(『世界探偵小説全集』第23巻、昭4・7、博文館)で、乱歩は次のように述べている。「『心理試験』のなり立ちを白状すると、大分前からフロイドの精神分析学というものに注目して、これは何とかものになりそうだと思っていた所へ、神戸へ遊びに行ってある古本屋で、ミュンスターベルヒの『心理学と犯罪』という本を見つけ、大喜びで買って帰って、読んで見ると仲々面白い。そこで、何とかこれで一篇作りあげようと考えた」。

また「精神分析研究会」(『探偵小説三十年』、昭29・11、岩谷書店)では、次のように言う。「フロイドの精神分析学が一般世評にのぼりはじめたのは大正の末期、私がまだ大阪にいた頃であった。私はこの新心理学に深い興味を感じたが、心理学には門外漢なので直接外国から専門書を取り寄せる考えはなく、邦訳書の出るのを待っていると、数年後の昭和四年末、アルスと春陽堂からほとんど同時に二つの邦訳フロイド全集が出はじめ、私は両方とも購入して愛読した。その春陽堂の方の全集をほとんど一手に訳していた大槻憲二氏が昭和八年の初め頃、精神分析研究会というものをはじめ、私も誘われてそのメンバーに加わった[7]」。

大槻憲二と精神分析研究会については、第Ⅰ部で触れた。サトウタツヤは「精神分析」の刊行について、次のように述べている。「東京精神分析学研究所の機関誌として発刊した『精神分析』は、日本における精神分析の研究が成熟しつつあり、そのサークルができあがりつつあったことを示している。また、毎月刊というこの雑誌の発刊形態からもわかるとおり、この雑誌を支える書き手及び読み手層がともに成立していたことは見逃せない[8]」。この研究会には長谷川誠也(天渓)、中山太郎、加藤朝鳥、矢部八重吉、宮島新三郎、高橋鉄らも参加していた。なお、乱歩は機関誌「精神分析」に、「J・A・シモンヅのひそかなる情熱」を連載している(昭8・5〜6、8、10)。

乱歩がこの研究会に関わった昭和八年前後、長谷川は『文芸と心理分析』（昭5・9、春陽堂）と『遠近精神分析観』（昭11・9、岡倉書房）を、また矢部は『精神分析の理論と応用』（昭7・8、早稲田大学出版部）を公にしている。ことに長谷川は「新青年」に深く関わり、同誌に「ハムレットの精神分析」（大15・6臨時増刊〜7）を連載した[9]。こうしたフロイト精神分析普及の動きに、乱歩も深く関与していた。ちなみに長谷川は昭和二年の段階で、探偵小説と精神分析について次のように述べている。

> 探偵小説が無限に生きてゆくには、文学的に作られるに限る。公式の説明でなく、具体的事物の解剖に向うことが、文学的であり、また限りない変化を表現し得る道である。実際の人生、現実の社会が、無限に変転して行くものならば、探偵小説の材料の尽きる時はあるまい。
>
> 殊に作家の眺める点が、心理方面にあるならば、新しいものが有り過ぎて困る位であろうと思う。生活の表面に現れて居る事実ばかりを見て居るならば、材料の尽きる時もあろう。しかし表面の事実というものは、生活の一部分で、しかも極めて小さなものである。その以外《ママ》の心理現象と云うものは、表面に出て居るものに比すれば、非常に深く、また複雑である。精神分析学者の言う無意識の働きそれが意識の表面に種々な変化を起すもので、奇異な現象は、もちろんのこと、平凡尋常のものでも、この方面から見れば、深い意義を含んで居るのである。
>
> 人生の表面の事象にとらわれて、底ならぬ底を探りあてて満足すれば、何事も行きつまる。その底をたたき破って無意識の作用を研究するのが、フロイドやユングの心理学であって、その研究者は、心理の探偵であり、その結果は、一種の探偵報告である。精神分析学は、心理探偵学とも称すべきもので、探偵小説作家の、まさに考究すべき処女地である。その基礎に立って、始めて小説の材料が活き、また従来余り多く顧られなかった

材料、例えば人相、手相、夢判断、運命判断――これらも一種の探偵術――などが新生命をもつのではあるまいか。

奇異を奇異とし、平凡を平凡とし、犯罪を犯罪とするごとく、紋切型の説明をして居ては、転換の道はない。奇異は奇異でなく、平凡は平凡でなく、犯罪は犯罪でないと言う心理的探偵を進めるところに、この小説の新生命が開けるのであろう。一と一とを加えて三になる不思議が、不思議でなくなり、二と二を加えて四になる数理が不思議に思われるのは、無意識を探偵することに由って解かれるのではあるまいか。(10)

小酒井から長谷川に至って、探偵小説における精神分析の重要性はさらに増した。「表面の事実」に覆い隠された「深く、また複雑な」心理現象、「無意識」の働きを読み解こうとする精神分析の試みは、まさに「心理探偵学」とでも呼ぶべきものであって、それは探偵小説に、犯罪者の深層心理という新たな「真実」を付け加えたのである。

さて、乱歩が精神分析研究会に出席したのは半年あまりで、しかもこの会に加わった理由は、精神分析による同性愛の研究に興味があったからだというのだが、いずれにせよ乱歩がかなり早い時期から心理学や精神分析に多大な関心を抱いていたことは、間違いない。

大内茂男は「D坂の殺人事件」「心理試験」の卓越した特徴として「心理学的連想診断法をそのまま受け売りするのではなくて、その原理を日常的な会話の中に何気なく応用」している点をあげている。また大内は同じように「心理学の知見の何気ない適用」がおこなわれている作品として「屋根裏の散歩者」(大14・8、「新青年」)をあげ、そこに「下意識学習ないし閾下学習の問題」を見いだしている。(11)

フロイト・ブームに先立つ大正末期に、連想診断の原理を日常生活のレベルで応用してみせた乱歩の先見性、独創性は高く評価されるべきだろう。これらの乱歩作品群は、欧米探偵小説の動向を踏まえつつ心理学・精神分析と探偵小説とを結びつけた小酒井不木の言説が象徴しているように、日本の探偵小説史をたどる上で、出るべくして生まれた「起源」のひとつなのである。

2　都市の孤独と「心」の闇

松山巖が指摘するように、[12]「D坂の殺人事件」は故郷喪失者たちの物語である。「D坂の殺人事件」の物語時間(大正八、九年)に先立つ大正六(一九一七)年は、東京の人口が急激に増加した年だった。「私」も明智小五郎も、また明智の幼馴染である古本屋の細君も、外部からの都市流入者と考えられる。希薄な人間関係の中を漂う都市生活者たちの心の闇が、「D坂の殺人事件」では焦点化される。「なにげなく街をぶらつく都市遊歩者によって、都市は犯罪的な様相を明らかにする」[13]。そして、都市遊歩者のひとりである明智は「物質的な証拠なんてものは、解釈の仕方でどうにでもなるものですよ。いちばんいい探偵法は、心理的に人の心の奥底を見抜くことです」と語る。

しかし群衆に押し流され、他者と断絶し、都市の闇のなかにうごめく彼らの自己は、すでに合理的、論理的な把握を超えつつあった。そこでは自己は、統一された人格としての「自己」を描きえない。都市に氾濫していた神経病とは、そのメタファーのひとつである。こうした状況下にあって、科学が用意した最後の砦が心理学であり、精神分析だったと言うこともできよう。

だとすれば、精神分析家の手法と探偵の推理方法とが類似していることも、納得できる。この点について、原仁司は次のように言う。探偵は、精神分析医が夢を「心」の形成物の集塊として捉えるように、事件の現場を、さまざまな要素から成るブリコラージュとして捉える。いったん事件の全体像を解体し、細部にこだわってその部分を科学の目で凝視することによって、事件の核心をつかもうとする。それはまさにモンタージュであり、この技法は、心理を徹底的に合理的に、実証主義的に突き詰めていく眼差しとパラレルな関係にある、と。[14]

探偵が試みる、論理的に構築された「犯罪」という物語の分析手法と、精神分析による夢分析の手つきが一致してしまうという事態は、モダニズムの全盛期である一九二〇年代にあってさえ、なおその脱近代性が科学的実証精神を基盤とし、その延長上に人間心理をも把握していたことを物語る。

乱歩登場前夜の大正後期には、新しい先端文化として科学技術への関心が高まっていた。この時期の「新青年」には、科学記事、科学読み物が集中して登場している。また科学知識の啓蒙的な普及に大きな役割を果たした「科学知識」の創刊は大正十（一九二一）年、「科学画報」の創刊は大正十二年である。科学への過剰な期待感は、人間心理に対する明晰な解釈格子としての精神分析を引き寄せた。昭和初期に、精神分析が多様なジャンルを横断しつつ広く受容された理由のひとつは、この点にある。だが、人間心理を犯罪に結びつけて考える場合、むしろその心理の異様さに目が向けられた時、いわゆる本格派に対する変格派の探偵小説が顕在化する。

このように見てくると、芥川の「自殺」もまた、新たな物語を引き寄せることになるだろう。拡散する自己のありように恐怖を覚えていた彼は、精神分析という「科学」的な手法でも捉えきれない網の目の奥へ吸い込まれていったのだと。そして探偵小説は、拡散する自己を自明のものとしつつ、なお精神分析によって合理的に再構築される「心」のありように安んじることのできる、都市に生まれ出た新しいタイプの読者によって支えられたのである、と。

終章

本書の第I部では、近代日本の「心」をめぐる言説布置の変遷のなかで「無意識」が果たした役割に注目した。実体として認識されていた「霊」が心理学アカデミズムなどの西洋的な知の体系によって「意識」「精神」といった分析概念に置換されていき、千里眼事件を経由することで、科学の研究対象としてはほぼ否定される一方、「心」の暗部を切り開く新たな解釈格子としての「無意識」に注目が集まり、大正期にあって「心理研究」「変態心理」などの雑誌メディアが、フロイト精神分析と「無意識」を言説化していった様相を確認したわけである。言い換えれば、日本における「無意識」という物語の生成過程を掘り起こした、ということになろうか。

このプロセスのなかで注目すべき事項のひとつは、最初に「無意識」を日本社会で広くアピールし、その後も広範な影響力を行使した催眠術の存在である。大正中期に至っても催眠術の神秘性が払拭されない状況について、中村古峡は次のように慨嘆していた。

日本の催眠術史は、かの所謂幻術妖術時代の混沌期を除外するとしても、最早三四十年は確に経過している。此の間諸方面の学者や先輩が、斯術の研究に従事されたことは争われない事実である。而も吾々が今此の四十年間の歴史を回顧して、僅に福来文学博士の一著述と、村上（辰午郎）文学士の実技以外に、何等特筆すべき事蹟をも発見する事が出来なかった時、実に心細い感じがせずにいられないのである。殊に一般世人の間にあっては、今も尚此の催眠術が、到る処に誤解と恐怖の眼を以て迎えられ、或者はあまりに斯術を神怪不可思議視するがために、やすやすと山師の術策に陥り、また或者はあまりに斯術を信頼し過ぎることに依って、憎むべき詐欺師の腹を肥やしている。そして外の方面では此の半世紀に驚くべき進歩を示している我が日本が、此の方面だけは今日もまだ昔の幻術妖術時代の混沌期を繰返しているのは、実に遺憾なことではないか。[1]

心身相関理論にもとづく精神の優位と「精神」の無限の可能性を強調した催眠術の流行は、やがて超感覚の実在をめぐる千里眼事件を誘発した。しばしば擬似科学の問題から取り上げられる千里眼事件だが、ここで注目すべきは、同じ明治後期に柳田國男が『遠野物語』を執筆し、文壇では怪談ブームが起こっていたという同時性である。これらの事象は、すべて「霊」をめぐる言説の地殻変動が引き起こしたと考えられるからである。千里眼事件においてその肯定派は、「魂」や「精神」の実在という観点から論陣を張った。だが、結局は超感覚の存在が物理学をはじめとする近代科学によって否定された時、これらの考察は無効とされた。この空白を埋めるべく登場したのが、新たな「心」の認知システムである「無意識」理論だったと言えよう。

かくして科学内部における「霊」の排除は完了したものの、大正の一般社会に広く蔓延したのは、催眠術の後裔にあたる霊術だった。先の引用で古峡が「山師」「詐欺師」と痛罵している者たちこそ、この術を駆使した霊術家である。催眠術が持つ精神治療の面を継承した霊術は、その治療法の根拠として副意識・無意識・潜在意識といった概念をも積極的に活用した。霊術における「無意識」理論の吸収は、フロイト精神分析の持つ「不気味なもの」を呼び覚ますこととなる。霊術の神秘性が、精神分析の不定形さを際立たせるのである。

霊術が流行し、大本教、太霊道などの新宗教が旺盛な活動を展開していた大正時代の精神世界は、心理学やフロイト精神分析が提示した「無意識」概念をさらに——おそらくはきわめて「日本」的に——拡張させる可能性を秘めていたと言えよう。

霊術サイドによる神秘的な解釈も許容されるほどの柔軟性を備えた精神分析は、だからこそ非科学的という批判を免れなかった。やがて精神分析は「変態心理学」のジャンル内に囲い込まれ、心理学アカデミズムの周縁に追いやられていくこととなる。だがそれは、精神分析が日本において新たな「心」のイメージ形成に関与する、第一歩にもなるのである(2)。

第Ⅱ部では、大正期にあって終始夢と「無意識」を意識し続けた芥川龍之介の文学テクストに注目し、夢と「無意識」をめぐる同時代の多様なコードとテクストとの関連、また、そこから見いだされる時代のなかの「無意識」の諸相を読み解いた。芥川の描いた軌跡は、それ自体が日本における「無意識」という物語の、ひとつの型をなしている。夢と「無意識」をめぐる芥川の言説や、芥川の文学テクストの受容状況からは、大正期の文学場における精神分析受容の一端を見いだせるとともに、日本における「心」「霊魂」イメージが「無意識」との接触によって変容する、その有様を感知することができよう。例えばそれは、心霊学を媒介したメーテルリンクへの関心として、または土俗的な恐怖の表出として、芥川のテクスト内に織り込まれている。

併せて、芥川の一部のテクスト読解に精神分析が影響を与えた可能性もある。いわゆる私小説・心境小説に描かれた夢が、そのまま作者の「無意識」の発露とみなされたケースである。中村古峡は、多くの精神分析家が文学者に関心を寄せた理由として「文学者の精神的態度が、神経病者のそれと非常な一致を持っていること」を挙げている。「文学は夢と同じ源泉から引出されるものなのである」。ならば文学とは、作者の「無意識」の産物なのだ。彼ら精神分析家は「文学者の表現するものは、無意識の抑圧と、その間接的支配によるという見地に立つ(3)」。こうした見立ては、犯罪者の深層心理を読み解く探偵のアナロジーによって、探偵小説ジャンルと精神分析との接近をも暗示していた。

ところで、昭和初期に長谷川誠也は、現代イギリス文学に新心理学＝精神分析が多大な寄与をもたらした外的要因として、次の二点を指摘していた。まず第一に「文明の進歩と共に、社会の到る処に、人事の大編制が行われて来たこと」。「一面には個性発展の叫びがあったにも係わらず、社会のあらゆる方面は、漸次に一大機関のように編成された。商工業、経済、陸海軍、教育、宗教、図書出版など、どの方面を見ても、みな一の大編制である。こうなっては、個人の存在価値が甚だしく怪しくなり、人は自己の本質は何んであるかについて当惑せざるを得ない。つまり、一大編成の一小部分としての自己ではなく、独立の人間としての自己は何んであるか。これが文明国人の重大問題となって来たのだ」。

そして、長谷川の挙げる第二の要因は、第一次世界大戦である。「この大動乱期にあたって、諸国民は、それぞれ一国民として異常な、変態的な、ヒステリー的な心理を示すと共に、従軍者の間からは勿論のこと、非戦闘員の間からも、奇異な精神病者を出した」「種々の精神病者または神経官能症者が多数に続出したことは、医学者は勿論のこと、変態心理の素人研究者や、一般世人の注意を、心理方面に向わしめたのである(4)」。

これらの要因は、何らかの形で日本にも当てはまる。十九世紀後半から続く世界的なパラダイム・チェンジの進行と近代的な社会構造への移行にともない、自己同一性の揺らぎに悩まされる現象は、明治期の日本にあっても脳病、神経病の流行という形で顕在化していた。自己同一性をめぐる軋みは、さらに現代まで継続する。一九九〇年代の自己啓発ブームに象徴される「自分探し」は、今なお日本の同時代を象徴する鍵語のひとつである。また長谷川の言う第二の要因も、日本では大正期に始まる「変態」ブームを想起することが可能だろう(5)。ここでの「変態」は「正常」に対する「異常」を意味する。ただし昭和初期に至ると、「エロ・グロ・ナンセンス」や「猟奇」が流行することで、一般大衆の性に対するニーズと「変態」が結びつくことになるのだが。

日本において精神分析に注目が集まり、その「無意識」概念をめぐってさまざまな議論が展開されたことは、長谷川の指摘する世界的な流れと無縁ではない。しかし日本における精神分析は、一方では催眠術や霊術と連動し、新たに実体化された「心」や「霊」の証明として用いられ、芥川に独自の屈折を強いることとなった。

「外の方面では此の半世紀に驚くべき進歩を示している我が日本が、此の方面だけは今日もまだ昔の幻術妖術時代の混沌期を繰返している」最大の原因として、古峡は催眠術の学理がほとんど一般に知られていないことを挙げているが、おそらくそうではあるまい。むしろ催眠術は「昔の幻術妖術時代の混沌期」を再現する受け皿となったのだ。「昔の幻術妖術時代の混沌期」に象徴される心意は、今なお我々の奥底に眠っている。だからこそ、柳田國男に始まる民俗学の系譜は、その心意を読み解こうとしたのではなかったか。

かつて桑原俊郎は、東洋三千年の昔から知られた事実としての心霊研究が、西洋の「物質的研究」、ことに心理学によって覆い隠されてしまったと主張していた[6]。ここで桑原が言う「心霊」とは「霊魂」の謂いに他ならない。それは、我々の心意の基底を形成している。「無意識」は、人の意識の奥底に潜んでいるだけではない。時に「霊」として顕在化することで、日本人の霊魂観を支えてきたのである。

注

はじめに

（1）エドワード・S・リード、村田純一他訳『魂から心へ　心理学の誕生』、00・8、青土社。高砂美樹「近代心理学の思想史背景と意義」、渡辺恒夫・村田純一・高橋澪子編『心理学の哲学』所収、02・7、北大路書房。
（2）トッド・デュフレーヌ、遠藤不比人訳『〈死の欲動〉と現代思想』、10・7、みすず書房。
（3）H・J・アイゼンク、宮内勝他訳『精神分析に別れを告げよう　フロイト帝国の衰退と没落』、88・6、批評社。
（4）十川幸司・原和之・立木康介「来るべき精神分析のために」、10・6、「思想」。
（5）メスメリズムと日本での催眠術は、精神の力を強調した点で一致する。しかし、やがて催眠術は日本古来の伝統の中に位置づけられ、特異なポジションを与えられていくこととなる。例えば霊界廓清同志会編『破邪顕正　霊術と霊術家』（昭3・6、二松堂書店）は、祓や鎮魂帰神といった「日本特有の精神療法」と催眠術を同一のものとみなした上で、催眠術の変形である心霊治療＝精神療法こそが「国民生活の向上、思想善導の急先鋒」たり得ると主張している。
（6）『遠野物語と怪談の時代』、10・8、角川選書。または一柳「心霊データベースとしての『遠野物語』――神秘主義の視点から」、石井正己・遠野物語研究所編『遠野物語と21世紀　近代日本への挑戦』所収、09・6、三弥井書店。
（7）『スピリチュアリティの興隆　新霊性文化とその周辺』、07・1、岩波書店。
（8）紅野謙介『投機としての文学　活字・懸賞・メディア』、03・3、新曜社。
（9）曾根博義「フロイト受容の地層（三）――川端康成から伊藤整へ」、86・12、「遡河」。

第1章　「霊」から「無意識」へ

（1）以上の記述については、磯前順一『近代日本の宗教言説とその系譜　宗教・国家・神道』（03・2、岩波書店）、同『喪失とノスタルジア　近代日本の余白へ』（07・8、みすず書房）など参照。
（2）エドワード・S・リード、村田純一他訳『魂から心へ　心理学の誕生』、00・8、青土社。
（3）佐藤達哉・溝口元編『通史　日本の心理学』、97・11、北大路書房。

（4）注3文献。
（5）『現代之心理学』、大3・7、不老閣書房。
（6）心理科学研究会歴史研究部会編『日本心理学史の研究』（98・7、法政出版）、および注3文献。
（7）引用は『明治文学全集』16巻（69・2、筑摩書房）により、適宜現代語表記に改めた。
（8）藤井淑禎『小説の考古学へ　心理学・映画から見た小説技法史』、01・2、名古屋大学出版会。
（9）「予が半生の懺悔」、明41・6、「文章世界」。
（10）『一語の辞典　こころ』、95・12、三省堂。
（11）『古代人と夢』、93・6、平凡社ライブラリー。
（12）この点について詳しくは、一柳『〈こっくりさん〉と〈千里眼〉　日本近代と心霊学』（94・8、講談社選書メチエ）、同『催眠術の日本近代』（97・11、青弓社）など参照。
（13）『日本国語大辞典　第二版』1巻、00・12、小学館。
（14）『漢語と日本人』、78・9、みすず書房。
（15）度会好一『明治の精神異説　神経病・神経衰弱・神がかり』、03・3、岩波書店。
（16）「脳病の神話――〝脳化〟社会の来歴」、96・11、「日本文学」。
（17）『幻視する近代空間　迷信・病気・座敷牢、あるいは歴史の記憶』、90・3、青弓社。
（18）長谷川雅雄、ペトロ・クネヒト、美濃部重克、辻本裕成「「虫」観・「虫」像の変遷と近代化――「五臓思想」から「脳・神経」中枢観へ」（上）、09・6、「アカデミア　人文・社会科学編」（南山大学）89。のちに『「腹の虫」の研究　日本の心身観をさぐる』（12・5、名古屋大学出版会）に加筆修正の上、収録。
（19）金子編『日本精神病学書史』、65・1、日本精神病院協会発行、金剛出版発売。
（20）石橋長英・小川鼎三『お雇い外国人』9巻、69、鹿島研究所出版会。
（21）小田晋『日本の狂気誌』（98・7、講談社学術文庫）、および兵頭晶子『精神病の日本近代　憑く心身から病む心身へ』（08・11、青弓社）参照。
（22）「狐憑の説」、明18・1・26〜27、「官報」。ただし江戸時代後期には、喜多村鼎『吐方論』（一八一七序）など、狐憑きを霊的現象ではなく「癇疾」と考える医家が増えている。注18参照。また注21兵頭文献は「憑く心身が改編され、病む心身が新たに構成されていく過程」を、歴史学の視点から詳細に論じている。
（23）本橋哲也訳『病気と表象　狂気からエイズにいたる病のイメージ』、96・10、ありな書房。

(24)「近代日本における憑依の系譜とポリティクス」、川村編『憑依の近代とポリティクス』所収、07・2、青弓社。
(25)詳しくは、兵頭晶子「大正期の「精神」概念——大本教と『変態心理』の相剋を通して」(05・6、「宗教研究」344)参照。
(26)末木文美士『明治思想家論　近代日本の思想・再考Ⅰ』、04・6、トランスビュー。
(27)詳しくは、一柳『催眠術の日本近代』参照。
(28)「神秘流催眠術教授書」1号、大9・10、帝国神秘会。
(29)この点については注16文献に「大正から昭和初期の世相は、霊学・霊術の流行、今日でいうオカルト・ブームが起こり、あらためて霊魂へ脚光を浴びせたが、それは霊魂の記号化が偏在したなかで霊魂の再呪術化―物神化によって生まれた徒花にすぎず、いわば科学―神秘主義の名の下で霊魂記号を弄んだものにすぎなかった」という指摘がある。
(30)注2文献。
(31)『精神分析以前　無意識の日本近代文学』、09・11、翰林書房。
(32)『日本近代文学の起源』、80・8、講談社。
(33)引用は『漱石全集』12巻(94・12、岩波書店、407～408頁)により、適宜現代語表記に改めた。
(34)『漱石先生の暗示』、09・8、名古屋大学出版会。また藤尾健剛『漱石の日本近代』(11・3、勉誠出版)は、「それから」(明42・6・27～10・14、東京・大阪朝日新聞)における「無意識に関する認識と表現」を検討し、ウィリアム・ジェームズやル・ボンの影響を指摘しつつ、代助の三千代に対する言動から「フロイトの精神分析理論を特徴づける〈抑圧〉の概念を想定し」ている。
(35)『夏目漱石　ウィリアム・ジェームズ受容の周辺』、89・2、有精堂。

第2章　意識の底には何があるのか

(1)安田一郎・横倉れい訳『ヒステリーの歴史』、98・6、青土社。
(2)L・シェルトーク、R・ド・ソシュール、長井真理訳『精神分析学の誕生　メスメルからフロイトへ』、87・3、岩波書店。
(3)この点について詳しくは、一柳『催眠術の日本近代』(97・11、青弓社)参照。
(4)福来友吉『催眠心理学』(明39・3、成美堂書店)は、同書を次のように評している。「催眠術に関する諸研究を系統的に叙述し、催眠現象と類似せるものを日常の現象に求めて相比較し、以て催眠現象の別段神怪不可思議として驚くに足らざることを述べたるものなり。其の理論には幼稚なる所多しと雖、先づ必読の書物なり」。
(5)『催眠術の危険』、明43・7、二松堂書店。
(6)『学理応用催眠術自在』、1～2頁。なお本文は、適宜現代語表記に改めた。以下の引用も同様である。

（7）ちなみに福来『催眠心理学』は「二重人格」「二重意識」と異なる概念として、精神の顕在活動・潜在活動というフレームを提示し、「一定特殊の連合団体に属する無数の成分的精神は、皆一致共同して共働するものなれども、当人の自覚域に姿を現出するものは只其の一小部分にして、他の大部分は潜在域内に隠れて活動するものなり」と述べている。

（8）注5文献、2〜3頁。

（9）竹内と親交のあった松本道別は、彼について次のように記している。「心理学者として独英仏の諸外語に精通し、斯術の流行に乗じて引続き類書を著作し」「何れも世に普及した。併し氏は非常な吃音であって之を実施するの資格がなかったから、単に机上の研究のみに止まる著述家であって、実地の研究はなかった。それから今一つは、氏は初め無闇に催眠術の効能を陳べ立てて置きながら、後に之を危険なものとして排斥の書を著すに至っては矛盾も亦極まるではないか。而も其論旨にも見るに足るものなく、所謂排斥せんが為の排斥、論難せんが為の論難であったのは惜むべきだ」。『霊学講座』、昭2〜3、復刻版、90・3、八幡書店。

（10）一柳「身体変容の欲望——谷崎「魔術師」」、98・5、「国文学」。

（11）『新催眠療法講義録』、大13・6、精神研究会。

（12）また松本道別『霊学講座』に、次の一文がある。「明治の末期から大正へかけて雨後の筍の如くノコノコ勃興した泡沫的学会とか協会とか称するものは無数であるが、中に横井無隣氏の精神科学会、古屋鉄石氏の精神研究会、清水芳洲氏の東京心理協会、岡田喜憲氏の心理学協会などが多少盛況であって、何れも斯界の第一人者を以て任じていた。併し所謂催眠屋たるに於ては甲乙なく、人格低劣学識浅薄にして営利以外には何等の研究も修養も創見もなき碌々の輩のみなれば、その汗牛充棟の著書講義録や各得意の術式も特に論ずる程の価値もない」。

（13）「精神療法案内書」、大8・8、精神研究会。

（14）「太霊と国家——太霊道における国家観の意味」、08・6、「人体科学」17巻1号。

（15）注13文献。ただし、当時の催眠術教授団体のいいかげんさを指摘する言説は多い。注12の松本の指摘もそうだが、照魔居士「催眠術通信教授と羊頭狗肉」（大6・12、「変態心理」、東京朝日新聞からの転載）は、帝国神秘会、精神科学会、大霊道を例に挙げて「近来流行の催眠術的通信教授なるものは、何れも申合せたように羊頭を掲げて狗肉を売る底のものが多い」とする。それに対して自己の正当性を主張する、次のような言説もある。「本研究所独特の通信教授に就ては左の諸新聞の批評に徴してその真価を知られたく坊間多数通信教授を標榜して居るものの内に果して斯の如きものが有るか無いかは多くを説くを要せぬ所、彼等が殆ど児戯に類した方法を記して全く実用に適せぬものを誇大に広告し甚しきに至っては手前勝手な得業士とか医学士などの称号を与えるなど と僭称してこれを金で売って居るという不真面目なのに対して、本研究所の通信教授が如何に真面目で成功確実であるか」。向井章「催眠要録　大正六年版」、大6・2、実験心理研究所。

（16）詳しくは、一柳「大正期・心霊シーンのなかの『変態心理』」（小田晋・栗原彬・佐藤達哉・曾根博義・中村民男編『『変態心理』と中村古峡――大正文化への新視角』所収、01・1、不二出版）参照。
（17）吉永進一「解題」、吉永編『日本人の身・心・霊　近代民間精神療法叢書』8巻所収、04・5、クレス出版。
（18）ちなみに、大正八年時点での精神研究会通信部では、信仰療法やクリスチャンサイエンス療法が教授科目の中に入っている。注13文献参照。
（19）『精神治療法』、大2・12、霊潮社、4〜5頁。
（20）吉永進一「呼吸法とオーラ――オカルト心身論の行方」、宗教社会学の会編『神々の宿りし都市』所収、99・11、創元社。
（21）田中聡『なぜ太鼓腹は嫌われるようになったのか？　〈気〉と健康法の図像学』、93・5、河出書房新社。
（22）『新・霊術家の饗宴』、96・12、心交社。

第3章　超感覚の行方

（1）スティーヴ・フラー、小林傳司他訳『科学が問われている　ソーシャル・エピステモロジー』、00・3、産業図書。
（2）アンリ・エレンベルガー、木村敏・中井久夫監訳『無意識の発見　力動精神医学発達史』上、80・6、弘文堂。
（3）横山茂雄「怪談の位相」（水野葉舟、横山茂雄編『遠野物語の周辺』所収、01・11、国書刊行会）、大塚英志『怪談前後　柳田民俗学と自然主義』（07・1、角川選書）、東雅夫『遠野物語と怪談の時代』（10・8、角川選書）など参照。
（4）ジャネット・オッペンハイム、和田芳久訳『英国心霊主義の抬頭　ヴィクトリア・エドワード朝時代の社会精神史』、92・1、工作舎。
（5）詳しくは、一柳「心霊データベースとしての『遠野物語』――神秘主義の視点から」（石井正己・遠野物語研究所編『遠野物語と21世紀　近代日本への挑戦』所収、09・6、三弥井書店）参照。
（6）千里眼事件について、詳しくは一柳『〈こっくりさん〉と〈千里眼〉　日本近代と心霊学』（94・8、講談社選書メチエ）、寺沢龍『透視も念写も事実である　福来友吉と千里眼事件』（04・1、草思社）、長山靖生『千里眼事件　科学とオカルトの明治日本』（05・11、平凡社新書）など参照。
（7）名古屋新聞はこの姉妹について、明治四三年九月二二日から十月六日にかけて、十三回にわたって集中連載をおこなっている。
（8）「千里眼婦人の最後実験」、明43・9・18、万朝報。
（9）注1文献。
（10）中村雅彦『超心理学入門』（97・7、光文社）、ジョン・ベロフ、笠原敏雄訳『超心理学史』（98・2、日本教文社）など参照。

（11）久保の足跡については『日本の心理学』刊行委員会編『日本の心理学』（82・2、日本文化科学社）、佐藤達哉・溝口元編『通史　日本の心理学』（97・11、北大路書房）、大泉溥編『日本心理学者事典』（03・2、クレス出版）の当該項目などを参照。
（12）佐藤達哉・溝口元編『通史　日本の心理学』、および大泉溥編『日本心理学者事典』の当該項目を参照。
（13）「福来博士、遂に休職となる」、大2・10・28、東京日日新聞。
（14）松村介石『信仰五十年』（大15・9、道会事務所）には、次の一節がある。「日本教会創立の翌年、即ち明治四十一年には、其機関誌「道」を発行した。又た同年に心象会をも起した。之れは平井金三君と相談して、今後の宗教界と学術界は、必ず此の心霊的現象の研究に向うべしと見込んだからである。而して是れ亦た忽ちにして帝大の博士諸君を始め、朝野の紳士数十名の会員を得、処々に於て、其実験的研究をも試みた」。また平井金三『心霊の現象』（明42・4、警醒社）によれば、心象会（心霊的現象研究会）の第一回会合は、明治四一年五月十二日。この第六回会合（十一月十日）で、元良はファラデー説を踏まえた心霊現象に関する講演をおこなっている。
（15）「学的生涯の追憶」、昭8・10、「心理学研究」。
（16）注11佐藤・溝口文献。

第4章　変容する夢

（1）曾根「フロイトの紹介と影響——新心理主義成立の背景」（昭和文学研究会編『昭和文学の諸問題』所収、79・5、笠間書院）、和田「フロイト、ジョイスの移入と伊藤整」（99・11、「解釈と鑑賞」）など。
（2）M・ポングラチュ、I・ザントナー、種村季弘他訳『夢の王国　夢解釈の四千年』（87・2、河出書房新社）など。
（3）以上の日本における夢認識の変容については、古川哲史『夢　日本人の精神史』（67・12、有信堂）、西郷信綱『古代人と夢』（74・5、平凡社）、河東仁『日本の夢信仰　宗教学から見た日本精神史』（02・2、玉川大学出版部）などを参照。
（4）例えば「妖怪及催眠術」（明21・10、「哲学会雑誌」）など。
（5）高島の経歴については、佐藤達哉・溝口元編『通史　日本の心理学』（97・11、北大路書房）、大泉溥編『日本心理学者事典』（03・2、クレス出版）の当該項目などを参照。
（6）「日本における夢研究の展望　歴史と研究領域の概観」、93・9、「熊本大学教育学部紀要　人文科学」42号。
（7）心霊学が近代日本に与えた影響については、一柳『〈こっくりさん〉と〈千里眼〉　日本近代と心霊学』（94・8、講談社選書メチエ）参照。
（8）ちなみに同書には、ユングの夢研究に対する言及がある。小野福平が主宰する「心理時報」からの転載記事であるが、日本におけるユング紹介の、かなり早い例だと思われる。
（9）同様の紹介は、痴人「夢と著述」（明39・12、「文章世界」）にもある。
（10）『催眠心理学』、明39・3、成美堂。
（11）引用は『フロイト全集』第21巻（11・2、岩波書店）による。
（12）C・A・マイヤー、河合俊雄訳『ユング心理学概説2　夢の意味』、89・6、創元社。
（13）注2文献。
（14）小此木啓吾『現代精神分析』1、71・5、誠信書房。
（15）新田篤「森鷗外によるフロイトの神経症論への言及」（09・10、「精神医学史研究」）、安齋順子「日本への精神分析の導入と丸井清泰――ジョンズ・ホプキンス大学医学部アーカイブ資料を中心に」（00・10、「心理学史・心理学論」）など。また諸岡存「精神分析思出の記」（昭8・11、「精神分析」）に、次の一節がある。「自分の知る所では、フロイドの説を最初に英語社会に紹介した人は実に彼れエリスであった。自分は長崎東山学院卒業（一九〇一年）後、東京上野図書館通いを約五年間続けた。此時分エリスの紹介論文を見て、是れは如何にも面白いと思ったので、当時高等師範教授であった下田次郎先生の主幹された『女子教育』という雑誌にこれを紹介した。これが丁度明治三十五六（一九〇二―三年）の事で日本に於ける最初の紹介であったと思う」。しかし「女子教育」の創刊は、明治三七年一月である。ちなみに、諸岡が初期の「女子教育」に掲載した論考は次のとおりである。「女性中心説」（明39・5～7、9～10）、「シユルチエ氏の女性観」（明40・8～9）、「エレンケー「婦力乱用論」」（明40・10～41・1）、「鹿児島の母」（明41・7～10）、「鏡の起原に就て」（明41・12）。
（16）なお蠣瀬「米国に於ける最近心理学的題目の二三」をコンパクトにまとめたものとして「米国心理学界の状況」（明44・10、「新日本」）がある。
（17）アンリ・エレンベルガー、木村敏・中井久夫監訳『無意識の発見　力動精神医学発達史』下、80・9、弘文堂。
（18）ドイツ精神医学界からのフロイトの排斥は、彼がユダヤ人だったことも起因しているという。注14文献参照。
（19）高橋鐵『フロイド眼鏡』、56・12、宝文館。92・9、河出文庫。なお、昭和二年当時の日大心理学科で教鞭を執っていたのは、渡辺徹と松本亦太郎だった。また高橋が東京精神分析学研究所に入所し、大槻憲二の門下となったのは、昭和八年十二月である。
（20）注19文献。
（21）大槻と雑誌「精神分析」については、曾根博義「『精神分析』創刊まで――大槻憲二の前半生」、サトウタツヤ「雑誌『精神分析』における精神分析の展開」（ともに『精神分析《戦前編》解説・総目次・索引』所収、08・6、不二出版）参照。
（22）日本の精神医学とフロイトに関する記述は、小此木啓吾「日本へのフロイト思想の導入⑴戦前」（浜川祥枝他編『フロイト精神分析物語』所収、78・2、有斐閣）、佐藤達哉「日本における精神分析の受容と展開」（98・11、「アエラムック」）など参照。なお立木庸介「日本精神分析の黎明」（10・6、「思想」）は、国際精神分析協会の認定を受けた日本初の精神分析家である矢部の存在を強調するとともに、古澤が一九五五年に日本精神分析協会を設立すると同時に日本精神分析学会をも立ち上げ、後者が日本精神分析の代表的な組織となったことに触れ、何よりもまず精神分析家の育成をおこなう組織が精神分析の団体であるはずなのに、精神分析を治療技法や病理学理論としてアカデミズムの中に浸透させていくことを選んだ古澤とその後継者たちを、厳しく非難している。

（23）『メランコリーの時代』、83・7、読売新聞社。91・9、現代教養文庫。

（24）渡辺利夫『神経症の時代　わが内なる森田正馬』、96・4、TBSブリタニカ。

（25）アンリ・エレンベルガー、木村敏・中井久夫監訳『無意識の発見　力動精神医学発達史』上、80・6、弘文堂。ちなみにベルグソンが「とくに適した方法で精神の地下を研究すること、これが今世紀の心理学の主要課題になるでしょう。そこには、おそらく前世紀の物理学や自然科学の発見と同じように重要な発見が待っていることを、わたしは疑いません」と記したのは、一九〇一年五月である（「夢」、『ベルグソン全集』第5巻、65・6、白水社）。

（26）注1文献。

（27）『苦悶の象徴』、大13・2、改造社。引用は『厨川白村集』第2巻（大14・1、厨川白村集刊行会、711～712頁）による。

（28）引用は『フロイト全集』第4巻（07・3、岩波書店）による。

（29）鈴木貞美「「大正生命主義」とは何か」、鈴木編『大正生命主義と現代』所収、95・3、河出書房新社。

（30）本橋哲也訳『病気と表象　狂気からエイズにいたる病のイメージ』、96・10、ありな書房。

（31）川村邦光『幻視する近代空間　迷信・病気・座敷牢、あるいは歴史の記憶』（90・3、青弓社）、同『民俗空間の近代　著者・戦争・災厄・他界のフォークロア』（96・9、状況出版）。

（32）長谷川誠也「精神分析とイギリス文学」、「英語英文学講座」、昭8・6、新英米文学社。

（33）一柳『催眠術の日本近代』、97・11、青弓社。

（34）引用は『フロイト全集』第4巻による。

（35）Life and Confession of a Psychologist. 引用は中村古峡「精神分析学と現代文学」（『岩波講座　世界文学』、昭8・11、岩波書店）による。

（36）注35文献。

第5章 「心理研究」とフロイト精神分析

(1) サトウタツヤ「雑誌『精神分析』における精神分析の展開」(『精神分析《戦前編》 解説・総目次・索引』所収、08・6、不二出版)は、大正時代の大学における臨床心理学・異常心理学の不在を補った雑誌として「心理研究」と「変態心理」をあげ、前者が実験心理学中心、後者が臨床心理学中心という役割分担が成立していたと指摘している。

(2) 古澤聡司「日本における心理学者集団の形成」(心理科学研究会歴史研究部会編『日本心理学史の研究』所収、98・7、法政出版)によれば、その後も心理学通俗講話会には、少なくとも二百名、多いときには二千名の聴衆が集まったという。

(3) 佐藤達哉・溝口元編『通史 日本の心理学』(97・11、北大路書房)参照。

(4) なお、大槻の業績については鈴木朋子・井上果子「日本における精神分析学のはじまり(2)——大槻快尊の貢献」(02・10、「横浜国立大学大学院教育学研究科教育相談・支援総合センター紀要」)参照。

(5) 同様の言説は、高橋穣「欧米心理学界の趨勢」(大2・6、「哲学雑誌」)にもある。「フロイド一派の学説はあまりに奇抜に過ぎた所があるので、近頃はそれを担ぐ人が稍減じたようであるが該派の人は中々の元気で、近頃亦新しい機関雑誌 Imago(「成人」?)を発行するそうである。その宣言書によれば従来の「精神分析法」を更に広く応用して精神科学全般に及ぼし従来の研究の秩序を整え基礎を堅固にし、美学、文学史、芸術史、神話、言語学、教育学、民俗学、犯罪学、道徳学、宗教学等の秘鑰をさぐらんとするにあるのだそうである。中に曰く「数千年来人類の知識欲を刺激して而かも数千年来人智の覗うを許さざりし謎は既に業に精神分析によりて解かれ終りぬ」と。以て其の抱負を知るに足る」。

(6) この問題については、一柳『催眠術の日本近代』(97・11、青弓社)参照。

(7) 注3文献。

(8) 鈴木・井上「日本における精神分析学のはじまり(1)——久保良英の貢献」、01・2、「横浜国立大学大学院教育学研究科教育相談・支援総合センター紀要」。

(9) 「変態心理学と文芸批評」、小田晋・栗原彬・佐藤達哉・曾根博義・中村民男編『『変態心理』と中村古峡——大正文化への新視角』所収、01・1、不二出版。

(10) 引用は久保『精神分析法』(大6・10、心理学研究会出版部)による。なお表記は適宜現代語表記に改めた。他の引用も同様である。

(11) アーネスト・ジョーンズ、竹友安彦・藤井治彦訳『フロイトの生涯』、69・12、紀伊國屋書店。

(12) J・A・ポップルストーン、M・W・マクファーソン、大山正監訳『写真で読むアメリカ心理学の歩み』、01・4、新曜社。

(13) 「中村古峡と『変態心理』」、98・3、「語文」。

(14) 注8論文は、この久保の論述を「フロイドよりもアドラーの学説について関心を持っていた」「久保の精神分析的な意見が最も取り入れられた論文」として評価している。
(15) 佐藤達哉『日本における心理学の受容と展開』(02・9、北大路書房)、田中嘉津夫「解説」(神田左京『不知火・人魂・狐火』所収、92・12、中公文庫)参照。
(16) 曾根博義「フロイト受容の地層――大正期の「無意識」」、86・3、「遡河」。
(17) 注13文献。
(18) 厨川白村のフロイト受容に関しては、永井太郎「新ロマン主義と潜在意識――厨川白村を中心として」(00・3、「国語国文」)参照。
(19)『日本人の「心」と心理学の問題』、04・10、現代書館。
(20) 同様の質問は83号(大7・11)にもある。「副意識といい潜在意識といい第二人格的意識といい皆同一なるものにや」という問いに対して、回答しているのはやはり小熊である。このなかで彼は「それぞれ特有な意味や気持を以て使用されておりまして、心理学や、変態心理学では、その意味の選択が、非常に煩瑣な、また非常に困難な問題となっておる」と述べたうえで、潜在意識を「意識の表面に現われていない心、意識されていない、潜んだ心、という非常に広い、従って漠然とした意味」、副意識を「潜在意識の一つ」「人々の、明瞭に自覚された意識の、いわば周囲を取巻いておる漠然とした意識や、または吾々の、主たる注意が集中されておる、その中心点から遠ざかった、その注意の限界に近い方の意識」、そして第二人格的意識を、人格に重きが置かれた「一種の潜在意識」と定義している。

第6章 消された「フロイド」

(1) 小穴隆一『二つの絵――芥川龍之介の回想』、56・1、中央公論社。
(2) 篠崎美生子「契約の中の「芥川龍之介」――家族・読者との間で」、浅野洋・芹澤光興・三嶋譲編『芥川龍之介を学ぶ人のために』所収、00・3、世界思想社。
(3)「文学者と社会意識――本格小説と心境小説と」、大13・1、「新小説」。
(4)『芥川龍之介全集』12巻(岩波書店、96・10)、304頁。
(5) 斎藤茂吉は「ああいうものになると微妙な深いものに相成凡俗の読者には分かり申すまじく候。かかる不意識状を描写してフロイド一派の浅薄に堕せず実に心ゆくばかりと存じ候」と、逆に安易にフロイト精神分析のフレームに収まらない点を、高く評価していた(大正十四年八月二八日付芥川宛書簡)。この茂吉の評価は、言い換えれば「浅薄」な「フロイド一派」の解釈を当てはめて読むであろう「凡俗の読者」の存在を示唆している。
（6）「夢のリアリティ――漱石、百閒、そして龍之介」、96・2、「幻想文学」。

第7章　夢を書く

（1）『芥川龍之介全集』1巻（95・11、岩波書店）、32頁。以下同全集を『全集』と略記する。芥川の引用は『全集』による。また引用文は、適宜現代語表記に改めた。
（2）『全集』17巻、245～246頁。その他、芥川が自らの夢に言及した書簡は次のとおりである。
大正4年10月1日、井川恭宛
大正5年3月24日、井川恭宛
大正5年5月2日（推定）、井川恭宛
大正7年2月15日、松岡譲宛
大正9年1月17日、中戸川吉二宛
大正9年9月6日、小穴隆一宛
大正10年5月5日、芥川道章宛
大正10年10月8日、滝井孝作宛
大正12年4月27日、黒須康之介宛
大正14年9月7日、頴原退蔵宛
年月未詳、山本喜誉司宛（『全集』20巻、305頁）
（3）『全集』17巻、245～246頁。
（4）『全集』2巻、280～281頁。
（5）三好行雄『芥川龍之介論』（76・9、筑摩書房）は「芸術その他」での芥川の宣言を「意識的芸術活動――つまり、全創作過程の方法的自覚による表現世界の領略であり、作品のあらゆる細部を、〈意識〉の統括下に置くための主知主義の美学」であるとし、さらにそれは「意識によって無意識をも統括しようとする、あやうい試み」だったとして、「芸術その他」が胚胎する亀裂の中に、芥川の「晩年の悲劇の予兆」を読み取っている。
（6）『全集』7巻、126～127頁。
（7）『志賀直哉――近代と神話』、81・7、文芸春秋。

(8)「作家の態度」、48・6〜7、「文芸」。引用は『志賀直哉全集』14巻(74・8、岩波書店)による。なお「緑蔭閑談」(『日本の文学　志賀直哉(一)』付録、64・8、中央公論社)でも、志賀は同趣旨の発言をしている。
(9)芥川の作品の夢と志賀のそれとに類似性があることは、宮越勉「志賀直哉の影響圏——芥川龍之介の場合」(83・3、「明治大学文芸研究」)に指摘がある。
(10)『全集』7巻、254頁。
(11)なお芥川は、明治四三年六月二二日付山本喜誉司宛書簡で『漱石近什　四篇』(明43・5、春陽堂)の読後感として「漱石近什の中では夢十夜を最も愛すね　殊に第一夜と第六夜と第七夜がいい」と記している。
(12)『内田百閒　「冥途」の周辺』、97・10、翰林書房。
(13)後年、芥川は「内田百間氏」(昭2・8、「文芸時報」)で、彼の作品を「多少俳味を交えたれども、その夢幻的なる特色は人後に落つるものにあらず」と評している。
(14)高橋英夫「解説」、『冥途・旅順入城式』所収、81・5、旺文社文庫。
(15)なお注12文献は『冥途』と「夢十夜」を比較し、『冥途』について「全編が「夢の自然」に焦点を据え、言語を「夢のイメージ」に近づける形で書き綴られてあるのであって、先行の『夢十夜』にくらべて構想意識とイメージの意義づけの点で格段の稀薄さを持った「悪夢」の集積、といって良い」と指摘する。
(16)例えば芥川は志賀の文章について、次のような思い出を語っている。「或時、僕が、志賀さんの文章みたいなのは、書きたくても書けないと言った。そして、どうしたらああ云う文章が書けるんでしょうねと先生に言ったら、先生は、文章を書こうと思わずに、思うまま書くからああ云う風に書けるんだろうとおっしゃった。そうして、俺もああ云うのは書けないと言われた」(「夏目先生」、初出未詳、『全集』14巻)。後に芥川は「文芸的な、余りに文芸的な」の中で「東洋的伝統の上に立った詩的精神」が流し込まれた「描写上のリアリズム」と志賀の作品を評価するに至るが、このような志賀の評価に通底する発言と思われる。
(17)『全集』3巻、95頁。
(18)『内田百閒全集』1巻、71・10、講談社、40頁。なお引用は、適宜現代語表記に改めた。
(19)森田草平「「冥途」其他」、大10・1・25、読売新聞。
(20)本多顕彰「内田百間試論」(昭15・2、「文学」)、堀切直人「気違いと阿呆の道連れ」(84・2、「ユリイカ」)など。
(21)この時期芥川は、実生活でも頻繁に夢を見ていたらしい。大正十年十月八日付滝井孝作宛書簡に「僕健康ややよろし　但しまだ夢ばかり見ている」とある。それから一年半後の大正十二年四月二七日付黒須康之介宛書簡にも「僕はやっと安眠出来るようになりました夢はまだむやみに見ますが」とある。ここには明らかに、睡眠薬常用の影響がある。彼が神経衰弱と不眠症の治療のため薬を常用しはじめるのは、大正十年の秋頃である。なお安藤公美「睡眠薬」（関口安義編『芥川龍之介新辞典』所収、03・12、翰林書房）は、睡眠薬依存の副作用として現れる半覚醒状態・幻覚・夢といった症状が、二十世紀の世界文学に新たな素材を提供したと述べ、芥川にも睡眠薬・眠り・夢を三点セットとするいくつかの小説があると指摘している。

（22）大正十年一月十九日付書簡。『全集』19巻、141頁。

（23）「志賀直哉氏の短篇」、葛巻義敏編『芥川龍之介未定稿集』所収、68・2、岩波書店、323頁。

（24）柳田國男「野鳥雑記」、昭15・11、甲鳥書林。

（25）「芥川龍之介「奇怪な再会」——隠喩としての狂気」、06・2、「日本語と日本文学」42。

（26）『全集』7巻、204頁。

（27）『全集』7巻、217頁。

（28）「幻想文学と決定不可能性」、87・8、「国文学」。

（29）この点について岡田豊「芥川龍之介『奇怪な再会』への一視点——〈物語〉を物語る「私」の物語として」（01・2、「駒沢国文」38）は「語り手自身も一つの解釈を提示したに過ぎず、お蓮=孟恵蓮は語り手の想像を超えた存在なのである」とし、さらに語りの多重構造も有効に機能しているとする。また西山康一「「奇怪な再会」——帝国主義批判の可能性と限界」（関口安義編『生誕120年　芥川龍之介』、12・12、翰林書房）は「お蓮に寄り添った語りも、彼女の〈正気〉さや、そこに〈真相〉があることを示すためというよりは、むしろ彼女の内面の動きに即して場面を再現してゆくことで、彼女が〈狂気〉に陥ってゆく原因や過程を浮かび上がらせるためだといえよう」と指摘している。

（30）『芥川龍之介』、58・1、新潮文庫。

（31）「作品解説」、『藪の中・将軍』所収、69・5、角川文庫。

第8章　「無意識」という物語

（1）「芥川龍之介と谷崎潤一郎」、77・3、「ユリイカ」。

（2）「芥川龍之介「蜃気楼」試論——「海のほとり」から「続海のほとり」へ」、77・11、「佐世保工業高等専門学校研究報告」。

（3）「点鬼簿」、大15・10、「改造」。『全集』13巻、238頁。

（4）「追憶」中「夢中遊行」、大15・6、「文芸春秋」。『全集』13巻、285〜286頁。

（5）三好行雄『芥川龍之介論』、76・9、筑摩書房。なお芥川は山本喜誉司宛書簡（年月日不詳）に、次の如く記している。「小生は十一歳にして母を失い候　余は只母の姿の折々の夢に入るのみにこそ候え、その時には徒に胸ふさがりて涙の我しらず頬に伝うを覚え候のみに候いき」。
（6）『日本古典文学大辞典』第六巻（85・2、岩波書店）の当該項目の記述による。
（7）国文学研究資料館蔵マイクロ資料（原本は麗澤大学図書館田中文庫所蔵）による。なお翻字などに関して神谷勝広氏に協力していただいた。記して感謝申し上げる。
（8）三嶋譲・福岡大学日本文学専攻院生の会『「歯車」の迷宮　注釈と考察』、09・12、花書院。
（9）「解説」、『湖南の扇』所収、52・8、新潮文庫。
（10）「第八短篇集『湖南の扇』」、77・5、「国文学」。
（11）この点について、例えば坪井秀人「「蜃気楼」論――芥川龍之介の〈詩的精神〉」（83・9、「名古屋近代文学研究」）は、「蜃気楼」において芥川が「彼にとって不可知の領域である〈無意識〉を素材として組み入れざるをえなくな」り、そこで「〈無意識〉を意識する、という技巧的な工程を強いられ」ていると言う。しかしここでは、夢を媒介とした「無意識」の言説化は、さらに早い時期から開始されていると考える。
（12）例えば相馬久康「芥川文学とパロディー――『蜃気楼』をトーマス・マン『ドクトル・ファウストゥス』と読み併せて」（中央大学人文科学研究所編『近代日本文学論――大正から昭和へ』所収、89・11、中央大学出版部）は、芥川の作品のかなり広範にわたって、「海」の光景が暗鬱なイメージに彩られている点を指摘している。
（13）『変容の象徴　精神分裂の前駆症状』、85・2、筑摩書房。
（14）永井太郎「新ロマン主義と潜在意識――厨川白村を中心として」、00・3、「国語国文」。
（15）曾根博義「フロイトの紹介と影響――新心理主義成立の背景」、昭和文学研究会編『昭和文学の諸問題』所収、79・5、笠間書院。
（16）なお、芥川龍之介文庫（日本近代文学館蔵）に直接的なフロイト関連文献は見当たらないが、例えば芥川文庫蔵の森田正馬『神経質及神経衰弱症の療法』（大10・6初版刊行、同15・5増補五版、日本精神医学会）には、次の指摘がある。「凡そ夢というものは、所謂観念の自由連合、即ち何の制限、選択若くは一定の目的に導いて行くというような事なく、無意識、無思慮に流動して行く所の観念の連合であって、而かも之を観念なり思考なりと意識せず、現実の如く感じるものである」。また芥川の草稿「天狗（仮）」（大6頃）には、性欲に苦しむ僧侶が阿闍梨に懺悔したときの「或浅ましい期待」について「これも敢えて意識に上っていたとは云いません。が、幾分でもそれが識閾の外に伏在していた事は、私にとって可成明な事実です」とあり、その背景にフロイト理論を想起させる。
（17）『全集』13巻、155頁。

(18)「本文および作品鑑賞　年末の一日」、海老井英次編『鑑賞日本現代文学　芥川龍之介』所収、81・7、角川書店。また山崎甲一「夢の底――龍之介の晩年「年末の一日」」(00・3、「文学論藻」)は、この水鳥を「上昇意識の稀薄感を象徴する」とし、またもう一羽の水鳥とは「夏目先生」であると言う。

(19)「芥川龍之介の《心境小説》――『蜃気楼』及び『年末の一日』『点鬼簿』など」、84・2、「富山大学人文学部紀要」。また副田賢二「芥川龍之介「年末の一日」論――「私小説」概念形成史の中で」(04・9、「防衛大学校紀要　人文科学分冊」)は、この場面について「お墓参りという行為の目的性は、この「墓地」というラビリンス的トポスでの螺旋的な彷徨の内にますます不明化してゆく。テクストの冒頭から一貫して「僕」の身体の内部に抱え込まれていた、自己の主体性をめぐる失調、混乱は、この彷徨の内に更に顕在化してゆくのである」と指摘している。

(20)この「胞衣」について、注18海老井文献は「〈生命の抜殻〉」「人生の〈抜殻〉的部分とし、注18山崎論文は「出産、出生に係わる、生々しく、穢わしい性的なイメージ」を見いだしている。また注19副田論文は「自己を主体的な存在として生み出してきたその根源へと向かう、このテクストの基調的なダイナミズムを表徴するものである」と言う。

(21)阿毛久芳「「海のほとり」の周辺」(79・7、「稿本近代文学」)に同様の指摘がある。また、神田由美子『芥川龍之介と江戸・東京』(04・5、双文社出版)は「海のほとり」執筆前後の芥川の夢小説に注目し「晩年になるにつれ、〈夢〉は、芥川の〈現実〉の危機を内面的に照らす切実なモチーフに結晶されていった」が「「海のほとり」の時点では、〈夢〉と〈現実〉がいまだ一体化しえず、作品のモチーフにも届かず、ただ志賀文学の〈夢〉の描写に触発された芥川の〈夢〉への「興味」と、その〈夢〉を「表現上の方法」として使う意図ばかりが浮き上がっている」とする。

(22)『全集』12巻、281〜282頁。

(23)この点について注2論文は、芥川が「「海のほとり」以来、〈私〉の姿を消し去ることによって、換言すれば、外界の事象に〈私〉の姿を溶解させることによって、自己の内面を語る〈文体〉を手に入れつつあった」と指摘している。

(24)この点について注21阿毛論文は「日暮れの黒い海の幽暗な感じは、実は識閾下の池に連なり、白じらとした日の光の海を逆投影し、ながらみ取りをのみこんだ死のイメージがおりこめられている」と指摘している。

(25)『芥川龍之介研究』、81・3、明治書院。

(26)『芥川龍之介　意識と方法』、82・10、明治書院。

(27)この言説について海老井英次「蜃気楼――〈光〉なき反照の世界」(81・5、「国文学」)は「「意識の閾の外」から確実に〈死〉が迫ってきていることの実感こそ、「蜃気楼」が立脚している地盤に他ならない。現実と蜃気楼と、生きていることと〈死〉と、意識と錯覚と、それらがもはや分名な境界線を有たず、昼の蜃気楼のように朧化されて、今は闇のなかに溶解していこうとしているのである」と指摘している。

(28) 注11論文参照。

第9章 最後の夢小説

(1)「河童忌」、『無絃琴』(昭9・10、中央公論社)所収。引用は『新輯内田百閒全集』3巻(87・1、福武書店)により、適宜現代語表記に改めた。

(2)『全集』22巻では「或弁護士の家(仮)」。ここでは葛巻の文脈にあわせて「題未定」の表題を用いる。

(3)「二 昼」「人を殺したかしら?」は『芥川龍之介未定稿集』(68・2、岩波書店)所収。以下『未定稿集』と略記する。この二作の引用は『未定稿集』に依拠し、適宜現代語表記に改めている。「夢」は『全集』22巻所収。なお「夢」と「人を殺したかしら?」を比較検討する場合、引用は基本的に「夢」からおこない、場合によって「人を殺したかしら?」の表記と比較することとする。

(4)『未定稿集』、1〜3頁。なお芥川「機関車を見ながら」が掲載された「サンデー毎日」秋季特別号(昭2・9・15)には、「機関車を見ながら」の末尾に次の文章が附されている。「芥川龍之介氏の遺稿「機関車を見ながら」は恐らく氏が死の直前五六日の頃に執筆したもので、この稿と同時に『人を殺したかしら?』と題する十四枚の小説が別にあったそうですが、その小説の方は、どういう訳か、その時、氏を訪問して二階の書斎で対談していた某氏の面前で破り捨ててしまったそうです。私どもはここに氏の遺稿を掲げることを得て、今更ら深く故人に哀悼の意を表するものであります。(編輯者記)」。この編集者とは大阪毎日新聞の沢村幸夫であり、彼は東京日日新聞の記者からこの話を聞いたという。

(5)草稿「夢」の評価としては、鷺只雄「芥川龍之介と中島敦——「夢」をめぐって」(94・3、「国文学論考」)に「この作品の描くものは夢と現実との逆転であり、あるいはその融解・融合といってよい」「芥川が提示したこの問題は、換言すれば人間の内部における意識と無意識の問題という二〇世紀文学の課題にほかならないわけで、それにいちはやく先鞭を付けた芥川の先見性は評価されてしかるべきであろう」という指摘がある。

(6)「夢」のタイトルは、芥川の命名による。

(7)カーペットを求めて日本橋から銀座、京橋、芝をさまよい歩く話は「或画家の話(仮)」と重なる。おそらく葛巻はこの草稿を「夢」に連なるものとし、「人を殺したかしら?」に組み入れたものと思われる。

(8)『全集』22巻、530頁。

(9)なお、宮越勉『志賀直哉』(91・4、武蔵野書房)は、芥川「夢」について、志賀「島尾の病気」「ある一頁」「暗夜行路」「濁った頭」との関連から「志賀文学の複合イメージから成る」とし「芥川の独創性は極めて少ない」と言う。しかし、芥川の一連の夢小説の文脈を意識した場合、テクスト内の夢の機能という観点から、志賀と一線を引くことは可能である。

（10）『全集』22巻、537頁。「人を殺したかしら？」との校異は、次の通りである。上段を「夢」、下段を「人を殺したかしら？」の表記とする。

「片手に」／なし

「死んだらしかった」／「死んで行った」

（11）『大正幻影』、90・10、新潮社。

（12）『全集』22巻、539〜540頁。校異は次の通り。注10と同じく、上段を「夢」、下段を「人を殺したかしら？」の表記とする。

「しもた家」／「「しもた」家」

「歩いているうちにふと」／「歩いているうちに、ふと」

「尋ねて行ったことも確かに」／「尋ねて行ったことも、確かに」

「変らなかった」／「変りなかった」

「のみならずわたしは」／「のみならず、わたしは」

「歩いていたらしかった」／「歩いているらしかった」

「夢の記憶は少しも」／「夢の記憶は、少しも」

（13）「近代文学における日本的「分身」像の表現　その一」、85・3、「名古屋大学文学部研究論集　文学」。

（14）「解説」、『冥途・旅順入城式』所収、81・5、旺文社文庫。

第10章　メーテルリンクの季節

（1）「私の文壇に出るまで」、大6・8、「文章倶楽部」。

（2）例えば「比較的に云えば今の作家で感心する人はあんまりないね」「武者にもこの頃ぼくはある気の毒さを感じているよ」（井川恭宛書簡、大5・10・11）、「日本武尊の女に甘い所は武者の女に甘い所をリフレクトしすぎて少し可笑しくなった　美夜須姫との関係を橘姫にはなす所なぞは可成虫がよくって愚劣だと思う」（松岡譲宛書簡、大6・1・19）、「出家とその弟子には本質的に大分感心した　武者の「その妹」なぞより余程好い　一々ほんとうに当ってある　そうしてそのほんとうが大分我々に近い　古い霊肉の争いなんぞ書かずに霊相互の争いを書いたのも切実だ」（松岡譲宛書簡、大6・7・26）など。

（3）「武者小路実篤」、菊池弘・久保田芳太郎・関口安義編『芥川龍之介事典』所収、85・12、明治書院。

（4）『武者小路実篤研究　実篤と新しき村』、97・10、明治書院。

(5)「大正のインテリゲンツィア――芥川とともに崩壊したものは何か」、81・5、「国文学」。
(6)この間の状況については、菊田茂男「メーテルリンク」(福田光治・剣持武彦・小玉晃一編『欧米作家と日本近代文学』3巻所収、76・1、教育出版センター)、安藤恭子「〈悲哀〉の逆説――宮沢賢治とメーテルリンク」(『安川定男先生古稀記念　近代日本文学の諸相』所収、90・3、明治書院)など参照。
(7)引用は、適宜現代語表記に改めた。
(8)栗原古城訳、マーテルリンク著『霊智と運命』、大8・5、玄黄社。なお栗原は平田禿木、上田敏、夏目漱石の薫陶を受けた英文学者で、「明星」にも関係した。栗原について詳しくは、鏡味國彦『古城栗原元吉の足跡　漱石・敏・啄木、及び英国を中心とした西洋の作家との関連において』(93・6、文化書房博文社)参照。
(9)「マーテルリンクの思想芸術の解説」、鷲尾浩編『マーテルリンク評伝』所収、大11・6、冬夏社。
(10)今村忠純「メーテルリンクの季節――直哉、実篤、透谷、虚子、鷗外」、鈴木貞美編『大正生命主義と現代』所収、95・3、河出書房新社。
(11)安藤礼二『場所と産霊　近代日本思想史』、10・7、講談社。なお、スウェーデンボルグの影響は、次章で触れる大本教の出口王仁三郎にまで及んでいる。
(12)栗原が心霊学に対して肯定的な立場を取っているためか、『死後は如何』には付録としてE・W・ウォリス「交霊術とは何ぞや」が収録されている。さらに凡例では、心霊学に関心を抱いた読者のために、高橋五郎訳、デゼルチィス著『心霊学講話』(大4・11、玄黄社)を推薦するなど、至れり尽くせりの心霊学ガイドとなっている。出版社の意向もあったのだろうが、この書を手に取った読者は、こうした外形から、メーテルリンクと心霊学の関係を強く意識したことだろう。
(13)引用は栗原訳『死後は如何』(大5・4、十三版、大8・8、玄黄社)による。
(14)山本精一郎『正邪霊の存在と其驚異』、昭5・2、交蘭社。
(15)「「白樺」――武者小路実篤と志賀直哉」、96・2、「解釈と鑑賞別冊　〔生命〕で読む20世紀日本文芸」。
(16)「文芸的な、余りに文芸的な」、昭2・4、「改造」。
(17)中村三春「武者小路実篤の随筆・雑感――他者へ、無根拠からの出発」、99・2、「解釈と鑑賞」。

第11章　怪異と神経

(1)「創作月旦(3)「苦の世界」と「妖婆」」、大8・10、「新潮」。関口安義編『芥川龍之介研究資料集成』1(97・9、日本図書センター)所収。

（2）「「妖婆」論」、村松定孝編『幻想文学　伝統と近代』所収、89・5、双文社出版。また近年では、関口安義『芥川龍之介新論』（12・5、翰林書房）に「彼の全文業の中に位置づけるなら怪異もの系列の中でも、ひときわ光るテクストとして位置づけることができよう」とある。
（3）「芥川龍之介「妖婆」の方法――材源とその意味について」、85・9、「北海道大学国語国文研究」。
（4）注2文献。
（5）例えばアンリ・エレンベルガー、木村敏・中井久夫監訳『無意識の発見　力動精神医学史』上下（80・6、9、弘文堂）など参照。
（6）大林清「夏の夜ばなし」、今野圓輔編『日本怪談集　幽霊編』所収、69・8、現代教養文庫。
（7）湯本豪一『図説　明治事物起源事典』、96・11、柏書房。
（8）一柳『〈こっくりさん〉と〈千里眼〉日本近代と心霊学』（94・8、講談社選書メチエ）など参照。
（9）注1文献。
（10）「芥川龍之介「妖婆」について――同時代作家との関連を視座として」、93・3、「茨城女子短大紀要」。
（11）『民間巫者信仰の研究　宗教学の視点から』、99・2、未来社。
（12）浅野和三郎『出盧』、大10・2、龍吟社、浅野『大本霊験秘録』（91・8、八幡書店）所収。以下の浅野の発言は、同書から引用した。
（13）注1文献。
（14）関口安義『芥川龍之介とその時代』、99・3、筑摩書房。
（15）「所謂霊能作用とは何ぞや――神霊研究を名とせる天下の贋様師に戒告す」、大8・4、「変態心理」。なお大正期の霊術家たちの動向とその影響範囲については、田中聡『健康法と癒しの社会史』（96・09、青弓社）、井村宏次『新・霊術家の饗宴』（96・12、心交社）、一柳『催眠術の日本近代』（97・11、青弓社）、田邉信太郎・島薗進・弓山達也編『癒しを生きた人々――近代知のオルタナティブ』（99・10、専修大学出版局）など参照。
（16）「現代の新宗教――〈霊＝術〉系新宗教の流行と「二つの近代化」」、大村英昭・西山茂編『現代人の宗教』所収、88・3、有斐閣。
（17）その意味で、お島がお敏に下りた婆娑羅神の言葉をお敏の狂言と判断し、「信憑性構造」に亀裂を発生させたことがお島の落雷死を招いたという物語の結末は興味深い。
（18）石上堅『日本民俗語大辞典』（83・4、桜楓社）の当該項目による。

(19) 石川純一郎『河童の世界』(74・8、時事通信社)、日野巌『動物妖怪譚』(79・4、有明書房)、中村禎里『河童の日本史』(96・2、日本エディタースクール出版部)、和田寛編『河童伝承大事典』(05・6、岩田書院)など参照。
(20)『旧友芥川龍之介』、53・1、河出市民文庫。
(21) 柳田國男「巫女考」(大2・3~3・2、「郷土研究」、『定本柳田國男集』9巻所収、62・3、筑摩書房)など参照。
(22) 櫻井徳太郎『日本シャマニズムの研究』上、87・1、吉川弘文館。
(23) なお川野良「芥川龍之介『妖婆』の技法」(88・3、「岡大国文論稿」)は、お島の蟇イメージの背景に『聊斎志異』の青蛙神、「児雷也豪傑譚」「児雷也豪傑物語」に見られる蝦蟇の妖術などを見いだしている。
(24) 浅野『皇道大本略説』、大7・8、大日本修齋会、浅野『大本霊験秘録』所収。
(25) 若島正訳『幻想と文学』、89・4、東京創元社。
(26) なお吉村正和『心霊の文化史　スピリチュアルな英国近代』(10・1、河出ブックス)は、十九世紀後半に始まるスピリチュアリズムについて「一見すると非合理の象徴と見える心霊主義が実は合理主義という時代環境の中で誕生し、変容していった〈自己〉宗教の一つであり、現代が想定する心霊主義のイメージとは逆に建設的で健康な精神運動であった」と述べている。
(27) ちなみに草稿「囚」には、大正十四年の夏、築地の待合で菊池寛、久米正雄らと食事をしたときの体験として、ふと卓袱台の上のビール瓶を眺めたら「その麦酒壜には人の顔が一つ映っていた。それは僕の顔にそっくりだった。しかし何も麦酒壜は僕の顔を映していた訳ではない。その証拠には実在の僕は目を開いていたのにも関わらず、幻の僕は目をつぶった上、稍仰向いていたのである」と記されている。
(28)「神憑の現象に就いて」、大8・7、「変態心理」。

第12章　さまよえるドッペルゲンガー

(1)『幻影城』、51・5、岩谷書店、なお引用は『日本推理作家協会賞受賞作全集』第7巻(95・5、双葉社文庫)による。
(2) 例えば伊藤秀雄『明治の探偵小説』(86・10、晶文社)、中島河太郎『日本推理小説史』第1巻(93・4、東京創元社)、セシル・サカイ『日本の大衆文学』(97・2、平凡社)など。
(3)「芥川龍之介」、権田萬治・新保博久監修『日本ミステリー事典』所収、00・2、新潮選書。
(4)「ミステリー」、志村有弘編『芥川龍之介大事典』所収、02・7、勉誠出版。
(5)『探偵小説の社会学』、01・1、岩波書店。
(6)「夢野久作と埴谷雄高」、84・8、「国文学」。

（7）野村修編訳『ボードレール　他五篇』、94・3、岩波文庫。
（8）例えば海老井英次「ドッペルゲンガーの陥穽」（96・4、「国文学」）など。
（9）『全集』13巻。
（10）フレイドン・ホヴエイダ、福永武彦訳『推理小説の歴史』、60・1、東京創元社。
（11）注2文献。
（12）この点について注10文献に、次の指摘がある。「デュパン、ホームズ、ルルタビーユ、リュパンなどは超人だった。彼等の推理はありあまる知識と、人間離れのした絶対的確実さを思わせた。――彼等は決定的な証拠を自分の胸ひとつに収め、最後に至って初めて明かにすることで読者をびっくりさせ、こうして自分の名声を保った」。また芥川とシャーロック・ホームズについては、大正元年七月十六日付井川恭宛書簡に次のような一節がある。「紫紅氏の恋の洞を帝劇へ見に行った　大へんつまらないので、シアロックホルムスと喜劇とは見ている気になれなくって電車にゆられながら家へかえった」。この外人劇「シャーロック・ホルムス」に関して、読売新聞（大1・7・14）、「趣味」（大1・7）、「演芸画報」（大1・8）、「ホトトギス」（大1・8）などに言及があるものの、評判はあまりよくない。岡崎一調査・藤元直樹補編「明治日本におけるコナン・ドイル」（00・5、「未来趣味」8）参照。
（13）宮永孝『ポーと日本　その受容の歴史』、00・5、彩流社。
（14）宮坂覺「注解」、『全集』19巻所収。
（15）なお中島『日本推理小説史』第1巻は「未定稿」と「開化の殺人」の関係に言及し、「未定稿」の本多にデュパン、ホームズの模倣を見いだしている。同様の指摘は伊藤秀雄『大正の探偵小説』（91・4、三一書房）などにもある。
（16）この点については真杉秀樹「死者の呪縛――『開化の殺人』」（『芥川龍之介のナラトロジー』所収、97・6、沖積舎）に「今日の眼からすると、これは探偵小説（あるいは推理小説）としてより、心理小説としてこそ見るべきもののある作品となっている」という指摘がある。
（17）篠崎美生子「注解」、『全集』11巻所収。
（18）川本三郎『大正幻影』、90・10、新潮社。
（19）『殺す・集める・読む　推理小説特殊講義』、02・1、創元ライブラリ。
（20）私市保彦『幻想物語の文法――『ギルガメシュ』から『ゲド戦記』へ』（87・4、晶文社）、渡邉正彦『近代文学の分身像』（99・2、角川選書）、山下武『20世紀日本怪異文学誌　ドッペルゲンガー文学考』（03・8、有楽出版社）、西井弥生子「日本ドッペルゲンガー小説年表稿」（一柳・吉田司雄編『ナイトメア叢書2　幻想文学、近代の魔界へ』所収、06・5、青弓社）など参照。
（21）「芥川龍之介「二つの手紙」の世界――クロウ夫人『自然の夜の側面』の寄与」、98・1、「静岡大学人文学部人文論集」。

(22)荒俣宏『世界幻想作家事典』(79・9、改訂版、87・12、国書刊行会)、およびジャック・サリヴァン編『幻想文学大事典』(99・2、国書刊行会)の当該項目の記述による。

(23)エティエンヌ・トリヤ、安田一郎・横倉れい訳『ヒステリーの歴史』、98・6、青土社。

(24)これらの小説のいくつかには、芥川も目を通していたらしい。「近頃の幽霊」(大10・1、「新家庭」)には、次のような一節がある。「輓近の心霊学の進歩は、小説の中の幽霊に驚くべき変化を与えたようです。キップリング、ブラックウッド、ビイアスと数えて来るとどうも皆其机の抽斗には心霊学会の研究報告がはいっていそうな心もちがする。殊にブラックウッドなどは(Algernon Black-wood)御当人がセオソフィストだから、どの小説も悉く心霊学的に出来上がっている。この人の小説に「ジョン・サイレンス」と云うのがあるがそのサイレンス先生なるものは、云わば心霊学のシャアロック・ホオムス氏で、化物屋敷へ探検に行ったり悪霊に憑かれたのを癒してやったりする、それを一々書き並べたのが一篇の結構になっている訣です」。

(25)引用は『精神医学古典叢書15　磯邊偶渉(上)』(79・3、精神医学神経学古典刊行会)による。

(26)「芥川のドッペルゲンガー」、『全集』月報16。

(27)注1文献。

(28)ちなみに「芥川龍之介氏の座談」(昭2・8、「芸術時代」)で、ドッペルゲンガー体験の有無を問われた芥川は「あります。私の二重人格は一度は帝劇に、一度は銀座に現われました」と答えている。なお、同趣旨の言説は「歯車」(昭2・10、「文芸春秋」)にもある。

(29)トマ・ナルスジャック、荒川浩充訳『読ませる機械=推理小説』、81・7、東京創元社。

(30)畑中佳恵「読者の席を考える――芥川龍之介「二つの手紙」と関わるために」、02・8、「九大日文」。

(31)「探偵小説における幻想」、99・5、「幻想文学」、アトリエOCTA。

補論「無意識」の行方

(1)「解説　大正十四(一九二五)年の文学」、『編年体大正文学全集』第14巻所収、03・3、ゆまに書房。

(2)引用は『小酒井不木全集』第1巻(昭4・6、改造社)による。

(3)引用は『小酒井不木全集』第2巻(昭4・10、改造社)による。

(4)『罪と罰』を探偵小説として受容した日本の状況については、高橋修「「探偵小説」が隠蔽するもの――黒岩涙香『無惨』から内田魯庵訳『罪と罰』へ」(中山昭彦他編『文学年報1　文学の闇/近代の「沈黙」』所収、03・11、世織書房)参照。

(5)平林初之輔「日本の近代的探偵小説――特に江戸川乱歩氏に就て」、大14・4、「新青年」、『平林初之輔探偵小説選II』所収、

03・11、論創社。

（6）引用は『小酒井不木全集』第10巻（昭5・2、改造社）による。

（7）引用は江戸川乱歩『わが夢と真実』（98・4、東京創元社）による。

（8）「雑誌『精神分析』における精神分析の展開」、『精神分析《戦前編》解説・総目次・索引』所収、08・6、不二出版。

（9）この点については、曾根博義「精神分析の紹介」（新青年研究会編『新青年読本』所収、88・2、作品社）参照。

（10）「探偵小説の将来」、昭2・8、「新青年」。

（11）「江戸川乱歩と心理学」、『江戸川乱歩全集』第13巻所収、79・9、講談社。

（12）『乱歩と東京　1920　都市の貌』、84・12、ＰＡＲＣＯ出版局。

（13）海野弘『モダン都市東京　日本の一九二〇年代』、83・10、中央公論社。

（14）「前衛としての「探偵小説」――あるいは太宰治と表現主義芸術」、吉田司雄編『探偵小説と日本近代』所収、04・3、青弓社。

終　章

（1）「催眠学理一班」、大9・10、「変態心理」。

（2）ただし現在では、精神分析の過程を霊性《スピリチュアリティ》と捉え、その本質を「家族的な親密さやあるいは性的な親密さで結ばれた人と人との間で機能する道徳性《モラリティ》」に求めて、精神分析を成熟した自然宗教とする見方も存在する。ネヴィル・シミントン著、成田善弘監訳『精神分析とスピリチュアリティ』、08・11、創元社。

（3）「精神分析学と現代文学」、『岩波講座　世界文学』、昭8・11、岩波書店。

（4）「精神分析とイギリス文学」、『英語英文学講座』、昭8・6、新英米文学社。

（5）菅野聡美『〈変態〉の時代』（05・11、講談社現代新書）、および竹内瑞穂『「変態」という文化　近代日本の〈小さな革命〉』（14・3、ひつじ書房）参照。

（6）『精神霊動　第一篇　催眠術』、明36・8、開発社。

あとがき

いままで、明治期における心霊学の受容や催眠術ブームといった文化現象に注目して、近代以降の日本の霊魂観を追ってきた。そのプロセスのなかで、どこかで「無意識」の問題とフロイト精神分析を取り上げなければならないと思っていた。本書は、そのささやかな中間報告である。

思い起こせば一九九四年の夏、最初の単著を公にしたとき、すぐに連絡をくださったのが、名古屋大学出版会の橘宗吾さんだった。はじめてお会いした時、橘さんは、明治期の学的パラダイムの編成史をまとめませんかとおっしゃった。なるほど、そういう広げ方があるのかと思った反面、そちらに行ったら二度と帰ってこれないだろうな、と思った。そもそも、私の力量では無理だろうとも思った。代わりに私が提案したのが「「無意識」の受容史」だった。思えばこれも、なかなかに無茶なテーマ設定だったのだが。

霊の認識をめぐる問題は、心理学や精神分析の介在によって「無意識」という場の問題にリンクする。そして「無意識」をめぐる問題系は、芥川龍之介をはじめとする大正期以降の日本文学の主要なテーマのひとつとなる。この時点までに芥川に関する論文をいくつかまとめていたこともあって、ぼんやりと見取り図は書けているつもりだった。なので、まさかここまで時間がかかるとは、思っていなかった。しかし、あらためて本書の土台となる論文を書き進めていくうちに、当初設定していた「受容史」のフレームでは考察しきれないことがはっきりしてきた。その結果、再度構想を練り直すこととなり、加筆を重ねて、ようやくまとめることができたのが本書である。とはいえ、積み残した問題は山のようにある。その意味で本書は、長きにわたる迷走の記録でもある。
各章の初出は、次のとおりである。論文はすべて、大幅に加筆修正した。

はじめに　書き下ろし

第1章「「霊」から「無意識」へ――明治期の言説編成をめぐる覚書」（和泉雅人・松村友視編『近代的心性における学知《テクネー》と想像力《ファンタスマゴリア》』所収、07・6、慶應義塾大学出版会）

第2章　書き下ろし

第3章「明治末、超感覚を定位する――催眠術・千里眼・科学」（坪井秀人編『偏見というまなざし　近代日本の感性』所収、01・4、青弓社）

第4章「〈夢〉の変容――近代日本におけるフロイト受容の一面」（「名古屋近代文学研究」16号、98・12）

第5章「「心理研究」とフロイト精神分析」（「名古屋近代文学研究」22号、08・12）

第6章「消えた「フロイド」――芥川龍之介「死後」」（「日本文学」49巻5号、00・5）

第7章「芥川龍之介における〈夢〉・覚書――「奇怪な再会」まで」（「名古屋経済大学10周年記念論集」、90・3）

第8章「拡散する夢――「海のほとり」を中心に」（「名古屋経済大学人文科学論集」48号、91・7）

第9章「夢のシステムの物語――芥川龍之介「夢」「人を殺したかしら?」をめぐって」（「名古屋経済大学人文科学論集」49号、92・3）

第10章「武者小路実篤――メーテルリンク受容の光と影」（「国文学」46巻11号、學燈社、01・9）

第11章「怪異と神経――芥川龍之介「妖婆」の位相」（「横浜国大国語研究」17・18合併号、00・3）

第12章　「さまよえるドッペルゲンガー──芥川龍之介「二つの手紙」と探偵小説」（吉田司雄編『探偵小説と日本近代』所収、04・3、青弓社）

補　論　「心理学・精神分析と乱歩ミステリー」（「解釈と鑑賞別冊　江戸川乱歩と大衆の二十世紀」、至文堂、04・8）

終　章　書き下ろし

大正末期から昭和初期にかけて、フロイト精神分析は川端康成や伊藤整に深甚なインパクトを与え、新感覚派文学・新心理主義文学として文学場のなかに姿を現す。また雑誌「変態心理」や「精神分析」の刊行によって人口に膾炙していったフロイト精神分析が、大正期の文化シーンに与えた影響は計り知れない。まだまだ考察すべき問題は数多い。これらの問題については、また稿を改めて考えていきたいと思っている。

さて、本書をまとめるにあたって、もちろん言うまでもなく、実に多くの方々のお世話になっている。一人ひとりお名前はあげないものの、たくさんのご示唆をいただいた。記して感謝申し上げます。そして、誰よりも橘さんにお礼を言わねばならない。ここまで待っていただいただけでもあり得ない。さらには出張で東京にいらっしゃるたびに叱咤激励していただき、多くの有意義な助言を得た。まことにありがとうございました。

なお本書は、科学研究費補助金挑戦的萌芽研究（研究課題番号23652078）「一九二〇～三〇年代の日本および東アジアのメディア言説における異常概念の解明」の研究成果の一部を含む。また本書は、第二四回名古屋大学出版会学術図書刊行助成を受けている。こちらもまた、厚く感謝申し上げる。

二〇一四年一月

一柳廣孝

《著者紹介》

一《いち》柳《やなぎ》廣《ひろ》孝《たか》

1959 年　和歌山県に生まれる
1983 年　南山大学文学部卒業
1989 年　名古屋大学大学院文学研究科博士課程単位取得満期退学
名古屋経済大学専任講師などを経て
現　在　横浜国立大学教育人間科学部教授
主　著　『〈こっくりさん〉と〈千里眼〉　日本近代と心霊学』（講談社選書メチエ，1994 年）
『催眠術の日本近代』（青弓社，1997 年）他

無意識という物語

2014 年 5 月 20 日　初版第 1 刷発行

定価はカバーに
表示しています

著　者　一　柳　廣　孝

発行者　石　井　三　記

発行所　一般財団法人　名古屋大学出版会
〒 464-0814　名古屋市千種区不老町 1 名古屋大学構内
電話（052）781-5027/FAX（052）781-0697

印刷・製本 ㈱太洋社　ISBN978-4-8158-0772-6
乱丁・落丁はお取替えいたします。

索　　引

ア　行

カ　行

サ　行

タ　行

ナ　行

ハ　行

マ　行

ヤ　行

ラ　行

ワ　行

図版一覧

図 1　古屋鉄石（古屋鉄石『驚神的大魔術』精神研究会，1871 年，口絵）…… 43
図 2　大日本催眠術協会事務所（古屋鉄石『驚天動地　反抗者催眠論』博士書院，1908 年，口絵）…… 44
図 3　釈霊海（釈霊海『大霊療法禅霊術』大霊閣，1929 年，口絵）…… 52
図 4　釈霊海の施術の光景（同上）…… 52
図 5　催眠術実演の様子（佐々木九平『催眠術に於ける精神の現象』誠進堂，1903 年，口絵）…… 56
図 6　長尾郁子（福来友吉『透視と念写』復刻版，福来出版，1992 年，口絵）…… 63
図 7　長尾の念字「通力」（同上）…… 63
図 8　霊術の治療風景（『創立十八周年紀念　霊的体験録』日本心霊学会，1925 年，口絵）…… 108
図 9　心霊治療法を唱える日本心霊学会幹部と福来友吉（中央），今村新吉（前列右）（同上）…… 109
図 10　催眠術実験の光景（大正 6 年）（村上辰午郎『村上式注意術講話』明文堂，訂正再版，1918 年，口絵）…… 137
図 11　「童謡妙々車」二十一編下，十八裏十九表（1867 年，麗澤大学図書館田中文庫蔵）…… 157
図 12　雑誌「太霊道」（創刊号，1917 年，表紙）…… 193
図 13　田中守平（宇宙霊学寮編纂『太霊道主元伝』太霊道本院出版局，1918 年，口絵）…… 194
図 14　「水虎相伝妙薬まじない」（江戸時代，国立歴史博物館蔵）…… 197